COLLECTION FOLIO

Angela Huth

Valse-hésitation

Traduit de l'anglais
par Anouk Neuhoff

Quai Voltaire

Titre original :
NOWHERE GIRL

Née en 1938, Angela Huth est l'auteur de quelques recueils de nouvelles et de nombreux romans. L'un d'eux, *Les filles de Hallows Farm*, a été adapté à l'écran en 1998 sous le titre *Trois Anglaises en campagne*. Il met en scène trois « land girls », ces femmes aidant aux travaux agricoles durant la Seconde Guerre mondiale. Angela Huth est également l'auteur de *L'invitation à la vie conjugale*, *Tendres silences*, *Souviens-toi de Hallows Farm*, *Quand rentrent les marins*, *Mentir n'est pas trahir*, *La vie rêvée de Virginia Fly* et *Valse-hésitation*. Ses romans abordent les thèmes de l'amitié, des relations de couple et des non-dits avec une rare subtilité. Angela Huth vit dans le Warwickshire avec son mari.

Pour diverses personnes

Chapitre premier

Mon premier mari, Richard Storm, fut enterré par une torride journée d'août dans les faubourgs de Londres. Après les obsèques, une douzaine d'entre nous, relations et amis, repartirent dans un cortège de grosses voitures noires dont les sièges avaient été conçus pour obliger les passagers à se tenir bien droits en gage de respect. Le trajet se déroula dans cette position inconfortable, personne ne soufflant mot.

Les parents de Richard habitaient un appartement sombre près de Hyde Park. À leur invitation, nous les rejoignîmes là-bas pour reformer le groupe funèbre précédemment constitué autour du cercueil, sauf que cette fois le rassemblement eut lieu autour d'une table où étaient disposés des sandwichs à la pâte d'anchois. Nous bûmes du sherry et bavardâmes de ce ton morne adapté à la circonstance.

Je me retirai à quatre heures, la première à prendre congé, et pénétrai dans le parc. Il faisait très chaud. Une chaleur torride, oppressante. Les arbres étaient complètement figés, comme des arbres sous la neige. Les gens marchaient avec lenteur, ou bien dormaient sur l'herbe, peu soucieux de leur apparence, jambes écartées, mains étalées sur le visage, comme des vacanciers sur une plage. Le goût horrible du sherry persistait dans ma bouche, et le bas de ma robe noire, imprégné de moiteur, collait à mes jambes.

Rien ne pressait. Aucune tâche urgente ne m'attendait, et le temps était trop lourd pour se dépêcher.

Je m'installai sur un banc, déjà à moitié occupé par deux vieilles dames. Sur le qui-vive, elles étaient assises tout au bord, comme prêtes à déguerpir au moindre signal. D'une certaine façon, elles ressemblaient, en plus pauvres, aux personnes âgées présentes aux obsèques. La plus éloignée de moi, ratatinée et courbée comme un arc, était décharnée et grise. Peau grise, yeux gris, manteau noir fané devenu presque gris. Elle regardait fixement devant elle et ses vilaines mains noueuses gisaient sans vie sur ses genoux.

La plus proche paraissait en meilleure santé, carrément plus fringante. Elle aussi avait un manteau noir, mais un coquelicot, vestige d'un lointain Jour du Souvenir, ornait son chapeau.

Elle se tourna vers moi :

« On entend les bus d'ici, pas vrai ? C'est agréable. »

Je tendis l'oreille. Je perçus le grondement des autobus.

« En effet, acquiesçai-je.

— C'est ce qui me plaît dans ce parc. On peut s'asseoir et écouter les bruits, tout en profitant d'un joli coin de verdure. » Elle regarda la haie épineuse en face de nous, le ruban d'herbe desséchée le long de l'allée, la poubelle et un arbre inerte. « Ah çà non, reprit-elle, je ne vais sûrement pas me plaindre. Je n'ai jamais aimé la tranquillité d'autrefois, voyez-vous. Moi ce que j'aime, c'est un supermarché bien animé le samedi matin. Ou ces manifestations à Trafalgar Square. D'ailleurs, j'ai participé à l'une d'elles il n'y a pas longtemps. Je ne sais pas trop quel en était le motif, à vrai dire, mais j'étais là à beugler avec les autres, et un des policiers a failli m'embarquer dans le panier à salade. "C'est hors de question, monsieur l'agent, ai-je protesté. Aucune loi n'interdit de crier. Sans compter que je m'amuse bien…" Alors il m'a simplement relâchée. »

Elle sourit. Sa voix était basse, mais pas aussi basse que l'avait été celle de Mrs Storm. Mrs Storm était la mère de Richard. Ma présence à l'enterrement l'avait mise mal à l'aise. Elle m'avait saluée de la tête à l'église, l'air perplexe. Plus tard, dans le salon marron étouffant que baignait une écœurante odeur de transpiration nerveuse, elle m'avait serré la main en disant :

« Oh, Clare, quel plaisir d'avoir l'occasion de vous revoir. » Puis elle avait toussé et son teint jaune avait rosi profondément quand elle s'était aperçue de la gaffe qu'elle venait de commettre.

Elle portait un manteau d'ondatra. Toutes les femmes semblaient arborer des manteaux d'ondatra, en dépit de la chaleur. Une fourrure de deuil. Elles tenaient leur sherry dans des mains moites qui laissaient des traces de doigts sur leurs verres. Elles raffolaient des sandwichs à la pâte d'anchois que faisait circuler Mrs Storm. Un petit amas de cresson moutardé s'était pris dans les courts poils gris de sa lèvre supérieure : elle avait dû s'en rendre compte car, quand j'allai lui dire au revoir, elle dardait sa petite langue mauve vers les coins de sa bouche et n'arrêtait pas de se cogner fébrilement contre son mari.

La vieille dame sur le banc avait repris la parole. « Ma sœur, tenez... eh bien, ma sœur est très différente de moi. Elle n'est pas du tout d'accord avec moi. » Elle administra un coup de coude à l'autre vieille dame, qui se tourna vers moi à contrecœur. Un visage vide. Un portrait dont la peinture à l'huile aurait été raclée pour que ne subsiste qu'un vague dessin. Elle cligna des yeux, si lentement que quand ses paupières se baissèrent j'eus l'impression qu'elles ne se relèveraient plus jamais.

« Des deux, ma sœur a toujours été la plus discrète. Elle s'appelle Edith. Edith Smith. Elle ne s'est jamais mariée, voyez-vous. » De sa main droite, la sœur d'Edith Smith frotta les bagues qu'elle avait au majeur et à l'annulaire de sa main gauche. À côté de son alliance elle portait un petit rubis sang de pigeon monté sur argent. Au majeur, un saphir étoilé circulaire d'un bleu éclatant. Les fins rayons de son étoile scintillaient au soleil. « Quant à moi, je m'appelle Ethel Fox. Mrs Henry Fox, même si Henry est mort il y a quatorze ans. » Edith Smith cligna à nouveau des yeux avec lenteur, comme pour confirmer ces informations.

« C'est une des journées d'Edith à Londres,

expliqua Mrs Fox. Elle habite la maison de retraite Gulliver à Herne Bay, et elle est autorisée à monter à Londres deux fois par an. D'habitude, nous nous régalons. Mais il a fait un peu lourd aujourd'hui, et Edith a mal aux pieds. » Une des chaussures de marche d'Edith, d'un noir brillant, tressaillit presque imperceptiblement. « N'empêche, nous avons eu un déjeuner agréable au Lyon's, puis nous avons acheté de la soie à broder chez Barkers. Edith est habile de ses mains », ajouta-t-elle.

Nous restâmes silencieuses un moment. L'air était immobile et pesant, comme avant un orage d'été. Des nuages verdâtres s'amoncelaient dans le ciel. Mrs Fox les contemplait.

« C'est un peu loin pour rentrer chez moi à Earl's Court, dit-elle. Et puis, que peuvent faire deux vieilles comme nous dans un appartement ? » À cet instant-là deux grosses gouttes de pluie s'écrasèrent sur le sentier à leurs pieds. Mrs Fox s'égaya.

« Voilà qu'il commence à pleuvoir. Edith, il commence à pleuvoir. Moi, ça ne me gêne pas d'être prise sous l'averse parce que je ne m'enrhume jamais. Mais on doit penser à Edith. Allez, Edith, viens. »

Les deux vieilles femmes se levèrent. Mrs Fox empoigna le bras de sa sœur.

« Où faudrait-il qu'on aille, d'après vous ? » s'enquit-elle. Debout, elle se tenait très droite. À côté d'elle, Edith Smith semblait toute voûtée. Masse chiffonnée d'un gris incertain, elle ne possédait pas cet effacement singulier qui vous rendait parfois repérable dans une foule.

« Vous pourriez m'accompagner chez moi, suggérai-je.

— Voilà la solution, acquiesça Mrs Fox. Nous allons vous accompagner. »

Avançant toutes trois d'un pas pressé, nos talons cliquetant en décalé sur les trottoirs, nous dépassâmes l'Albert Hall puis empruntâmes l'Exhibition Road. La pluie tombait doucement mais résolument. Nous pensions surtout à marcher vite. À l'enterrement, les porteurs s'appliquaient à aller lentement. Ils procédaient avec beaucoup d'adresse, évitant de secouer le cercueil sur leurs épaules. Leurs lèvres étaient tellement pincées de concentration que leurs bouches ressemblaient à de minces traits de crayon. À l'église ils avaient tous retiré leur haut-de-forme d'un seul geste, comme des danseurs dans un spectacle de music-hall.

Nous atteignîmes ma maison. Petite, proprette, jolie, elle était située dans une étroite ruelle pavée. Les géraniums dans leurs jardinières resplendissaient, écarlates, sur le fond blanc de la façade. Sur la porte, le heurtoir et la poignée dorés présentaient le même motif ouvragé.

« Je me suis toujours demandé quel genre de gens habitaient ce genre de maisons », commenta Mrs Fox tandis que j'ouvrais la porte.

Dans le salon, Edith Smith s'écroula immédiatement sur le canapé, épuisée. Son poids creusa à peine les coussins rebondis. Mrs Fox scruta avec curiosité un portrait de Richard au-dessus de la cheminée. Un pastel qu'il avait fait à Salisbury pour marquer notre premier anniversaire de mariage. Il était vêtu de son uniforme de marine. Élégant, tiré à quatre épingles… séduisant, trouvais-je, du haut de mes dix-sept ans. Une expression douce mais réservée. Vraiment pas le genre à épouser une fille de vingt ans de moins que lui, à la traiter comme une enfant gâtée pendant quelques années, puis à l'abandonner pour une femme entre deux âges du nom de Matilda rencontrée lors d'une permission à Barcelone. Notre divorce avait été très facile. Abandon pur et simple. Et puis Richard était resté gentil avec moi. Il m'écrivait des cartes pour mon anniversaire et pour Noël et encourageait Matilda à m'envoyer des boîtes de chocolats à la liqueur.

« Votre mari ? demanda Mrs Fox.

— Oui, mais il est mort. Là, c'est mon mari actuel. » Je désignai une photo de Jonathan dans un cadre en argent. Un visage bienveillant mais faible, un brin joufflu sous les yeux retouchés, une bouche en cerise trop pleine et pas assez large.

« Ah, je vois. » Elle caressa le cadre. « Il est mélomane ?

— Pas particulièrement. Il aime bien Strauss.

— Je l'aurais cru mélomane. Il a une tête de mélomane. Remarquez, Henry avait l'air mélomane, et il n'était pas fichu de faire la différence entre Haydn et Mozart. Alors, allez savoir… » Elle s'approcha du tourne-disque. « On peut mettre quelque chose ?

— Du Strauss ?

— Oh, non, pas avec cette pluie. Vous avez les Beatles ? »

Je plaçai un disque sur la platine.

« "Lucy in the Sky"… fit Mrs Fox. J'aimerais qu'Edith entende ce morceau. » Elle monta le volume elle-même et sourit. Edith Smith ferma les yeux. Je partis chercher le thé.

Les sœurs me parurent mettre un temps fou à déguster leurs biscuits. Mrs Fox et moi échangions hochements de tête et sourires tandis que l'assiette se promenait. Edith semblait plus déconnectée que jamais. Elle grignotait un biscuit au gingembre, ramollissant son pourtour à coups de langue avant de le confier à ses petites dents branlantes. Je me demandais si elle était sourde, muette, ou bien les deux.

« Edith va parfaitement bien, n'est-ce pas, Edith ? beugla soudain Mrs Fox à mon intention par-dessus la musique. Elle est seulement intimidée par Londres, vous comprenez. Enfin bon, on le serait à moins, après neuf ans en maison de retraite… »

J'opinai du chef. Mrs Fox prit une tranche de gâteau au chocolat de supermarché, la tint tout près de son visage pour lui accorder son approbation, et enchaîna d'une voix plus basse.

« Je me demandais pourquoi vous vous habilliez en noir comme ça, à votre âge… »

Je portais la robe de coton noire que j'avais achetée à la va-vite ce matin-là, avec un béret de laine noire à pompon que Jonathan m'avait offert en Suisse pour jouer aux boules de neige. Je l'ôtai, agitai mes cheveux, et expliquai que je revenais d'un enterrement.

Elle me demanda qui était mort. Je savais que le nom ne lui dirait rien, mais elle semblait attendre une réponse précise. « Richard Storm, lui dis-je.

— Ah. » Elle était déçue. « Je ne sais pas pourquoi, mais je pensais que c'était peut-être un des amis d'Henry. Il paraît qu'ils tombent comme des mouches ces temps-ci. C'était un homme bien plus jeune, donc ?

— Quarante-deux ans. Crise cardiaque.

— Un parent ?

— Mon premier mari.

— Vous voulez dire, celui au-dessus de la cheminée ? » Elle regarda en direction du portrait. « Oh Seigneur, votre premier mari… Vous avez sûrement collaboré à la cérémonie, alors. Il a eu droit à une belle marche funèbre ? » Je n'avais pas participé aux préparatifs des obsèques, expliquai-je, et j'avais même oublié quelle marche avait été choisie. Mrs Fox eut un claquement de langue réprobateur.

« Quand Henry est mort, je lui ai organisé le plus bel enterrement qu'on puisse imaginer. Les gens sont venus y assister depuis des kilomètres à la ronde, hein, Edith ? » Edith remua la tête, se souvenant peut-être. « J'avais demandé à l'Armée du Salut de se joindre à l'orgue, voyez-vous. Comme ça, quand nous sommes sortis avec le cercueil, la fanfare a pu nous suivre. Ils ont joué la *Marche funèbre* de Chopin, mais, évidemment, nous avons atteint la tombe bien avant qu'ils aient fini. Ce qui fait que nous avons marqué le pas à côté de la tombe pendant cinq bonnes minutes, hein, Edith ? En tout cas, moi, je marquais le pas, exactement comme les soldats de la Garde. Ah, c'était merveilleux, je vous assure. » Elle porta la tasse à ses lèvres mais la reposa, en souriant, sans avoir bu.

« Les gens ont dit qu'ils n'avaient jamais vu un enterrement pareil. Le pasteur, pour sa part, jugeait cela totalement contraire aux règles établies. J'ai eu quelques démêlés avec lui, mais il a fini par céder. Il s'en est très bien sorti, notez. Je lui avais fait parvenir un disque... c'était quoi, Edith ? Un ensemble de fanfares interprétant des airs folkloriques à l'Albert Hall. » Elle reprit sa tasse, buvant cette fois à petites gorgées silencieuses comme un oiseau.

« Chose curieuse, juste au moment où la fanfare s'est arrêtée, un avion est passé au-dessus de nos têtes. Un boucan du diable, ces gros-porteurs... j'adore leur grondement, là-haut dans le ciel. J'avais un mal de chien à entendre le pasteur. J'essayais de m'y retrouver dans mon livre de prières, mais il avait déjà fini *tu es poussière* que j'étais encore perdue. Je me rappelle avoir pensé qu'Henry aurait bien ri. »

Le disque avait pris fin et nous entendions la pluie. Il était cinq heures.

« Allez, viens, Edith, s'écria Mrs Fox. Le bus pour Victoria. Il faut qu'on parte. Allez, ouste, on ne traînaille pas ! Tes pieds sont bien reposés maintenant. » Elle enfila une paire de gants en nylon transparents, avant d'en ôter un pour vérifier de sa main nue le coquelicot sur son chapeau de velours. Edith Smith se leva et se dirigea vers la sortie, tête basse, murée dans son silence jusqu'au bout. À la porte, elle me tendit une main crispée dans un vieux gant en laine, mais quand je tentai de la saisir, elle s'empressa de la retirer, comme si elle craignait de me dégoûter, et n'avait fait ce geste que par politesse.

« Il faudra revenir, dis-je à Mrs Fox.

— Eh bien, je ne connais pas votre nom, mais pourquoi pas.

— Lyall. Clare Lyall. Que diriez-vous de mardi ?

— Mrs Lyall, mardi. » Elle fit un petit bond derrière sa sœur. « Un thé, mardi. Eh bien, Mrs Lyall, je ne suis pas sûre, mais un thé, mardi, je pense que cela devrait pouvoir se faire.

— Vers quatre heures et demie.

— Quatre heures et demie, mardi. Je serai là, dans ce cas. Allez viens, Edith, tu vas manquer ton car. »

J'ouvris la porte et Edith passa devant nous d'un pas traînant pour sortir sous la pluie. Elle se tenait toute recroquevillée comme par un jour très froid, l'allure récalcitrante.

« Elle a chaque fois horreur de repartir, expliqua Mrs Fox. Ça se voit. »

*

Après leur départ, je regagnai le salon, en vue de rapporter le plateau du thé dans la cuisine. Au lieu de cela, toutefois, je m'assis dans un fauteuil et contemplai à nouveau le portrait de Richard Storm. Sur une table à côté de moi trônait une boîte de chocolats à la liqueur. J'en choisis un en forme de cœur. Au rhum. Mes préférés.

C'était la dernière boîte que m'avait envoyée

Matilda avant la mort de Richard. Elle ne pouvait pas se douter, au moment où elle les postait, que Richard allait mourir. Je me demandai ce qu'elle avait ressenti quand, à la demande de ses parents, elle avait fait rapatrier son corps chez lui afin qu'il soit incinéré à Golders Green. Elle semblait avoir tout mis au point de façon très efficace. Elle avait même utilisé du scotch pour arrimer sur le cercueil une grande couronne de roses blanches en cire, et éviter par là qu'elle ne dégringole pendant le vol. Mr et Mrs Storm, en toute décence, ne pouvaient guère s'être attelés à décoller l'adhésif à la réception du cercueil, et avaient donc dû supporter que trône dessus une couronne offerte par sa maîtresse. L'objet leur avait sans doute causé autant de tourment que la mort de leur fils.

Pour moi, cela n'avait plus d'importance qu'il soit mort. Mais je regrettais qu'on ne l'ait pas enseveli en mer, comme il l'aurait souhaité, plutôt que de surcharger son cercueil à la manière d'un buffet scandinave, et de lui infliger un cérémonial d'une telle absurdité.

À six heures, d'après la pendule dont le doux tic-tac résonnait dans le silence, je me rendis dans la cuisine. Je me fis griller une côtelette pas très appétissante, que j'avalai avec un sachet de chips réchauffées dans le four. Je bus du lait à même le berlingot. Je dînai assise sur la table de la cuisine, non parce que c'était confortable, mais parce que, Jonathan parti, je n'avais plus besoin de faire de chichis avec ces sets en lin et ces assiettes en porcelaine provençale si essentiels pour lui. Cependant, je ne pouvais pas changer grand-chose à la cuisine en tant que telle, avec ses horribles surfaces en formica couleur raisin vert et ses affreuses plantes artificielles dont les vrilles enguirlandaient artistiquement les étagères du vaisselier. Jonathan la qualifiait d'« interprétation » d'une cuisine repérée dans un magazine. En réalité, c'en était la copie conforme. Je l'avais toujours détestée, tout comme j'avais toujours détesté son bureau dont le désordre calculé constituait, selon Jonathan, un cadre propice à l'écriture.

Je lavai mon unique assiette en me contentant de la passer sous l'eau brûlante. Puis j'attrapai plusieurs livres de recettes sur une étagère et entrepris de les lire, page après page. Steak à la bordelaise, poulet à la marocaine. Visions écœurantes… Veau à la crème et aux champignons : pire que tout. Testé à notre premier dîner avec des invités. Une idée de Jonathan, bien sûr. Sa mère le faisait très bien, paraît-il, et c'était le plat idéal quand on avait du monde. Tandis que je vibrionnais aux fourneaux, il s'occupait des invités, armé d'une bouteille de champagne. Mais c'était plus fort que lui, il avait fallu qu'il les délaisse pour venir voir comment les choses se passaient en cuisine. Arrivant en catimini derrière moi, il avait versé pardessus mon épaule une demi-bouteille de sherry dans la poêle de crème bouillonnante où mijotaient les champignons. Quitte à recevoir, avait-il déclaré, autant le faire convenablement. Une fois les invités partis, il n'avait cessé de répéter combien la soirée avait été parfaite, et combien les convives s'étaient régalés. Plus tard cette nuit-là j'avais été malade, régurgitant sans distinction sherry, crème, veau et champignons.

*

À neuf heures moins le quart à la pendule de la cuisine verte, le téléphone sonna. David Roberts, un ami de Jonathan.

« Salut, ma vieille. Il se trouve que je suis dans le coin. Est-ce que par hasard tu m'offrirais un verre ? » David était dans les relations publiques. Il mettait un point d'honneur à être toujours dans le coin qu'il fallait au moment qu'il fallait. À regret, je lui dis qu'il pouvait venir.

« Ah, formidable. Ça fait un bail. En plus, j'ai une idée. Je serai chez toi dans une demi-heure. »

Je n'aimais pas David. C'était un de ces êtres marginaux que Jonathan avait l'art de dénicher. Il vivait en marge du monde de la publicité, du monde de l'art, du monde du cinéma. Jonathan traînait dans son sillage depuis plusieurs années, appâté par ses promesses de coups de pouce.

« Tu as du talent, mon vieux, disait toujours David. Laisse-moi prendre ça en main. Je déjeune avec quelqu'un qui pourrait beaucoup t'aider. Pourquoi ne pas te joindre à nous et je lui refilerai une de tes pièces de théâtre ? » Il avait montré une des deux pièces de Jonathan à de nombreuses personnes pour qui, à l'en croire, elles seraient idéales. Mais chaque fois le projet avait capoté. Chaque fois David endossait la responsabilité de l'échec et s'engageait à trouver une autre solution. Il refusait de voir que son ami n'était tout simplement pas assez doué. Sa confiance en Jonathan était inébranlable, et Jonathan répondait à cette confiance avec un certain empressement, se soumettant de bonne grâce aux déjeuners sur notes de frais et autres grenouillages censés l'aider à percer.

David arriva à neuf heures et quart précises.

« Ma vieille… » Il dégagea les cheveux de mon front et m'embrassa sur le nez. « Désolé de ne pas être passé avant, mais tu sais comment c'est. Enfin, bon. Tu m'as l'air en pleine forme, non ? » Il gagna le plateau à boissons et se servit un brandy. Il avait l'habitude de faire comme chez lui. Jonathan ne proposait jamais à boire à ceux qu'il considérait comme des collègues de travail.

David était un Écossais corpulent aux cheveux tirant sur le roux. Couvertes de poils, ses mains et sa nuque étaient duveteuses comme du mohair. Son nez était criblé de pores dilatés. J'avais souvent essayé de les compter pendant que Jonathan et lui tiraient des plans sur la comète. Ce soir il portait un costume anthracite bien coupé, mais ses cuisses massives arrondissaient le pli marqué de son pantalon même lorsqu'il était debout, et ses chevilles épaisses formaient un renflement sur ses chaussures en daim.

Il s'assit sur le canapé, aplatissant comme une crêpe le coussin qu'Edith Smith était à peine parvenue à creuser.

« Bien, bien, bien. De l'eau a coulé sous les ponts, pas vrai, Clare ? » Je me souvins qu'il avait un jour expliqué à Jonathan que le meilleur moyen de mettre les gens à l'aise était d'aligner les clichés. Cela créait un lien avec l'interlocuteur timide, qui se sentait rassuré. « Oui, poursuivit-il, faisant tourner son brandy dans son verre, c'est tragique quand il arrive ce genre de choses. Surtout à ses amis. Cela sème une atroce confusion. Quel camp doit-on choisir ? Vaut-il mieux rester neutre ? Continuer à fréquenter l'un et l'autre normalement en se gardant bien de raconter à l'un qu'on a vu l'autre ? Je ne sais pas. » Il paraissait désemparé. Je lui demandai s'il avait vu Jonathan.

« Eh bien, oui, en fait. » À l'évidence, il était soulagé de pouvoir entrer si rapidement dans le vif du sujet. « Je suis tombé sur lui l'autre jour. Il partait pour l'étranger.

— Ah bon ?

— Il ne m'a pas dit où. J'ai oublié de lui poser la question, du reste. J'étais assez pressé. Nous n'avons pas eu le temps de beaucoup parler. » Enfonçant un doigt entre son col dur et la chair de son cou, il eut un tressaillement de douleur. « Ce maudit furoncle a surgi la semaine dernière. Il est encore pas mal sensible. Enfin bon, pour en revenir à Jonathan… Ce qu'il y a, Clare, c'est qu'il était dans un triste état, je te jure. Pas du tout dans son assiette. Visiblement amaigri et l'air salement patraque. Foutrement mal en point, même.

— Il t'a tout raconté ?

— Non, pas dans le détail. Mais bon, tu sais comment c'est. On est de vieux amis. Il peut me faire confiance. J'ai entendu sa version de l'histoire.

— Naturellement. » Il y eut un autre silence, le temps qu'il agite à nouveau son brandy. Il le termina d'un trait et se leva.

« Allons, ne me complique pas les choses. Tu sais que j'essaie seulement d'aider. » Ses mains remuèrent furtivement dans ses poches de pantalon. « Je comprends tout à fait que tu n'aies pas envie d'en parler, mais je ne crois pas que tu mesures combien Jonathan est bouleversé. Tu ne pourrais pas y réfléchir à nouveau, lui écrire, ou quelque chose ? Ça m'embêterait d'avoir un suicide sur les bras. »

Je m'esclaffai. « Tu en rajoutes un peu ! Et, de toute façon, tu devrais connaître suffisamment Jonathan pour savoir qu'il est bien trop désorganisé pour tenter de se suicider. Non, je ne lui écrirai pas. Nous sommes tombés d'accord pour n'avoir aucune forme de communication pendant six mois, et il n'est pas question que je rompe cet accord. »

David tripota son furoncle avec une précaution maladroite. « Bon, puisque c'est comme ça, je ne m'en mêlerai pas. Mais tu dois comprendre que je cherchais simplement à aider Jonathan.

— Je comprends. »

Il eut un haussement de ses grosses épaules. « Je ferais mieux d'y aller. J'ai promis de passer à une fête. Un client pour qui j'essaie de monter une campagne. Il fabrique des crèmes en poudre aromatisées aux fruits. Et si tu venais avec moi ? »

J'ignore pourquoi, mais je dis oui.

Chapitre 2

Dans le taxi, David m'expliqua que son client avait fait fortune avec des chaussons fourrés pour enfants qui avaient la forme de bébés lapins. Avec une partie de cette fortune il avait acheté à Putney une gigantesque maison très vilaine dont le jardin descendait en pente vers la Tamise.

La nuit était douce et la pluie avait purifié l'air de la touffeur de l'après-midi. La petite allée menant à la maison était bordée de lauriers aux feuilles luisantes. Le heurtoir sur la lourde porte figurait une tête de lapin en cuivre. Au-dessus, une imposte en verre cathédrale miroitait à la lueur de la pleine lune. David était toujours gêné par son furoncle. Il n'arrêtait pas de glisser son doigt à l'intérieur de son col et de pousser le genre de gémissements bougons qui n'inspirent pas la compassion. De sombres croissants de sueur, aussi gros que des tranches de melon, tachaient les manches de sa veste.

Dans la maison une femme avec trop de dents se rua sur nous en nous souhaitant une bienvenue inintelligible. La femme du client. Elle nous conduisit dans une grande salle qui avait l'aspect un rien saugrenu d'une pièce ordinairement conviviale qu'on avait soudain dépouillée de ses meubles.

« C'est là que ça se passe, annonça-t-elle. Je suis sûre que vous connaissez tout le monde. »

Je ne connaissais personne. Promenant un œil expert sur la foule, David adressait de-ci de-là quelques sourires entendus. La plupart des chaises semblaient avoir été débarrassées, et les invités se battaient avec la détermination de vacanciers dans un train bondé pour s'approprier les sièges rescapés. Les personnes debout se pressaient contre les cloisons pour laisser passer celles qui déambulaient. Dans le brouhaha général aucune conversation particulière n'était audible. Les gens communiquaient à l'aide de signes et de grimaces, si bien que, à titre individuel, nul ne semblait contribuer au vacarme ambiant.

« Magnifique soirée », commenta David, machinalement. Il m'attrapa le coude et me poussa vers des portes-fenêtres donnant sur le jardin. Notre progression fut interrompue par un jeune homme filiforme fumant une gauloise avec l'arrogance typique des amateurs de cigarettes françaises. David me le présenta comme un certain Roddy. Roddy me passa un bras sec et musclé autour de la taille.

« Roddy va s'occuper de toi, déclara David, soulagé.

— Essayez le chou-fleur trempé dans la sauce », suggéra Roddy.

Nous rejoignîmes un groupe de jeunes gens

minces grignotant tous du chou-fleur cru trempé dans de la mayonnaise rose et époussetant la cendre tombée sur telle ou telle partie de leur corps comme s'ils accomplissaient une sorte de rituel secret d'époussetage de cendre. Quelqu'un alla me chercher à boire. Un des amis de Roddy dit quelque chose que je n'entendis pas et tout le monde pouffa. Je les quittai.

Dans le jardin, des gens papillonnaient autour d'un barbecue. Des mains sophistiquées, étincelantes de bijoux, se tendaient vers le feu en gestes primitifs, tenant saucisses et autres côtelettes. Une grosse dame en châle espagnol, serrant un morceau de viande crue, se dirigea en titubant vers le brasier. Quand sa chaleur l'atteignit, elle s'écroula lentement sur le sol, lâchant sa viande en même temps qu'un verre noir dont les débris dessinèrent comme des taches de suie sur le dallage irrégulier. Du vin rouge se répandit au milieu des éclats jusqu'au morceau de bœuf sanguinolent. Personne ne se préoccupait de la grosse dame. Je cherchai de l'aide alentour. « Laissez-la », lança quelqu'un, et je baissai les bras.

Je regagnai la maison. Je découvris une pièce où des gens se servaient à manger sur une longue table à tréteaux. Je n'avais pas faim. Devais-je rentrer chez moi ? Je m'assis à côté d'une fille aux cheveux blonds et plats. Elle avalait de la paella avec une tranquillité maussade. Elle me regarda, sans sourire. Je m'aperçus qu'en m'asseyant près d'elle – il n'y avait pas de chaise de l'autre côté – je diminuais peut-être ses chances de se faire courtiser. Mais je n'avais pas le courage de bouger.

Autrefois, quand j'allais à des fêtes, je ne rêvais que d'indépendance. Jonathan, ridiculement fier de moi en public, ne me lâchait pas de la soirée. Il me dégotait toujours la place assise la plus confortable de la salle, et me choisissait ce qu'il jugeait être les meilleurs mets du buffet. Il allait constamment me chercher à boire. Mes seuls moments de paix étaient ceux où il se frayait pour moi un chemin jusqu'au bar. Dès que je me levais, il s'écriait : Allons danser. Nous restions toujours à la lisière de la piste. Jonathan n'aimait pas être bousculé. Avec lui, je ne risquais pas de faire de rencontres lors des fêtes et, avec Richard, il n'y avait pas eu de fêtes. À part un magnifique Bal de la Marine à Southampton avant notre mariage. Les billets avaient coûté chacun trois guinées. Je portais une robe de tulle bleu. Le corsage à baleines, lui aussi garni de tulle, était façonné en deux pointes sans pitié pour mes seins. Nous avions valsé sur du Strauss presque la nuit entière, Richard, tout sourire, me soufflant au visage ses relents de cigare.

« Vous ne mangez rien ? me demanda Cheveux Blonds. Je m'appelle Rose. Rose Maclaine. En tout cas, la paella est bonne. » Je me servis, histoire de faire quelque chose, puis me rassis à côté d'elle. « J'attends un dénommé David Roberts. Il a dit qu'il me retrouverait ici. Il a dit qu'il pourrait m'aider. Il connaît des tas de gens influents, paraît-il. Je suis actrice, voyez-vous, au cas où vous vous poseriez la question. » Américaine.

« David Roberts est là-bas », indiquai-je. Il marchait vers nous, avec ce port négligé que je lui connaissais quand Jonathan et lui passaient de longues soirées à boire ensemble. Ses lèvres épaisses se retroussaient avidement sur ses dents et ses yeux inspectaient goulûment Rose Maclaine. Ils se saluèrent avec l'enthousiasme propre aux individus qui savent qu'ils peuvent tirer avantage l'un de l'autre, et engagèrent en privé une conversation monosyllabique à laquelle un ami vint bientôt couper court. Un homme grand et pâle aux cheveux noirs bouclés portant des lunettes de soleil.

« Ce n'est pas de l'affectation, mais un malentendu. » L'homme retira ses lunettes. Il avait un œil fermé, enflé et bleu.

« Joshua Heron, Clare Lyall, nous présenta David, détournant à regret son attention de Rose Maclaine. Tu as sûrement entendu parler de lui. » Faux. David était plus saoul que je n'imaginais. « Si tu acceptes que je t'abandonne avec un homme qui a un œil au beurre noir, je vais inviter Rosie à danser », déclara-t-il d'une voix pâteuse.

Joshua Heron et moi nous retrouvâmes tous les deux. Je continuai à manger ma paella, m'efforçant d'attraper les ultimes grains de riz sur mon assiette. Il s'assit près de moi et alluma une cigarette. Plus de grains de riz. Je fus forcée de le regarder. Il posa mon assiette vide par terre. Je voyais mon reflet dans ses lunettes noires, tête d'épingle nimbée de minuscules points de lumière.

« Des fraises ? proposa-t-il.

— Non merci. » Son pouce droit était tout jauni de nicotine, comme les doigts d'un gros fumeur, et la peau carbonisée et desquamée. Nous conservâmes un silence gêné, tels deux inconnus dans un bus, tandis qu'il fumait sa cigarette. Lorsqu'il n'en resta plus qu'un centimètre, il écrasa le mégot rougeoyant sur son pouce calciné. Les brins de tabac, désormais éteints, s'échappèrent du mince papier.

« Pourquoi faites-vous ça ?

— La première fois que vous vous brûlez le pouce, ça fait mal. C'est atrocement douloureux et vous avez une cloque. J'avais quatorze ans quand j'ai commencé, un pari, au lycée. Les autres me mettaient sans arrêt au défi de faire des trucs qu'ils n'auraient pas tentés eux-mêmes. Cette espèce de grosse brute, il s'appelait Buzzard, je me souviens, il avait dit qu'il me dénoncerait, pour les cigarettes, si je me défilais. » Il eut un bref sourire. « C'était assez ignoble de sa part, vu que c'était surtout lui qui fumait les cigarettes que j'apportais.

— Pourquoi le faites-vous encore ?

— Parce que, quand la cloque a guéri, j'ai réessayé dans mon coin et c'était moins douloureux. Du coup, j'ai réessayé des tas de fois, jusqu'à ce que ça devienne presque indolore. À la fin j'éteignais toutes les cigarettes de cette façon et j'ai montré le truc à Buzzard et sa clique, comme si de rien n'était. Pendant une courte période j'ai été le héros de la bande. »

David et Rose revenaient vers nous d'un pas maladroit.

« Allons-y », souffla Joshua, m'entraînant vers la salle où résonnait la musique. Nous dansâmes. Le corps de Joshua, brûlant et ferme, remuait en rythme, avec les mouvements brusques d'un jouet mécanique. Les visages sautaient autour de nous à des hauteurs variables comme si un jongleur les lançait en l'air depuis le sol. Les vibrations s'assourdirent et se brouillèrent. La musique, les pulsations, les corps qui s'agitaient, tout cela se confondit en une seule sensation.

« J'ai la tête qui explose. » La voix de Joshua semblait venir de très loin. « Désolé. Ce doit être mon cocard. Allons prendre un peu l'air. » Dans le jardin la nuit paraissait fraîche après la salle de bal. Nous remarquâmes une masse affalée : la femme qui s'était effondrée près du barbecue était avachie en haut d'un escalier, légèrement à l'écart du reste de l'assistance.

« C'est Sally, dit Joshua. D'habitude, ça arrive plus tard. On ferait mieux d'aller voir si elle a besoin d'aide. » Nous gravîmes l'escalier. Il se pencha sur la femme, lui secoua doucement les épaules et l'incita à se mettre debout. Elle avait la tête dans ses mains, elles-mêmes soutenues par ses genoux écartés. Joshua s'assit près d'elle sur la marche et me fit signe de prendre place de l'autre côté. Ensemble, nous la soulevâmes par les aisselles et, lentement, elle redressa la tête. Semblant ne pas nous voir, elle regardait droit devant elle. Ses yeux étaient vert clair dans un visage aussi rouge et bouffi que celui d'une noyée rejetée sur une plage.

« C'est fini. C'est fini, marmonna-t-elle d'un ton pénétré. Accordez-moi un instant pour me remettre. Restez avec moi. Il ne faut pas que j'aie l'air esseulée. » Sa tête retomba brutalement dans ses mains.

« Nous sommes là. » Sally avait emprisonné nos mains dans les siennes, si bien que nos doigts emmêlés se trouvaient écrasés sous son menton.

« Cela ne sera pas long, dit Joshua, tournant ses lunettes noires vers moi. C'est effrayant, mais elle récupère vite. » La nuque de Sally était hérissée de poils sombres et drus qui auraient mérité un bon rasage. En contrebas, sur le fleuve, deux cygnes plongeaient la tête sous la surface plate des eaux noires puis en émergeaient sans y créer la moindre ride.

« Qu'avez-vous fait aujourd'hui ? demanda Joshua.

— Je suis allée à l'enterrement de mon premier mari.

— Ah bon ? » De la rive opposée, une brume descendait vers deux gros bateaux immobiles. J'avais des fourmis dans les doigts. « Elle dort. » Il déplaça un peu sa main. Je sentis la peau calleuse de son pouce. « Incinéré ?

— Non.

— Des bonnes sœurs éplorées ?

— Il n'était pas catholique. » Glissant sur un pied potelé de bébé, une des sandales de Sally dégringola au bas des marches.

« Vous êtes déjà allée à un enterrement sur le continent ?

— Non.

— Ils sont assez impressionnants. De l'apparat, mais contenu. Les fêtes religieuses et les défilés sont plutôt vulgaires, mais les enterrements sont bien. Pleins de dignité. J'ai eu une logeuse à Rome qui était la seule vraie fana d'enterrements que j'aie jamais rencontrée. Rien à voir avec de la curiosité morbide. Elle avait simplement le don pour être au courant des enterrements à venir, et hop, elle y allait ; elle suivait le cortège tout du long et elle revenait en pleurs. »

Sally poussa un grand soupir et l'ensemble de son corps frémit. Joshua proposa d'essayer de la ramener dans la maison. Nous tentâmes de la soulever, mais elle résista. Finalement, avec une assurance étonnante pour quelqu'un d'aussi saoul, elle se mit debout. Nous la soutînmes jusqu'à une chaise sur la terrasse, puis nous la laissâmes.

Dans la maison les fêtards traînaient leur silhouette en berne. La musique était lente et suggestive. Trois ou quatre couples dansaient presque sans bouger, se balançant telles des statues mal fixées sur leur socle. Nous dansâmes, nous agrippant l'un à l'autre avec la tristesse de deux êtres au bout du rouleau.

Soudain, la femme du client, froufroutant dans sa robe de taffetas et les dents tachées de rouge à lèvres, alluma les lumières. « Si on buvait encore un coup ? » fit-elle. Les autres couples ne réagirent pas et quelqu'un éteignit à nouveau les lumières. Dans la pénombre, Joshua et moi la suivîmes. Nous nous installâmes sur des chaises dorées, tous les trois, autour d'une table. Le froid nous saisit subitement. Une cuisse de dinde entamée gisait dans le cendrier et du vin rouge maculait la nappe. Derrière les fenêtres le ciel nocturne s'éclaircissait, remplacé par une brume blanche. Un serveur à la mine affairée déboucha une bouteille de champagne. Nous trinquâmes.

« À la vôtre », dit la femme du client.

C'était marrant, cet adhésif sur le cercueil.

C'était marrant, que David s'imagine que Jonathan puisse penser au suicide.

À l'heure qu'il était Jonathan devait avoir acheté une nouvelle machine à écrire. Il avait peut-être même déniché la mansarde romaine appropriée. C'était marrant. Tout était marrant. Je me mis à rire.

« Un truc drôle ? » s'enquit Joshua, mais je ne répondis pas.

Nous restâmes assis là un long moment. Je mangeais des cacahuètes salées que je piochais dans un ravier en verre taillé. Je m'essuyais les doigts à la nappe quand la femme du client ne regardait pas. Elle disait que Putney était un quartier agréable à vivre. Il y avait les habitants, mais aussi le fleuve.

Le jour s'était levé quand nous partîmes. Le pare-brise de Joshua était couvert de buée. J'y jouai au morpion le temps qu'il déverrouille la portière. Le moteur faisait un bruit épouvantable dans le silence du petit matin. Impossible de parler. Joshua me déposa devant ma porte.

« Vos cheveux ont une plus jolie couleur à la lumière du jour », dit-il.

Dans la cuisine le soleil était pâle sur le formica vert, les plantes artificielles et la vaisselle provençale. Je préparai mon petit déjeuner.

Chapitre 3

Dès la fin de matinée je me mis à chercher Joshua. Je le cherchai dans l'annuaire et dans un vieux répertoire que David avait oublié l'année d'avant. Je le cherchai pendant trois jours. J'achetai des tas de quotidiens et de magazines et les parcourus tous, au cas où il aurait été journaliste. J'épluchai les affiches de tous les théâtres, au cas où il aurait été acteur. Je le cherchai dans les foules estivales du lac Serpentine et de l'Albert Memorial ; j'errai le long des rangées de parcmètres dans l'espoir de repérer sa voiture. Mais je ne le trouvai pas.

Le quatrième jour je renonçai à ma quête et allai deux fois au cinéma. Lorsque je sortis du deuxième film, c'était le soir. Une chaleur suffocante s'élevait des rues bruyantes bondées de monde : restée longtemps assise, je me sentais ankylosée, mais pleine d'énergie. Je passai par Green Park, sorte de zone-tampon amortissant le tumulte de Piccadilly, puis traversai Hyde Park, avec ses effluves de vieille chaleur rance et ses poussières en suspension. Les yeux me piquaient à force de scruter tous les hommes que je croisais. En arrivant au coin de ma rue, toujours pleine d'énergie, je me mis à courir – au cas où le téléphone sonnerait, au cas où une lettre serait arrivée.

Il y avait une carte postale. Elle gisait, image vers le haut, sur le paillasson : la relève de la Garde en couleurs. Je la ramassai et me précipitai vers la lumière verte de la cuisine pour la lire. L'écriture était fine, inconnue, et le texte penchait nettement vers le haut.

Je suis venue pour le thé mais vous n'étiez pas là. Je repasserai. Bien à vous, Ethel Fox. (Mrs Henry Fox.)

Le téléphone sonna. Je le laissai sonner deux, trois, quatre fois, tandis que je rejoignais lentement le salon.

« Allô ?

— Clare ? C'est David. J'ai eu envie de t'appeler. J'ai passé le week-end à Rome : tu devines avec qui…

— Non.

— Rose Maclaine.

— Ah.

— Devine sur qui je suis tombé au Harry's Bar.

— Aucune idée.

— Jonathan.

— Ah.

— Il est très bien installé. Il m'a emmené à son appartement près de la Piazza di Spagna. Une vue merveilleuse. Et il a une nouvelle machine électrique absolument énorme.

— Formidable.

— Il a demandé de tes nouvelles et je lui ai dit que tu allais bien. Tu vas bien, n'est-ce pas ? » Il se tut. « Il avait l'air beaucoup plus en forme, en fait. Il a repris un peu de poids. » Je dis que j'étais contente. « Je l'ai présenté à Rose. Tu sais ce qu'il lui a dit ? Il a dit : "Si je n'étais pas marié, je vous trouverais fabuleuse." Si ce n'est pas de la loyauté… » Jugeant plus facile d'acquiescer, je ris au bout du fil.

À la fin de son monologue, je récupérai la carte de Mrs Fox pour y chercher une adresse. Il n'y en avait pas et je calai la carte sur le bureau. La Garde royale me fit repenser au poème d'A. A. Milne sur Buckingham Palace. *Christopher Robin went down with Alice*… Je me préparai un whisky-soda, puis allai prendre des glaçons dans la cuisine. Après avoir passé le bac sous l'eau chaude, je jetai trois cubes dans mon verre. À Noël dernier Jonathan m'avait offert un seau à glaçons en plastique en forme d'ananas. Il savait que je ne m'en servirais pas, mais l'objet lui plaisait. « Il ne nous manque plus que la pince, avais-je déclaré au pied du sapin de ses parents.

— Tu l'auras pour notre anniversaire de mariage, ma chérie », avait-il répondu sérieusement. Sa mère et lui avaient alors discuté hygiène tandis que, dehors, la neige tombait.

Je balançai le bac à glace dans l'évier, où il rebondit avec fracas.

« Ne sois pas si *violente*, Clare », disait toujours Jonathan.

Prenant mon verre avec moi, je gravis l'étroit escalier escarpé que recouvrait une épaisse et luxueuse moquette Wilton. J'arpentai notre chambre à coucher et comptai les roses en chintz de la cantonnière. Il y en avait dix-sept. Je les connaissais par cœur. Je promenai mes doigts sur la cheminée, à l'intérieur comme à l'extérieur des pots en céramique que Jonathan avait achetés en Grèce. Pas un grain de poussière. Je me regardai dans le vieux miroir piqué que nous avions déniché chez un antiquaire. Je baissai les paupières, ébouriffai mes cheveux. J'entonnai « Where Have All the Flowers Gone ? ». Je ressortis de la chambre à toutes jambes, une invisible machine à faire du vent soulevant mes invisibles jupons de mousseline... *Long time passing.* La pièce que nous n'avions jamais fini d'aménager possédait deux murs roses et deux murs blancs. Sous des housses de protection, on discernait divers meubles et autres cartons. Il régnait une odeur de pot-pourri bon marché. Cette pièce aurait dû être une chambre d'enfant. Quand j'avais glissé à Jonathan que ce serait bien d'avoir un bébé, il était revenu avec deux bidons de peinture rose. Tous les matins, au lieu d'écrire, il s'employait à peindre les murs. Il refusait de croire que je n'étais pas enceinte, que j'avais simplement évoqué cette éventualité. Lorsqu'il daigna comprendre la situation, et qu'aucun enfant ne se profila, il renonça à sa peinture, laissant l'ouvrage en plan, et acheta un énorme nounours rose, qu'il mit une matinée entière à choisir chez Hamleys. « Histoire de conjurer le sort », déclara-t-il, très content de lui. Saisie d'une rage folle, je lui jetai la peluche à la figure, et il la monta dans la chambre inachevée, en s'excusant de son manque de tact. L'ours trônait à présent au milieu des collines ondoyantes que formaient les meubles sous leurs draps en vichy : affichant un grand sourire de laine noire, il avait une langue en feutre rouge et des pattes en velours rose. Je le pris dans mes bras puis, le serrant contre moi, me mis à tournoyer dans la pièce avec frénésie. Je tournoyais sans fin autour de l'îlot de meubles cachés sous leur bâche, je tournoyais en chantant, de plus en plus vite… Soudain, trébuchant sur une bosse que je n'avais pas vue, je m'étalai de tout mon long sur la moquette rose, où je restai inerte, hors d'haleine. L'ours gisait à quelques centimètres de moi, continuant à sourire. Je le fourrai sous une des housses puis me remis debout.

La sonnette de l'entrée retentit, des petits coups impatients, brefs et stridents. Je dévalai l'escalier et ouvris la porte à la volée. Le soleil du soir me transperça les yeux. Je ne reconnus pas tout de suite la haute silhouette.

« Qu'est-ce que vous fabriquiez ? Vous avez de la poussière, ou je ne sais quoi, partout sur la figure. »

Je reculai et Joshua entra ; il me précéda en direction de la cuisine. Il portait un gros sac en papier kraft rempli de choses achetées au supermarché.

« J'ai prévu assez pour trois, annonça-t-il. Poulet froid en gelée, pointes d'asperges, œufs de lump, fromage frais, crème glacée et pastilles de menthe. Je n'ai plus de butane.

— Assez pour trois ? » Debout à côté de lui, je

le regardais déballer les victuailles sur la table de cuisine.

« J'ai appris que vous étiez mariée.

— Sauf que mon mari est parti pour six mois.

— Alors on va pouvoir se goinfrer… Où sont les verres ? » Il fouilla dans les tiroirs en quête d'un tire-bouchon : il avait également apporté une bouteille de vin. À la place de celles de soleil, il arborait d'immenses lunettes de vue à grosse monture noire qui lui mangeaient le visage. Derrière, sa peau pâle était tendue sur ses pommettes. Ses yeux, écartés, étaient gris et mouchetés, comme si de la sciure avait volé dans ses iris. L'un d'eux était encore enflé et tuméfié.

« Qu'est-il arrivé ? demandai-je. À votre œil, je veux dire.

— Une collision, dit-il d'un ton bref. J'ai eu quelques soucis depuis la soirée, c'est pour ça que je ne vous ai pas appelée. Je devais finir un script pour aujourd'hui, et puis on m'a coupé le téléphone parce que j'avais oublié de régler la facture, et puis le producteur américain pour qui je bosse m'a fait trimer jusqu'à pas d'heure tous les soirs, à me suggérer des tas d'idées que je lui avais déjà données le matin.

— Vous travaillez sur quoi ?

— Un documentaire sur la vie rurale britannique destiné au marché mexicain. Cela vous étonnera peut-être, mais la vie dans les villages anglais est encore florissante. On a déjà quinze jours de retard sur le planning. »

Nous dînâmes. Joshua picorait au hasard. Une pastille de menthe, une aile de poulet, du fromage frais, une autre pastille de menthe, des œufs de lump sur du pain. Il enchaînait les aliments de façon imprévisible et, entre deux bouchées, attrapait son vin ou sa cigarette avec des mouvements agressifs. Totalement concentré sur ce qu'il faisait, il semblait plongé dans l'espèce de transe qui, dans les dîners pompeux, s'empare des convives lorsqu'ils sont affligés de voisins de table assommants et n'ont d'autre échappatoire que le contenu de leur assiette.

« Je n'aime pas cette pièce, décréta-t-il quand il eut terminé. Elle brille trop. Qu'est-ce que vous avez fait pour vous salir la figure comme ça ?

— Je suis tombée par terre au premier étage. » Je me palpai le visage.

« Il doit y avoir de la poussière, chez vous.

— En effet. » Ramassant des papillotes de bonbons, je m'acharnai à les entortiller.

« Qu'est-ce qu'il fabrique, votre mari ?

— Il est juste parti, je ne sais pas où. Nous sommes séparés pour six mois.

— Vous n'avez pas un coin plus confortable où nous pourrions aller ? »

Je le conduisis dans le salon. Il y régnait une odeur de pièce inhabitée et vaguement humide.

« Il y a cette pièce-ci.

— Un de vous deux est très "chintz", on dirait.

— C'est Jonathan.

— Quel genre d'homme est-il ? » Joshua s'assit sur un des canapés en chintz. Je ne les avais jamais aimés. À présent je rougissais à l'idée que j'en étais propriétaire et la chaleur du vin se propagea en moi comme un incendie.

« Un jour il s'est énervé contre moi parce qu'il manquait une pile de livres humoristiques aux toilettes, expliquai-je. Il n'y a rien à en tirer. Tout foire systématiquement avec lui. Il est tout le temps censé se produire des événements merveilleux, or ils ne surviennent jamais. Il raffole du succès, mais il n'y accédera jamais parce qu'il n'est pas prêt à travailler pour l'obtenir. De toute façon, il n'est pas assez doué. Ce qui compte pour lui, c'est de décorer son bureau pour qu'il ressemble à l'image qu'il se fait d'un bureau d'écrivain. Inviter des auteurs, des éditeurs et des agents à déjeuner. Changer de machine à écrire pour un modèle plus récent. En fait, il n'écrit véritablement que deux heures par semaine.

— Je pense voir le tableau, dit Joshua. Pourquoi l'avoir épousé ?

— Il n'était pas comme ça il y a deux ans. Il a toujours été faible. Mais au début il était gentil et pas trop exigeant. Je crois vraiment que je l'aimais quand je l'ai épousé. Mais ce que je ne comprends pas, c'est comment, un jour, on peut aimer quelqu'un en toute quiétude, et puis, le lendemain, comment des détails qui ne vous dérangeaient pas du tout jusque-là vous rendent carrément dingue. Je me suis mise à détester des choses auxquelles il ne pouvait rien. La forme de sa nuque, sa respiration sifflante le matin à cause de son asthme. Quand j'ai fini par déclarer qu'il fallait qu'un de nous deux s'en aille, il a abandonné la partie sans se battre une seule seconde. J'aurais pu le tuer tant il était raisonnable, à suggérer ces six mois de séparation et à m'énoncer avec des trémolos dans la voix quelles dispositions financières il avait prises. Là-dessus, il a rempli deux, trois valises puis m'a donné une adresse où envoyer ses chemises quand elles reviendraient de la blanchisserie. Il m'a embrassée pour me dire au revoir littéralement en pleurs… vous imaginez ? » Joshua hocha la tête sans répondre. « Il était très gentil, répétai-je, et tellement prévenant que c'en était étouffant.

— Il paraît que c'est souvent comme ça d'être marié. » Il éleva la main vers ma tête et empoigna une mèche de mes cheveux. « Vous avez de drôles de couleurs dans les cheveux… De la vieille paille mélangée à du foin verdâtre. » Il promena son doigt sur mon front puis mon nez, avant de l'immobiliser entre mes lèvres.

« Je dois vous mordre ? demandai-je, sans ouvrir la bouche.

— Non. Venez plutôt m'embrasser. J'aime faire les choses très lentement. » Il m'attira vers lui d'une brusque secousse et je sentis les gros coussins en chintz se froisser et s'aplatir sous mon poids. La sonnette de l'entrée retentit.

Joshua cessa aussitôt de m'embrasser pour aller répondre. Je l'entendis parler à quelqu'un sans réussir à identifier le visiteur. Il revint m'annoncer que c'était une vieille dame qui prétendait être une amie à moi, et Mrs Fox surgit soudain en le bousculant avec impatience.

« Mrs Lyall ! s'écria-t-elle. Croyez-moi si vous voulez, mais je savais que je vous trouverais ici. Je revenais de Leicester Square en bus – j'étais allée voir le nouveau Cliff Richard, très bien, d'ailleurs – quand tout à coup je me suis dit : Pourquoi ne pas acheter des bricoles à manger et aller chez Mrs Lyall ? On pourra improviser un petit dîner... Alors je suis descendue à Hyde Park Corner acheter deux friands à ce stand ouvert toute la nuit. (Elle tapota un sac en papier chiffonné.) Il me restait des Kit Kat du cinéma et, de toute façon, je me suis dit qu'on pourrait se faire du chocolat chaud... » Elle hésita, regardant Joshua. « Ou autre chose, selon vos habitudes », ajouta-t-elle.

Elle portait le même manteau noir et le même chapeau que précédemment, mais cette fois la rose de l'Alexandra Rose Day avait remplacé le coquelicot. Elle la tâta de sa main libre et attendit ma réponse. Je lui présentai Joshua.

« Je ne suis pas sa tante ni rien de ce genre, dit-elle, lui tendant son poing ganté de chevreau. Vous n'avez donc pas à vous en faire pour ça. J'ai rencontré Mrs Lyall sur un banc. Le problème, c'est que je n'ai que deux friands. Comment va-t-on s'y prendre pour les partager en trois ? » Elle leva un regard aimable vers Joshua.

« Et si vous les mangiez tous les deux ? suggéra-t-il du tac au tac. Nous avons dîné il n'y a pas longtemps, mais nous pourrions boire un verre avec vous. »

Mrs Fox approuva l'idée. Aux petits soins pour elle, nous lui apportâmes une assiette et un verre et lui fîmes une place sur le canapé. Je retapai les coussins dont l'aspect écrasé évoquait de récents ébats, mais Mrs Fox ne parut pas le remarquer. Je m'excusai de ne pas avoir de cacao chez moi. Elle répondit avec soulagement qu'elle s'accommoderait d'un pink gin. Nous la persuadâmes d'enlever son manteau, mais son chapeau avait un air bien installé qu'elle ne semblait nullement prête à bouleverser. Alors qu'elle avait sous son manteau une robe en crêpe noir informe, elle arborait, épinglée bas sur le sein gauche, une broche en cuivre au motif abstrait. Elle nota que je regardais son bijou.

« Elle vous plaît ? demanda-t-elle. Je l'ai achetée pas plus tard qu'hier. J'avais toute une ribambelle de broches-camées. Henry m'en offrait toujours, à chaque anniversaire. Je n'osais pas le lui avouer, mais je n'aime pas les camées. Ils vous vieillissent. Et puis ils sont sinistres. Toutes ces têtes en ivoire jaunâtre… Enfin bref, comme ça fait maintenant des années qu'il est mort, je me suis dit qu'il s'était écoulé assez de temps et que je pouvais les vendre. Je les ai donc apportées chez un bijoutier qui m'a offert cinq livres pour le lot. Cinq livres pour treize broches-camées ! Ensuite je suis allée dans une de ces jolies boutiques modernes avec de la musique qui sort d'une grille dans le mur, des tables couvertes de toile de jute à la place des comptoirs, et des corbeilles à pain et des galets posés un peu partout… enfin, vous voyez le genre d'endroit. Et là-bas j'ai trouvé ça. La vendeuse de la boutique en portait une tout à fait du même style et elle m'a dit qu'elle m'allait très bien. Que ces broches-là convenaient à tous les types de femmes. J'ai envoyé deux livres à Edith, le reste, je le dépenserai au cinéma. »

Elle mordit dans un friand et de la pâte feuilletée

se déposa sur son menton. Joshua écrasa son mégot contre son pouce avant de le jeter dans la cheminée. Mrs Fox le regarda avec étonnement.

« Henry avait ses manies lui aussi, dit-elle. Il faisait des petits bruits de gorge avant de prendre la parole. Et si personne n'écoutait, eh bien, il continuait à gargouiller jusqu'à ce qu'on prête attention à lui. » Elle sourit à ce souvenir et désigna le tourne-disque de la tête. « On ne pourrait pas monter le son ? »

Joshua augmenta immédiatement le volume et une expression de contentement désormais familière s'épanouit sur les traits de Mrs Fox. Il devint difficile pour elle de continuer à bavarder, et nous écoutâmes la musique. Lorsqu'elle prit fin, Mrs Fox eut un petit sursaut, comme si elle revenait dans le présent, et s'obligea à se concentrer sur nous.

« En réalité, si je suis venue, c'était pour vous parler d'Edith. » Elle marqua une longue pause, rechignant à poursuivre. Joshua lui demanda ce qui se passait.

« Elle est malade. Le cœur. » Elle gratouilla la rose sur son chapeau. « J'ai reçu une lettre de la directrice de Gulliver hier matin, cette vieille garce ! » Prenant dans son sac une feuille de papier toute froissée, elle lut : « *"Chère Miss Fox* – il faut évidemment qu'elle se trompe – *le médecin nous conseille de vous avertir que les problèmes cardiaques de votre sœur s'avèrent très inquiétants et qu'elle doit rester alitée. Étant donné que nous ne sommes pas en mesure de nous occuper de clients dans un état grave, je vous écris pour vous prévenir que nous allons devoir l'envoyer à l'hôpital dès qu'un lit y sera disponible. En attendant, je peux vous assurer que nous faisons tout ce qui est en notre pouvoir pour veiller à son confort* – pff, je le connais, leur pouvoir – *et je vous avertirai de la suite des événements. P.-S.* (Là, Mrs Fox prononça les mots avec hargne.) *Votre sœur ne se plaint pas et semble relativement heureuse."*

» Bien sûr qu'Edith ne se plaint pas, fulmina-t-elle. Edith n'adresse jamais la parole à personne là-bas. » Maintenant qu'elle avait fini de lire la lettre, elle s'enfonça à nouveau dans le canapé, tout abattue. « Qu'est-ce que je vais faire ? Edith va mourir si on la met à l'hôpital. S'il y a bien une chose qu'elle n'a jamais supportée, c'est l'odeur de désinfectant.

— Pourquoi ne pas aller voir la directrice et vérifier comment va votre sœur ? » demanda Joshua.

Une répugnance presque imperceptible envahit Mrs Fox. « C'est tellement calme là-bas, dit-elle avec dégoût. Elles vous regardent toutes, ces petites vieilles, par-dessus leur tricot. Elles vous scrutent en permanence et vous avez l'impression de ne pas pouvoir échapper à leurs regards. Mais j'irai, ajouta-t-elle, si je n'apprends pas dans les jours qui viennent qu'elle va mieux. Elle va sûrement se rétablir. Elle a déjà eu ce genre de crises. » Joshua affirma qu'en tout état de cause elle allait sûrement se rétablir avant d'être envoyée à l'hôpital. Son optimisme ragaillardit énormément Mrs Fox. Elle se leva pour s'en aller et, retrouvant en partie sa véhémence, s'en prit au gouvernement.

« Ils devraient faire quelque chose au sujet des maisons de retraite, s'écria-t-elle. Elles sont la honte de ce pays. Il devrait au moins exister des critères d'hygiène officiels, des inspections plus strictes, je ne sais pas. Mais ces pseudo-établissements privés sont une véritable farce. Il faudra que vous veniez à Gulliver voir par vous-mêmes un de ces jours. » Elle gagna la porte d'un pas sautillant avant de se tourner vers Joshua avec son sourire le plus charmeur. « Cette grosse voiture à l'allure bien pétaradante devant la maison, elle est à vous ? Parce que j'aimerais beaucoup rentrer chez moi à son bord.

— Je vous emmène, dans ce cas », sourit Joshua, l'aidant à enfiler son manteau. Ils sortirent ensemble tout guillerets et Mrs Fox s'installa lestement dans le siège bas en se gardant de souligner son agilité. Joshua fit vrombir le moteur et, avant qu'ils ne disparaissent, je remarquai que Mrs Fox se balançait d'avant en arrière, tapant des mains et s'esclaffant avec excitation.

Chapitre 4

J'attendis jusqu'à deux heures du matin que Joshua revienne. Mais il ne reparut pas.

À midi, Mrs Fox me téléphona d'une cabine. Elle avait besoin de graines de géranium pour sa jardinière. Pourrais-je lui en apporter un sachet cet après-midi, et rester boire le thé ?

Dans le bus pour aller là-bas j'étais assise derrière un homme dont la tête avait presque la forme de celle de Jonathan. Les mêmes cheveux blond-roux en longues mèches sur la nuque. Jonathan se mouillait toujours les cheveux dans le bain, tellement ils étaient longs. Ses bains duraient des éternités. Allongé, il posait sa cigarette sur le support transversal et observait la cendre tandis qu'elle atteignait des longueurs obscènes puis dégringolait dans l'eau savonneuse. Plus tard, au petit déjeuner dans la cuisine verte, il laissait couler de la marmelade sur le journal sous prétexte qu'il se croyait capable de manger ses tartines sans regarder. Il se levait ensuite avec force soupirs en déclarant qu'il devait se mettre au boulot. Il jouait du tambour à l'intérieur de ses poches de pantalon, si bien que les articulations de ses doigts, sous le tissu, faisaient des bulles comme de l'eau qui bout : il prétendait réfléchir.

Oh Jonathan, il m'arrivait de te détester. Je détestais la façon dont tu rebondissais sur tes plantes de pied, respirant un enthousiasme exaspérant. Je détestais la manie que tu avais de baisser ta chaussette et de te gratter la cheville, de sorte que les écailles de peau desséchée atterrissaient sur le tapis au grand dégoût des personnes présentes. Je détestais la façon dont tu réclamais systématiquement la pince à glace.

« Attrape cette fichue glace avec les doigts ! » hurlais-je chaque fois, et tu répliquais : « Enfin, bon Dieu, quelle importance ? » Oui, en effet, quelle importance ?

Je sortis du bus vibrante de colère. Il soufflait un vent humide et suffocant. J'avais trop chaud dans mon imperméable. Je marchais lentement.

Mrs Fox habitait une grande maison victorienne à la façade verdâtre. La porte d'entrée fut ouverte par une grosse dame flasque dont la peau avait la consistance des ris de veau. Lorsque je réclamai Mrs Fox, elle hissa ses seins lourds et pendants sur un de ses bras, avant de renforcer ce soutien avec l'autre.

« Vous pourrez lui dire de ma part d'arrêter ce foutu boucan, grommela-t-elle entre des gencives édentées, agitant sa tête sur le coussin de ses épaules. » (Un bref instant elle sembla pourvue d'un cou.) « Ça n'arrête pas, à longueur de journée, à pleins tubes. Dernier étage à gauche. »

Je la suivis dans le vestibule et entendis

aussitôt la musique qui venait de l'appartement de Mrs Fox. Un mobile japonais se balançait au bout d'une ampoule nue accrochée au plafond, pivotant de manière lugubre, projetant des reflets anguleux sur les murs jaunes souillés de taches. À mesure que je gravissais l'escalier en pierre aux marches tout usées au milieu, je déchiffrais à chaque étage les noms sur les portes vernies : Noble, Eustace, Gray, Hall. Et enfin, Fox.

Je sonnai à la porte et Mrs Fox vint répondre. Comme elle n'avait pas baissé la radio nous nous abstînmes de parler, mimant avec nos lèvres des salutations silencieuses. Elle me conduisit dans une grande pièce qui accueillait un immense lit en cuivre, un fauteuil, un tabouret en tapisserie et une table ronde étincelante, tous plus imposants les uns que les autres. Sur les étagères, des romans d'espionnage signés Ian Fleming côtoyaient des ouvrages médicaux, mais ces volumes constituaient les seuls témoignages du passé de Mrs Fox : aucune accumulation de vieilleries. Sur la table trônait un bocal de confiture rempli de divers petits emblèmes caritatifs, coquelicots, drapeaux et autres roses. Une coupure de journal montrant Cliff Richard en train de serrer la main de la reine lors d'une avant-première était calée contre le miroir terni au-dessus de la cheminée. La photo avait été soigneusement collée sur un support en carton. Une reproduction de Jackson Pollock, au-dessus du lit, était le seul tableau de la pièce, mais une cage vide était suspendue à un cordon à côté de la fenêtre, un brin de séneçon mort coincé entre deux barreaux.

« J'avais acheté l'oiseau, expliqua Mrs Fox en baissant la radio, mais comme il ne voulait pas chanter, je l'ai relâché. Seulement voilà, Mrs Morris – la propriétaire, que vous avez dû voir en bas – m'a dénoncée à la R.S.P.C.A[1]. Ils m'ont envoyé un inspecteur, et ce qu'il y a de drôle, c'est que l'homme s'est avéré très gentil. On s'est entendus comme larrons en foire. Il a parfaitement compris que j'aie pu relâcher un oiseau inutile… il a dit qu'il aurait fait la même chose, en dehors du service. J'ai dit que les canaris étaient censés chanter, et il était d'accord. Bref, nous sommes maintenant de grands amis et il vient me voir régulièrement. Au printemps, j'irai passer un week-end dans sa famille à Epsom. »

Elle rit dans sa barbe et gagna la fenêtre en sautillant. « Vous avez froid ? » Le vent chaud de l'extérieur s'infiltrait dans la pièce et, d'une main hésitante, elle referma un peu plus la fenêtre. « Ce qu'il y a, c'est qu'il faut bien aérer quand on n'a qu'une seule pièce. Vous n'avez pas idée de l'odeur ! Surtout chez les vieux. J'ai dû aller voir une amie d'Edith le week-end dernier à Highgate, et j'ai été obligée de garder mon mouchoir sur le nez presque tout l'après-midi. J'avais affreusement mal au cœur en repartant. Je ne sais pas ce qui se passe avec nous, les personnes âgées… les chairs vieillissantes ou que sais-je. Il faut dire que la majorité des gens de ma génération mettent un point d'honneur morbide à conserver

1. Royal Society for the Prevention of Cruelty to Animals, équivalent britannique de la S.P.A. (*Note de la traductrice.*)

de vieux vêtements moisis et des trésors bons à jeter, comme des pelotes à épingles datant de 1900 et des babioles de ce genre. Pff ! La nostalgie est déjà assez triste en soi, mais c'est encore pire quand on est fétichiste. Pas étonnant que les vieux sentent mauvais ! » D'un air de défi, elle vaporisa du désodorisant partout dans la pièce. « Ça ira pour l'instant. Asseyez-vous donc quelque part. Je vais planter les graines puis nous prendrons le thé. » Elle extirpa de sous le lit une boîte en plastique remplie de terre fraîche qu'elle plaça sur ses genoux. Elle y creusa un trou avec son doigt, très délicatement, avant d'y déposer la première graine.

M'installant sur le tabouret en tapisserie près du radiateur à gaz éteint, j'observai Mrs Fox. Des ombres grises dansaient dans la pièce, telles les ombres d'un feu de bois : les cimes des arbres qui s'agitaient dehors… La musique à la radio changea. À la plainte d'une valse vénitienne succéda un vieux disque de Benny Goodman. Mrs Fox contemplait le trou qu'elle était en train de reboucher : ainsi baissées, ses paupières arachnéennes tremblaient légèrement. Elle tapait des pieds au rythme de la musique.

« C'est un garçon très gentil, ce Joshua, dit-elle. Ça m'a fait plaisir de le rencontrer. » Elle me lança un bref coup d'œil, puis se pencha à nouveau sur sa jardinière. « On s'est bien amusés. Notre balade en voiture était merveilleuse. Il a fait vrombir le moteur dans le tunnel de Hyde Park Corner en donnant des coups de klaxon. Vous auriez dû entendre l'écho ! Et puis il est monté avec moi. Je lui ai montré la salle de bains et le reste, et il a eu l'air de tout trouver bien. Ah çà, il a d'excellentes manières, poursuivit-elle, et j'ai été captivée par le récit de ses hauts faits.

— Ses hauts faits ?

— Il n'a pas employé ce terme, bien sûr. Mais j'ai deviné. Il a signé plusieurs documentaires à succès, vous savez. Il a voyagé partout dans le monde pour les réaliser, ajouta-t-elle, vague et expansive à la fois, et ils sont passés à la télévision dans plein de pays différents. J'ai dû lui tirer les vers du nez. Il n'était pas très loquace. Mais, à ce que j'ai cru comprendre, quand il aura gagné assez d'argent, il compte se retirer en Finlande pour écrire des biographies historiques dans la forêt. Je lui ai dit que c'était une drôle d'idée, et il a répondu qu'il avait parfois cette impression lui aussi. »

Elle rejoignit un petit fourneau dans l'angle de la pièce et mit la bouilloire à chauffer. Nous dégustâmes des biscuits roses surmontés d'un glaçage blanc en forme de couronne. Quelque temps après, elle reprit :

« Il y a eu une merveilleuse émeute devant l'ambassade russe dimanche dernier. Vous l'avez ratée ? Dommage. Mais samedi prochain il paraît qu'il y a un splendide mariage à St. Martins-in-the-Fields. Ça, ça va me plaire. On entend la musique jusqu'à Trafalgar Square. Une fois la mariée ressortie, vous savez, il est assez facile de se faufiler sur un banc pour écouter la fin du morceau. Après un mariage, on ne remarque jamais quelqu'un qui entre dans l'église au moment où tout le monde en sort.

— Vous avez appris d'autres choses à propos de Joshua ? demandai-je, essayant de prendre un ton détaché.

— Il habite Notting Hill Gate. Il m'a donné son adresse. Je l'ai sur un bout de papier quelque part. » Elle farfouilla dans un tiroir. « Ah, la voilà. Tenez, prenez... vous pouvez la garder. » Je rangeai le papier dans mon sac sans le lire. Elle remplit ma tasse de thé et remonta sans réfléchir le son de la radio. « Il paraît que vous êtes provisoirement séparée de votre mari, beugla-t-elle, joyeuse, par-dessus la musique. Eh bien, si vous voulez mon avis, vous devriez prendre un amant tant que la voie est libre. En ce qui me concerne, je n'en ai jamais eu, car si Henry l'avait appris, il aurait tenu à se battre en duel. Il était très vieux jeu de ce point de vue-là. Alors, à la place, j'allais à des concerts, des défilés et des choses comme ça. Voyez un peu où ça m'a menée. » Machinalement, elle mit le volume encore plus fort. « Non, mieux vaut avoir un amant quand on est jeune qu'une névrose quand on est vieille. En effet, si on a des amants quand on est jeune, une fois vieille, tout ce que diront les gens, c'est qu'on a eu plein d'hommes. Ils seront sans doute jaloux, mais la jalousie, on peut faire avec. Tandis que si on se contente d'un substitut, alors, une fois vieille, les gens diront : "Elle est folle, la pauvre. Elle est complètement piquée : elle s'est mis en tête d'élever des poulets", ou que sais-je. C'est pour ça qu'il vaut mieux avoir des amants quand on est jeune, plutôt que d'éveiller la pitié quand on est vieille. »

Sa voix se perdit dans la musique. Je ne trouvai

rien à lui beugler en retour. Soudain elle se tourna vers moi et lâcha d'un ton brusque :

« Ils m'ont envoyé une de leurs assistantes sociales la semaine dernière. Bah ! Elle a suggéré que je m'inscrive au Club des Seniors. Elle n'arrivait pas à croire que je puisse me distraire dans mon coin. Elle n'arrivait pas à croire que je ne me sente pas seule. Mais de quoi je me mêle ? À me demander ce que je mangeais. Ce que je lisais. Elle avait une de ces voix mielleuses qui me donnent envie de vomir. De la *compassion* dans ses petits yeux porcins, aussi... Je l'ai envoyée promener, je ne pense pas qu'elle reviendra de sitôt. » Elle recommença à rire, et alla refaire du thé.

Je restai jusqu'à six heures. Quand je partis elle m'accompagna à la porte et la musique envahit la pénombre de la cage d'escalier. Tandis que je descendais les marches en pierre, elle se courba par-dessus la rampe. « Notting Hill Gate ! » me cria-t-elle, avant de claquer sa porte.

Dehors, le vent chaud et humide forcissait. Je me mis à marcher très vite, puis à courir. Immeubles, voitures et piétons se succédaient sous mes yeux tels des rubans qui se dévident. Des boutiques familières sautillaient, quasi méconnaissables, comme aperçues depuis un carrousel de foire. Mais je n'allais pas assez vite. Je criai « Taxi » tellement fort que des gens se retournèrent pour me regarder. Je donnai au chauffeur l'adresse inscrite sur le bout de papier et m'affalai de tout mon long sur la banquette qui fleurait bon le cuir. Afin de ne pas m'impatienter dans les rues embouteillées, je m'employai à lire et relire une publicité pour une boîte de nuit de Fulham fixée au dos du strapontin devant moi. J'essuyai la sueur sur mon front du revers de la main.

Nous nous arrêtâmes devant un grand immeuble d'habitation. Le chauffeur de taxi mit très, très longtemps à me rendre la monnaie. Franchissant en toute hâte d'épaisses portes vitrées, je pénétrai dans un hall qu'une épaisse moquette fantaisie rendait silencieux. Il y avait des miroirs teintés de rose sur les murs et j'aperçus fugitivement mon reflet : figure rouge, tignasse hirsute. L'ascenseur monta lentement dans un doux chuintement jusqu'au quatorzième étage. Je longeai en courant un couloir lui aussi moquetté jusqu'à une porte marron anonyme. J'appuyai sur la sonnette, stridente, et attendis. Je sonnai à nouveau et la porte s'ouvrit. Joshua se tenait là, manches de chemise retroussées, une cigarette entre le pouce et l'index.

« Ah, c'est vous. » Il n'avait pas l'air étonné.

« Mrs Fox m'a donné votre adresse.

— Je vous aurais téléphoné… J'ai été dans l'Essex toute la journée, en tournage. Vous feriez mieux d'entrer. » Je le suivis dans une pièce carrée et blanche chichement meublée de deux canapés bas de style scandinave, eux-mêmes moins sobrement encombrés d'une foule de coussins violets, orange et écarlates. Des magazines, des tapuscrits ainsi que trois canifs jonchaient le sol. « Pourquoi portez-vous un imperméable ?

— Je croyais qu'il allait pleuvoir.

— C'est drôle, j'ai regardé par la fenêtre ce matin et je me rappelle m'être dit très clairement : Il ne va pas pleuvoir aujourd'hui.

— Vous aviez raison, alors. » Je retirai mon imper. Je me sentais déprimée, déçue.

« Venez admirer ma vue. » Nous gagnâmes les grandes fenêtres. Londres s'étendait à la rencontre du ciel bas et gris. Les immeubles, multitude de bulbes terreux, surgissaient d'un sol indéterminé.

« Ce serait mieux si c'étaient des arbres. Je ne sais pas pourquoi on ne construit pas des gratte-ciel au milieu des forêts. Imaginez ce que ça donnerait quand le vent soufflerait. Vous voulez une vodka ? C'est tout ce que j'ai. » Il me servit un verre et alla chercher de la glace dans la cuisine. Je transpirais toujours. J'appuyai le verre froid contre mes joues. Elles me brûlaient encore. Je lui racontai mon après-midi avec Mrs Fox.

« Elle a été extraordinaire le soir où je l'ai ramenée chez elle. Elle m'a fait prendre trois fois de suite le tunnel de Hyde Park, en klaxonnant. Elle riait comme une enfant.

— Elle risque de venir ici, vous croyez ? Elle m'a donné le morceau de papier avec votre adresse. »

Joshua pouffa. « Elle l'avait notée avec mon numéro de téléphone sur la page de garde de sa bible de chevet... je ne serais pas étonné de la voir débarquer d'un instant à l'autre. » Il s'assit à côté de moi sur un des canapés en cuir bas. « Mignonne, dit-il doucement. Assez touchante, votre allure débraillée. Et vous luisez.

— J'ai transpiré, expliquai-je, me tamponnant à nouveau le front.

— J'avais l'intention de vous emmener dîner. C'est marrant que vous ayez rappliqué... Puisque vous êtes là, vous ne pourriez pas nous préparer à manger le temps que je termine un boulot ? Il y a une boîte de tomates italiennes, des scampi surgelés et un camembert dans la cuisine. Vous pourrez en tirer quelque chose ? J'irai acheter du vin. »

Il travailla installé à une table basse pendant que je faisais la cuisine. Plus tard, il déblaya ses papiers du plateau et nous dînâmes là, moi à genoux par terre. Lorsqu'il commença à faire trop noir, nous fixâmes des bougies sur des soucoupes que nous posâmes sur la table. Joshua expliqua que l'éclairage de la pièce était moche. Le vent encore torride s'engouffrait par la fenêtre ouverte, manquant éteindre les flammes.

« À quoi ressemble votre mari ? J'ai essayé d'imaginer.

— Moyen.

— Vous parlez de sa taille ? Vous voulez dire qu'il fait une taille moyenne ?

— Oui.

— Une brave taille inoffensive, ça, une taille moyenne…

— Des cheveux blond cendré.

— Une bonne couleur, ça, cendré… Qui va avec tout.

— Des yeux verts, un peu globuleux.

— Les yeux verts sont souvent globuleux.

— Il fume des cigarettes Olivier et met Old Spice comme after-shave.

— J'aurais deviné les deux. » Nous étions passablement saouls. « Ma mère-grand, que vous avez de grands yeux ! » Il inclina sa tête vers la mienne par-dessus la table. « Et que vous avez des cheveux tempétueux quand vous les agitez comme ça !

— Et vous, que vous avez de beaux yeux, maintenant que les bleus sont partis. » Je ne parlais pas très distinctement. Il me tira le bras pour que je le rejoigne sur le canapé.

« Les mariages ne devraient pas se défaire aussi facilement que le vôtre, dit-il.

— Je sais.

— Je ne crois pas que je me marierai un jour. J'ai trop de mal à partager. En plus, j'aime garder secrets des pans entiers de ma vie… rien de bien méchant, des rendez-vous, des idées, etc. Mais je n'aime pas qu'on me pose des questions et qu'on me demande de partager ces détails-là.

— Ça devrait être possible, à moins d'épouser quelqu'un d'anormalement possessif. Jonathan m'a toujours tout raconté, ses moindres faits et gestes. Il n'y avait rien que j'ignorais sur lui. C'était très fatigant, et assez barbant. Sans compter que, parallèlement, il voulait tout savoir sur moi. Je ne pouvais pas m'absenter une demi-heure sans subir un interrogatoire à mon retour. » La main de Joshua se promenait le long de ma cuisse, me palpant les muscles. Je me mis à parler plus vite. « Il avait horreur que je prévoie des trucs sans le consulter. Il avait horreur que, dans une fête, je discute en tête à tête avec quelqu'un. C'était tellement oppressant que parfois j'allais m'enfermer au milieu des valises au grenier – le seul endroit où il ne pensait jamais à venir me chercher – et que j'écrivais des choses horribles sur lui sur des bouts de papier et les brûlais après, rien que pour me soulager. Pour le simple plaisir de me dire qu'il ne pourrait jamais savoir ce que j'avais écrit. L'expression "jardin secret" n'avait aucun sens pour lui. Une notion totalement superflue.

— J'avais dans les neuf ans, dit Joshua. Je m'étais construit une cabane dans un arbre, dans un bois près de là où nous habitions. » Il ôta sa main de ma cuisse pour me décrire l'arbre. « C'était l'endroit le plus intime que j'aie jamais connu. Personne ne pouvait voir la cabane depuis le sol. En réalité, personne ne savait dans quel arbre elle se trouvait. J'y allais presque tous les jours et je restais simplement là, à savourer le fait que personne ne savait où j'étais. Parfois j'y emportais ma collection de canifs et je sculptais de drôles de formes dans des morceaux de bois. Une fois, en hiver, j'ai passé la nuit là-haut. Je me suis emmitouflé dans un tas de couvertures et je me suis endormi presque tout de suite... je n'étais absolument pas effrayé. Et puis le matin, en regardant dehors, j'ai vu qu'il avait neigé. Je suis descendu de l'arbre et j'ai passé une éternité à courir dans tous les sens, encore emmailloté dans mes couvertures, histoire que mes traces soient trop enchevêtrées pour que quelqu'un puisse repérer mon arbre.

— Ce qu'il y a de bizarre avec les jardins secrets, c'est que, d'accord, ils sont très précieux, mais ils le sont d'autant plus quand les autres savent que vous en avez un.

— Très juste, acquiesça Joshua. Je veux dire, personne ne savait où était mon arbre, c'était mon secret. Mais le fait que les gens savaient que j'avais un refuge où je pouvais m'isoler rendait le secret encore plus essentiel. Cela n'aurait pas été pareil, si personne n'avait remarqué mes disparitions. »

Je repensais à l'empressement compulsif que Jonathan mettait chaque matin à aller voir le courrier avant moi. Il passait les lettres en revue et empilait les miennes bien en ordre sur la table du petit déjeuner. Il était curieux de la moindre missive à l'exception des factures.

« Il est sûrement très difficile pour ceux qui sont convaincus, comme Jonathan, que les gens mariés ne font qu'un de respecter ce besoin d'intimité.

— Exactement. C'est une question de bon sens, mais le bon sens est la chose du monde la moins bien partagée. Remarquez, on n'a pas ce genre de soucis si on ne se marie pas. »

Les bougies avaient coulé dans les soucoupes. Joshua attira ma tête contre son épaule. Il m'embrassa le front et entoura mon sein de sa main. « Que dirais-tu de prendre ma voiture, d'aller chez toi, de mettre quelques affaires dans une valise, puis de revenir ? Une assez grosse valise, que tu puisses rester un certain temps…

— Ce serait pratique. » La première fois que Jonathan m'avait proposé de coucher avec lui, c'était par une nuit pluvieuse à Berkeley Square, alors que nous attendions un taxi. « Pourquoi ne pas venir chez moi boire un Ovomaltine ? » avait-il suggéré. Nous l'avions bu assis dans son lit comme un couple de retraités.

Joshua se leva d'un bond, m'aida à enfiler mon imper et me fourra ses clés de voiture dans la main, tout cela en deux temps trois mouvements.

« Dépêche-toi, dit-il, il est déjà plus de minuit. »

Je conduisis très mal, n'ayant jamais piloté un engin pareil. Dans la maison le téléphone sonnait. Je me ruai dans le noir sur le combiné. Peut-être Joshua s'était-il ravisé. C'était David Roberts.

« Pourquoi appelles-tu si tard ? m'étonnai-je.

— Je voulais juste te dire, ma chérie, que je suis très heureux. Rosie et moi sommes très heureux. On se demandait si tu voulais bien qu'on passe boire un verre ? » Sa voix était pâteuse et il articulait mal.

« J'allais sortir.

— Tu allais sortir à minuit ? Ah, je vois. Je vois. On viendra une autre fois, alors. Est-ce que je t'ai dit que j'avais vu Jonathan à Rome l'autre jour ?

— Oui, tu me l'as dit.

— Ah, très bien. Alors, bye. » Je raccrochai avec colère. Jonathan était parti mais David m'espionnait pour lui. Je montai à fond de train dans notre chambre et allumai les lumières, ces affreux spots encastrés au-dessus du lit qu'avait exigés Jonathan. Sur la cheminée, s'élevant parmi les poteries, se dressait un vase d'un bleu délavé, grand et fuselé, que Jonathan m'avait acheté en Grèce. Il était d'une très vilaine couleur sous cette lumière. Quand il l'avait acheté, Jonathan avait dit au commerçant : « Vraiment phallique, vous ne trouvez pas ? », avant de s'esclaffer. Le commerçant, qui ne parlait que le grec, n'avait pas compris. Aussi Jonathan avait-il répété sa plaisanterie dans un anglais très sonore, ne faisant qu'accentuer le trouble de l'homme. Gênée, je m'étais éloignée. Plus tard il m'avait accusée de m'être montrée impolie.

Je m'emparai du vase, l'enroulai dans des mouchoirs en papier, et le mis dans la corbeille.

Je rassemblai rapidement mes affaires, prenant au hasard vêtements et articles de maquillage. La valise était tellement bourrée qu'elle était difficile à fermer. J'avais les mains qui tremblaient.

J'allai m'asseoir à ma coiffeuse et me regardai dans la glace sous la lumière trop crue. Un jour, au début de notre mariage, Jonathan s'était approché de moi par-derrière alors que je me brossais les cheveux à cette même place et avait dit :

« Ma chérie, tu es tellement jolie. Je te serai toujours fidèle. » Il avait dû voir une scène analogue dans un film.

« Moi aussi je te serai toujours fidèle », avais-je répondu, en bonne ignorante. Richard Storm, au contraire, m'avait prévenue dès la première semaine de notre lune de miel qu'il était pétri de faiblesses humaines, et que la vie ne serait pas toujours comme à cet instant-là. J'avais cru à ce que je disais et à ce qu'ils avaient dit tous les deux.

Je quittai la pièce, éteignis les lumières et fermai la porte d'entrée à double tour. Désormais je maîtrisais mieux la voiture et rejoignis Notting Hill Gate aussi promptement que bruyamment.

J'utilisai les clés de Joshua pour entrer. Le salon avait été débarrassé de ses papiers et du dîner, et toutes les lampes étaient allumées. Les fenêtres sans rideaux brillaient d'un éclat noir, reflétant l'âpreté de l'éclairage. La pièce, auparavant séduisante et pleine de douceur, avait à présent un aspect froid et standardisé. J'ouvris la porte en bois peinte en blanc qui menait à la chambre.

Affublé d'une vieille robe de chambre en laine, Joshua lisait *Newsweek* assis dans le lit.

« Tu as fait vite, dit-il, levant à peine les yeux. Il y a un tiroir vide pour tes affaires et la salle de bains est derrière cette porte. » Je retournai dans le salon éteindre les lumières. La pluie coulait en rigoles silencieuses le long des vitres noires. J'allai ensuite dans la cuisine où j'ouvris le freezer et me servis un verre de vodka, en prenant tout mon temps.

Quand je revins dans la chambre, Joshua, là encore, ne leva pas les yeux. Je défis ma valise, lentement, flanquant tout n'importe comment dans le petit tiroir. Puis, emportant ma chemise de nuit en coton et de quoi me brosser les dents, je gagnai la salle de bains et refermai la porte.

C'était une pièce exiguë carrelée de vert dotée d'une fenêtre à vitre opaque. Deux serviettes noires étaient suspendues à la barre et un tapis de bain en liège rongé au bord était appuyé contre la baignoire. Je me déshabillai, pliant mes affaires en ballots que je plaçai en équilibre sur un tabouret à trois pieds. Sur l'étagère au-dessus du lavabo étaient posés un rasoir électrique, un peigne en écaille et une éponge jaune. J'ouvris la porte-miroir de l'armoire à pharmacie : de l'aspirine, des pilules dans une boîte blanche, de l'Optrex et une boîte de Smarties. Je refermai le meuble et contemplai mon reflet. Au bout de quelques secondes, je fis couler de l'eau brûlante et la vapeur vint embuer mon image.

L'atmosphère était chaude et rassurante dans la salle de bains. Debout sur le tapis de liège, je me rinçai la figure à l'eau froide, la laissant dégouliner le long de mon cou et de mes épaules en petits ruisseaux chatouilleurs. Je déposai sur ma brosse une noix de dentifrice à rayures blanches et rouges, mais pressai le tube trop fort. La pâte en excédent alla s'écraser dans la vasque, créant un joli motif abstrait. J'y rajoutai du dentifrice, puis, avec ma brosse, je soulevai des lichettes de pâte, comme on monte des blancs en neige. Le bord du lavabo était dur contre ma hanche, mais je ne renonçai pas. Je décorai l'ensemble de la cuvette avec des fleurs en dentifrice : elles se déployaient en éventail depuis la première éclaboussure centrale. Chaque fleur, parfaitement dessinée, avait été longue à exécuter. Pendant six heures j'avais tout fait vite. Là, le temps n'avait plus d'importance.

Le lavabo me meurtrissait la hanche ; le tube de dentifrice était presque vide. Une chaleur éblouissante me brûla les yeux : les pétales des fleurs de dentifrice se brouillèrent, se fondant en un vaste motif écarlate et blanc.

« Pourquoi ne presses-tu pas le tube depuis le bas ? » demandait Jonathan tous les matins. Sieur Jonathan de la mansarde romaine au tube de dentifrice élégamment pressé.

« Qu'est-ce que tu fabriques ? » Je fis volte-face. Joshua se tenait à la porte, tout nu. Derrière lui la chambre était plongée dans l'obscurité. Il regarda l'intérieur du lavabo, puis la brosse à dents et le tube vide dans ma main.

« Pourquoi pleures-tu ?

— Je ne pleure pas.

— Alors, d'accord, tu ne pleures pas. » Il vint vers moi, m'ôta la brosse et le tube des mains et les posa sur le bord du lavabo. Puis il me souleva dans ses bras comme une enfant et me transporta vers l'obscurité d'où il avait surgi.

Chapitre 5

La pluie n'était plus noire et silencieuse comme la veille au soir. Elle frottait et crépitait contre les vitres et une lumière grise filtrait, diffuse, à travers les rideaux non doublés. Joshua dormait encore, dos à moi. Sur la table de chevet de son côté du lit, un réveil d'écolier en métal et une fine montre en or indiquaient l'un et l'autre huit heures moins dix. En me penchant pour les voir, je le réveillai.

« Qu'est-ce qui se passe ? Il est trop tôt. » Il se tourna vers moi et promena une main pas du tout endormie dans mes cheveux et sur mon corps. Je me lovai contre lui. Le téléphone sonna. Joshua pesta et projeta son autre bras hors du lit pour répondre. Je discernai dans l'appareil une voix rapide et haut perchée.

« Oh bon Dieu, fit-il, quand la voix se tut enfin. Eh bien, en fait, elle est ici. Oui, ça facilitera les choses. Écoutez, ajouta-t-il en me pinçant la cuisse. Je dois me rendre sur le plateau aujourd'hui, mais Clare pourrait prendre ma voiture et vous emmener là-bas. Non, je suis sûr que ça ne la dérangerait pas. Bon, si vous êtes déjà debout et habillée, vous n'avez qu'à venir ici et elle vous retrouvera en bas dans vingt minutes... » Il raccrocha. « L'emmerdeuse de Mrs Fox.

— Qu'est-ce qui se passe ?

— Sa sœur a eu une crise cardiaque et elle veut aller la voir sur-le-champ.

— Elle ne pouvait pas prendre le train ?

— Elle s'est dit que ça irait plus vite en voiture.

— Du coup, il faut que je l'emmène ? Dans vingt minutes ?

— J'en ai peur, mon pauvre amour. » Il m'embrassa. « Je vais peut-être dormir encore un peu. » Il se retourna et se rendormit aussitôt.

Je me levai et m'habillai. J'étais tendue : les nerfs à fleur de peau, avec cette sensation de vide que provoque une nuit blanche. Les fleurs de dentifrice dans le lavabo s'étaient durcies et craquelées. Je les nettoyai. Par la fenêtre de la cuisine, le ciel était un couvercle de gris ininterrompu. La pluie tombait, régulière. Les immeubles loin en dessous se devinaient à peine. Je bus du café noir.

En bas, Mrs Fox se tenait devant les portes vitrées sous son parapluie. La pluie ruisselait en spirale autour d'elle. Elle portait le même manteau et le même chapeau que d'habitude, sauf que deux plumes d'oie avaient remplacé les coquelicots et autres insignes. Dès qu'elle me vit, elle dévala les marches pour rejoindre la voiture, garée à quelques mètres dans la rue. Je la suivis au pas de course et déverrouillai la portière. À l'intérieur, j'actionnai les essuie-glaces et tirai sur le starter. La voiture sentait le cuir humide pas assez aéré, et la pluie tambourinait bruyamment sur le pare-brise et sur la capote.

« J'ai reçu le télégramme très tôt ce matin, expliqua Mrs Fox, alors que nous déboîtions. C'est un cas d'urgence, et je savais que ça ne vous dérangerait pas de m'emmener.

— Ils ont dit comment elle allait ?

— Non. Vous connaissez la cruauté des télégrammes. Je pense qu'elle va mal. »

Roulant sous la pluie chaude dans la grisaille persistante, nous faisions de l'aquaplaning dans les rues matinales. Les vitres de la voiture se couvraient de vapeur, et comme le désembuage ne marchait pas, nous avancions lentement.

« S'il vous plaît, plus vite », supplia Mrs Fox à un feu rouge. Bientôt sa main chercha les boutons de la radio. Je l'allumai à sa place, à pleins tubes, et au bout de quelques secondes ses traits crispés se détendirent.

Je me concentrais sur ma conduite. Le pot d'échappement défectueux, le moteur, plus la musique tonitruante à la radio faisaient trop de vacarme pour que nous puissions parler. Nous arrivâmes à Herne Bay en milieu de matinée. À contrecœur, Mrs Fox baissa un peu le son pour m'indiquer le chemin.

Il pleuvait encore dru. Mouillés, les immeubles de la ville étaient du vilain rouge des poules quand elles ont le plumage détrempé. De tristes rues noires s'étiraient entre des rangées de mornes maisons en stuc. Leurs propriétaires semblaient avoir abandonné le combat contre la laideur, et les encadrements des fenêtres et des portes étaient peints dans des teintes de gris, de marron et de vert on ne peut plus sinistres.

« Ce n'est pas désagréable ici au début de l'été, précisa Mrs Fox. De temps en temps ils descendaient Edith en fauteuil roulant et l'installaient sur le devant. Elle aimait bien ça. »

La maison de retraite Gulliver était une bâtisse gris-noir aux proportions hideuses dans un alignement d'autres bâtisses qui lui étaient identiques au plus petit détail près. On y accédait par un sentier de dalles rouges entre deux carrés de pelouse anémique. Dans l'un d'eux était plantée une pancarte en bois qui annonçait dans une graphie alambiquée : *Maison Gulliver pour Personnes Âgées. Tout confort. Conditions : s'adresser à la Directrice*. Autour du mot *confort*, l'auteur de l'écriteau avait ajouté quatre marguerites naïves, dont la peinture dorée avait coulé jusqu'au mot *Directrice*.

Mrs Fox remonta le sentier inondé en frappant le sol d'un air dégoûté avec son parapluie, avant d'agiter une clochette rouillée. Une petite bonne aux cheveux bruns et aux jambes poilues vint ouvrir.

« Je suis Mrs Fox. Ma sœur, Edith Smith…

— Ah, oui, un instant. » La jeune fille détala, nous laissant en plan sur le perron. Devant nous s'étendait un vestibule tapissé d'un papier terne un peu gaufré évoquant un brocart bon marché. Les seuls ornements du hall étaient un grand portemanteau ciré et un cadre doré affichant le message *Aime ton Voisin* dans une profusion de pivoines bordeaux.

« À voir ce hall, on croirait que l'établissement est propre, dit Mrs Fox, tapotant le carrelage multicolore de la pointe de son parapluie et l'aspergeant de gouttes d'eau. C'est pour ça qu'ils reçoivent les visiteurs ici et leur permettent rarement de s'aventurer plus loin. »

Une porte donnant sur le hall s'ouvrit et une femme maigre et voûtée vint à notre rencontre. Elle avait des lunettes sans monture et un visage couvert de poils. Elle portait une robe au crochet mauve sous laquelle des seins pareils à de petites bosses et des porte-jarretelles garnis de nœuds ressortaient de manière obscène.

« Miss Fox, dit-elle, c'est gentil d'être venue. Ça ne valait pas la peine de l'emmener à l'hôpital ; elle ne passera pas la journée.

— Appelez-moi Mrs Fox. Clare, voici la directrice.

— Une parente ? » La directrice me sourit, étirant ses minces lèvres exsangues sur une forêt de dents mal plantées. « Aimeriez-vous venir voir Miss Smith, vous aussi ? » Je répondis que non, je n'étais pas une parente, et que j'attendrais dans le hall. Mais Mrs Fox me tira par le bras.

« Venez, je vous en prie, chuchota-t-elle. Edith serait contente de vous revoir. »

La directrice nous fit longer un couloir au sol couvert de lino marron qui aboutissait à une sorte de vestibule intérieur.

« Le salon », annonça-t-elle, joviale. D'un petit mouvement sec de sa main osseuse elle indiqua un groupe de vieillards assis dans des fauteuils autour d'un radiateur à gaz. Sept paires d'yeux fanés se tournèrent vers nous avec léthargie. « Ils attendent leur dîner. Je dis toujours qu'ils sont exactement comme des animaux de ferme, vous savez. Déjà au portillon avant que le fermier n'arrive avec son panier… » Elle rit de sa plaisanterie puis gravit bruyamment un étroit escalier en bois. Sur le palier en haut des marches s'élevait une pile de seaux, de serpillières et de cuvettes en émail ébréchées. Il régnait une odeur de désinfectant.

« Vous ne l'avez pas changée de chambre ? demanda Mrs Fox, désignant du menton une porte blanche. Vous aviez dit que vous le feriez, la dernière fois que je suis venue. Vous saviez qu'elle n'aimait pas celle-là.

— Ma chère Miss Fox, répondit la directrice, si je cédais ne serait-ce qu'à une fraction des caprices des pensionnaires je serais obligée de ramper à quatre pattes vingt-quatre heures sur vingt-quatre. Vous devriez être reconnaissante qu'on ne l'ait pas envoyée à l'hôpital.

— Mon nom est *Mrs* Fox. »

La directrice gratta à la porte blanche puis l'ouvrit brusquement. Elle nous fit signe de la suivre.

Les stores de la chambre exiguë étaient tirés, si bien qu'après la lumière beige du couloir nous eûmes d'abord du mal à distinguer autre chose que de vagues silhouettes.

« Bonjour, Miss Smith. Vous vous sentez mieux ? » La voix de la directrice vibrait dans la pénombre. « Comment va-t-elle, Lilian ? » Une jeune fille en tenue d'infirmière apparut près du petit lit bas et étroit.

« Pas trop mal.

— Autant laisser entrer la lumière, malgré la pluie, non ? » Avec la rapidité furtive d'un chat qui sait se déplacer dans le noir la directrice se rendit à la fenêtre et releva brusquement le store. Le carré de lumière d'un gris humide s'imposa dans la pièce avec une soudaineté presque choquante. Nous nous étions approchées du lit avec prudence et l'infirmière leva les yeux vers nous en souriant. Elle avait de grandes dents qui reposaient sur une lèvre vermillon très pulpeuse. Dans la chambre sombre le rouge de sa bouche était éblouissant.

« Edith... » Mrs Fox tendit une main gantée et secoua doucement la masse blême sous la couverture. Ses doigts remontèrent le long de l'arête acérée d'une jambe, s'arrêtèrent sur le pic d'une rotule. Puis, lentement, elle força ses yeux à gravir les ondulations du corps ratatiné jusqu'à atteindre la tête, calée contre les oreillers.

« Edith, je suis là. » Edith n'eut aucune réaction. Ses yeux laiteux errèrent, tremblants, sous les paupières mi-closes. La peau de son visage exténué semblait en feu sous son masque mauve.

« On ferait peut-être mieux de les laisser toutes les deux, suggéra la directrice d'un ton joyeux, pianotant sur les cuvettes en émail coiffées d'une gaze qui encombraient la table de chevet.

— Oui, allez-y », dit Mrs Fox en s'adressant à moi. Avec effort, elle se rapprocha de sa sœur. La main d'Edith gisait sur la couverture, petit paquet d'os emballés dans un chiffon de peau tachetée. Mrs Fox s'en saisit et la brandit vers moi.

« Malnutrition », déclara-t-elle, avant de la laisser

retomber sur la couverture. Edith cligna très lentement des yeux.

La directrice me tira par la manche et nous quittâmes la pièce.

« Les drôles d'idées qu'ils se mettent dans la tête, chuchota-t-elle, pleine de hargne, alors que nous redescendions. Parfois, les proches s'avèrent aussi stupides que les pensionnaires. »

Dans le salon, les sept vieillards, désormais attablés, mangeaient une espèce de ragoût dans des assiettes à soupe. La table était protégée par une toile cirée à carreaux avachie, qu'une couverture placée dessous rendait plus moelleuse. Il y avait un rond de serviette devant chaque assiette, et on dénombrait sept verres en plastique, ainsi qu'une salière et un poivrier en forme de champignons, également en plastique. La pièce était très silencieuse, hormis le sifflement du radiateur à gaz et le slurp de la sauce qu'on aspirait dans les cuillères.

« Peut-être voudrez-vous attendre ici un moment, suggéra la directrice, le temps que Mrs Fox décide de ce qu'elle va faire. » Elle indiqua un fauteuil à fleurs. Je la remerciai, m'assis, et attrapai par terre un exemplaire du *Radio Times*. Elle s'en alla.

Dès qu'elle fut partie, comme un seul homme, les vieillards pivotèrent sur leurs chaises pour me regarder.

« Edith est morte ? » finit par demander une vieille femme. Elle portait un cardigan vert pomme archifeutré par les lavages à répétition. Son menton reposait sur son assiette de soupe.

« Non, sa sœur est avec elle.

— Si vous voulez mon avis, elle va tenir des semaines, intervint un vieil homme. Vous imaginez être là pour la journée, mais, si ça se trouve, vous allez devoir rester des semaines, ou même des mois. » Il gloussa tout seul. Un filet de sauce marron coula sur son menton grêlé.

« Elle vous a parlé ? demanda la première vieille femme.

— Non, elle n'a pas dit un mot.

— Elle n'a pas adressé un mot, et encore moins un mot gracieux, à qui que ce soit depuis qu'elle vit ici. J'aurais bien voulu rencontrer quelqu'un qui ait entendu le son de sa voix. » Le vieil homme, tordu de rire, agrippa le coude du cardigan vert.

« Ne sois pas méchant, George. Edith aimait beaucoup sa sœur.

— Je n'ai jamais dit le contraire, répliqua George, toujours écroulé de rire. On ne risquait pas de savoir qui elle aimait, puisqu'elle ne parlait pas !

— Bien sûr qu'on pouvait », insista la vieille femme, se tamponnant l'œil avec sa serviette.

La fille de salle apporta un plat en pyrex contenant des pruneaux et une saucière de crème anglaise. La vieille femme la plus proche de moi leva subitement la tête. Elle avait un crâne pointu, comme un navet long, surmonté d'une maigre touffe de cheveux blancs comparables à ces poils sur les légumes qu'on supprime d'un petit coup de lame avant de les mettre à cuire. Elle portait des mitaines. Pendant que la fille de salle changeait les assiettes et distribuait aux convives leurs rations de pruneaux à la crème anglaise, cette vieille harpie ne cessa de suivre la malheureuse d'un regard chargé de haine. Quand, enfin, la fille ressortit, la vieille frappa du poing sur la toile cirée : son geste de colère ne produisit qu'un pauvre petit choc étouffé.

« De mon temps, on aurait préféré aller en cuisine se servir soi-même plutôt que d'être servi par des étrangers.

— La ferme, Avis ! » la moucha George aussi sec. Avis recourba son doigt pour attraper sa cuillère. En face d'elle, une autre vieille femme aux cheveux blancs, dont le cou décharné était hérissé de cinquante rangs de perles noires acérées, et qui avait l'air chroniquement indignée, mit son grain de sel dans la dispute.

« Toi et ta *folie des grandeurs**[1] », dit-elle, agitant vers Avis une cuillère dégoulinante de crème anglaise puis lui décochant un immense sourire édenté. Elle avait de longues gencives blanchâtres, comme l'humidité dans un sac en plastique.

« Comment espérer que tu comprennes ? demanda Avis avec bienveillance. Pour commencer, tu n'as pas eu d'éducation. Tu n'as jamais été servie avec l'apparat dont mon mari et moi avions l'habitude. Enfin voyons, nous avions la plus belle vaisselle, la plus belle argenterie et les plus beaux verres de tout Hastings. Et Firebird, le majordome, fourbissait l'argenterie avec son pouce…

— J'ai dit ça suffit, Avis, fit George d'un ton sec.

1. Tous les mots et expressions en italique suivis d'un astérisque sont en français dans le texte original.

Bon sang, si ta vaisselle et tout le reste étaient si merveilleux, pourquoi ne pas les avoir vendus ? Tu aurais alors pu te retirer dans un superbe Hôtel Majestic et t'entourer d'autres dames à belle vaisselle qui t'auraient appréciée à ta juste valeur. » Il gloussa à nouveau et plusieurs autres l'imitèrent.

« Il faut toujours que tu te moques », répondit Avis, avec un petit frisson, comme si elle avait froid.

Ils quittèrent la table et se replièrent à pas lents vers les fauteuils décolorés. Les trois vieux messieurs sortirent des boîtes à tabac des poches distendues de leurs cardigans et allumèrent des pipes. Trois des femmes ramassèrent leur couture ou leur tricot. Avis récupéra une petite trousse de toilette en plastique au pied de son fauteuil, en extirpa un miroir de poche en argent, puis remit délicatement en place sa touffe de cheveux blancs. Je repris ma lecture du *Radio Times*.

Quelque temps après Mrs Fox reparut, raide comme la justice et marchant avec un calme délibéré. Elle ignora les coups d'œil curieux qu'elle attirait et piqua droit vers mon fauteuil.

« Je ne voudrais pas que vous m'attendiez ici trop longtemps, dit-elle, d'une voix assez forte pour être entendue de toute l'assistance. Je vais vous indiquer le chemin du Golden Sands. Vous pourrez faire ce que vous avez à faire de là-bas, et prendre le thé. La télévision y est branchée presque en permanence », précisa-t-elle.

Elle m'accompagna à la porte d'entrée et je promis de l'attendre à l'hôtel. « Il ne devrait y en avoir que pour quelques heures », m'assura-t-elle.

Le Golden Sands était un bâtiment en pierre noire et grasse à l'architecture mal fichue. Il donnait sur une longue étendue de plage grise et une mer sans éclat. À l'intérieur, les murs avaient la couleur des dents de vieillard, et les beuglements de la télé déchiraient l'atmosphère ramollie. Une émission de sport.

Je me rendis au comptoir d'accueil et demandai à me servir du téléphone. La réceptionniste, habillée en soubrette, me désigna un paravent japonais dans le hall. Quand je lui expliquai que je voulais joindre Londres, elle sembla douter de mes chances de succès. Elle avait raison. La ligne siffla et crachota, et c'est à peine si l'employée du central m'entendait. En fin de compte la sonnerie retentit, lointaine, chez Joshua, une quinzaine de fois. Pas de réponse.

J'allai dans le salon. Comme il n'y avait personne, j'éteignis la télévision. Je pris place dans un fauteuil damassé marron et allumai une cigarette. La réceptionniste m'apporta un plateau où se trouvaient une assiette de scones aux raisins et une théière chinoise à décor de briques miniatures.

« C'est moi qui fais tout ici », déclara-t-elle, posant avec fracas le plateau sur la table. Il était quatre heures moins dix.

Plusieurs années auparavant, Richard Storm et moi avions habité un hôtel du même genre à Portsmouth. Cette odeur de vieux meubles m'était familière. Nous nous y étions installés après une morne et froide lune de miel dans un cottage du Dorset.

« Ce sera plus commode qu'un appartement, avait dit Richard. Les appartements ne sont pas fabuleux à Portsmouth, et tu n'auras pas à faire la cuisine. »

Il avait pris la plus belle suite, une chambre au bleu fané dotée d'étroits lits jumeaux et d'une armoire branlante, ainsi que d'une salle de bains rose dont la profonde baignoire était incrustée de longues taches brunes.

« Une belle vue sur le port », avait déclaré Richard.

Tous les matins son réveil sonnait à sept heures et demie et il bondissait hors du lit avec une frayeur coupable qui ne s'atténua nullement au fil du temps. Il prenait un bain et enfilait ses vêtements, du moins sa chemise, dans la salle de bains, puis ressurgissait pour endosser son uniforme de marine devant moi. Il m'ébouriffait les cheveux et annonçait qu'il sortait manger un morceau, puis gagnait la porte à grands pas en faisant grincer le plancher. Il reparaissait ensuite, sentant selon les jours l'œuf frit ou la saucisse, m'embrassait sur le front et me souhaitait une bonne journée. Il laissait *The Guardian* sur le lit.

La période entre neuf et dix heures n'était pas trop désagréable. Je lisais le journal et prenais un long bain, puis m'habillais lentement en contemplant le port. Je sortais ensuite faire un tour et acheter un livre de poche, en m'interdisant de regarder une pendule tant qu'il ne s'était pas écoulé ce que je pensais être environ une heure. Parfois Richard me faisait la surprise de rentrer déjeuner. Il débarquait dans le salon de l'hôtel, où j'attendais l'ouverture du restaurant à midi et demi, et m'embrassait à nouveau sur le front. Il m'attrapait le bras pour me guider jusqu'au bar. Les gens levaient les yeux au-dessus de leurs verres pour nous regarder et je me sentais assez fière. Juchés sur de hauts tabourets, nous dégustions notre sherry demi-sec en grignotant une assiette de chips, et le bar avait alors un petit côté excitant que je ne retrouvais pas en l'absence de Richard. Tandis qu'il discutait mer, vents et nœuds marins avec le barman, j'étudiais son profil dans la glace derrière le bar entre les reflets des bouteilles et des verres. Puis nous déjeunions dans la salle de restaurant à la blancheur austère – spaghettis bolognaise sur toast, accompagnés de choux de Bruxelles –, et il me racontait la nuit qu'il avait passée dans un bordel tahitien. À la fin de ces récits-là Richard riait toujours d'un air fautif, en disant qu'il avait tort de faire des confidences pareilles à sa femme-enfant.

L'après-midi j'allais au cinéma, donner à manger aux mouettes, ou bien chez le coiffeur. Trois soirs par semaine, nous prenions la Ford Anglia jaune et partions dîner dans un pub de village. De temps en temps je repérais un cottage à proximité de Portsmouth qui plairait peut-être à Richard. L'hôtel nous préparait une collation de sandwichs à la pâte d'anchois et de biscuits Penguin, et nous allions pique-niquer sur place le dimanche afin d'y jeter un coup d'œil. Mais Richard n'était jamais emballé. L'isolement, le jardin à l'abandon ou l'absence de chauffage le déprimaient. Il préférait notre vie à l'hôtel.

Quand nous rentrions d'excursion, jamais après dix heures et demie, l'hôtel était toujours endormi. Nous chuchotions dans les couloirs et évitions de hausser la voix dans notre chambre. Un soir, alors que Richard avait regagné son propre lit, il alluma sa lampe de chevet. Le réveil indiquait minuit.

« Il faut que je te parle, dit-il.

— De quoi ? » J'étais somnolente, et étonnée que notre train-train soit ainsi perturbé.

Il s'appuya sur son coude et boutonna jusqu'en haut sa veste de pyjama. Ses cheveux en désordre étaient hérissés sur sa tête, gris et raides.

« Je n'arrive pas à oublier que tu as vingt ans de moins que moi, petite, et qu'il y a entre nous... un énorme écart d'expérience. » Je me vis soudain comme un canot à rames et lui comme un gros paquebot de ligne. Le canot rebondissait éperdument dans le sillage du paquebot, séparé de lui par un bon kilomètre de flots bouillonnants. Je pouffai.

« Non, sérieusement, reprit-il. C'est ce que je ressens. Et le problème... (Il hésita.) Le problème, c'est qu'un vieux loup de mer comme moi a peu de chances de changer. Il y a quelque chose que je cherche à te dire depuis que nous sommes mariés. J'ai vraiment honte de moi, mais il faut que je te fasse cet aveu une fois pour toutes. » Il défit le bouton du haut de son pyjama puis il le referma. « Juste avant de revenir de Barcelone pour t'épouser, je t'ai été infidèle. Je m'étais promis de ne jamais revoir Matilda... mais je l'ai revue. »

Je me renversai contre mon oreiller et il se hissa plus haut sur son coude pour épier mon visage.

« Ah… Tu veux dire, la fille dont tu as la photo dans ton portefeuille ?

— Allons, ne le prends pas mal, ma chérie, dit-il, tendant vers moi une main immense, doigts déployés. Il faut que tu comprennes. Je devais te l'avouer. »

Je l'interrogeai sur la fameuse Matilda et, non sans soulagement, il éteignit la lumière.

« Ça ne t'embête pas, tu es sûre ? » demanda-t-il, et il me décrivit Matilda. Elle avait trente ans et était divorcée. Elle était constamment bronzée et elle sentait la tubéreuse. Elle avait les cheveux noirs, des yeux pleins de bonté et trois gros chats, et ils s'étaient rencontrés en boîte de nuit. Elle avait la tête sur les épaules, elle faisait divinement la cuisine, et elle portait des pantalons en soie moulants. Nous parlâmes d'elle presque la nuit entière.

Pendant une semaine après cette nuit-là, Richard rentra tous les jours déjeuner avec moi. Nous n'évoquions jamais Matilda. Au lieu de cela, nous parlions de l'avenir, de ce temps où nous aurions une maison sur le Solent, et trois ou quatre enfants. Le dimanche, Richard se plaignit au chef de rang que le rosbif était trop cuit. Il n'était pas du genre à se plaindre et il paraissait nerveux.

Le huitième jour il m'offrit une douzaine de roses rouges enveloppées dans de la cellophane et une boîte de chocolats à la liqueur. Ce soir-là, je le déposai en voiture à son navire et lui fis au revoir de la main. Le devoir l'appelait à Barcelone.

*

À huit heures moins cinq, Mrs Fox pénétra sans bruit dans la pièce. Dans la lumière tamisée, la pluie qui saupoudrait son manteau noir le faisait luire comme de la moleskine. Ses poings, dépourvus de gants, étaient serrés contre ses cuisses.

« Edith est morte, annonça-t-elle. Elle est morte il y a quatorze minutes. »

Je me levai et elle s'assit.

« Je vais vous chercher un petit remontant ? Du thé, du brandy, ou autre chose ?

— Non, non. Je penserai à ça plus tard. » Elle fixait du regard le téléviseur éteint. Je lui demandai si je pouvais faire quoi que ce soit.

« Non. Vous devez retourner à Londres. Joshua vous attend sûrement. Vous en avez déjà fait assez. Je vais devoir rester ici quelques jours pour prendre les dispositions nécessaires. » Elle parlait très calmement, avec des pauses entre ses phrases. À un signe qu'elle me fit, j'allumai le poste de télé et nous regardâmes une publicité pour le thé Quick Brew. « Je me disais... reprit-elle. Il y a peut-être un orchestre ici, quelque part, qui accepterait de jouer... À votre avis ?

— C'est possible », répondis-je en souriant. Elle se leva, me rejoignit puis me tendit sa main crispée.

« Maintenant, partez, je vous en prie, et sans discussion. Ne vous inquiétez pas pour moi. » Elle m'accompagna à la porte ; sa poigne, bien que nerveuse, était ferme. En m'en allant, je l'entendis qui demandait à la réceptionniste une chambre d'où l'on perçoive le bruit de la mer.

*

Dans le noir, les lumières viennent s'écraser sur le pare-brise. Des rosettes aveuglantes qui se dissocient, se multiplient, se divisent puis s'épanouissent à nouveau. La pluie fragmente les lumières en un million de pétales qui demeurent isolés une seconde, puis se rejoignent pour former de petites rigoles serpentant sur la vitre. Par une nuit comparable, Jonathan, conduisant avec ses gants fourrés, avait déclaré :

« Chérie, il faut que j'achète un de ces couvre-volants en tissu... » Qu'est-ce qui me prenait de repenser à ça ?

Le bruit du moteur, la nuit qui entoure le pare-brise scintillant d'un cadre noir gorgé d'humidité... Au milieu des étincelles des phares flottent les yeux mourants d'Edith, pas tout à fait éteints. Avait-elle peur, ou était-elle trop fatiguée pour avoir peur ? La fille aux lèvres vermillon lui avait-elle fermé les paupières quand elle était morte ? Ou bien cette charge incombait-elle à la directrice ?

Je mets la radio. Bud Flanagan chantonne « Underneath the Arches » et je souris toute seule, car si je ne souriais pas je serais tentée de pleurer. N'importe, à la fin du trajet, Joshua sera là avec de l'aspirine pour mon mal de tête et un verre rempli de glaçons qu'il ira me chercher sans cérémonie, à l'instar des comédiens dans les pièces de théâtre.

Je pourrai prendre un bain et discuter avec lui de sa journée, pendant qu'il sera assis au bord de la baignoire. Puis il pourra me remplacer au volant de sa bruyante auto et nous irons dîner dans un restaurant douillet faiblement éclairé où la lueur des chandelles, une bonne entrecôte et une bouteille de vin sauront effacer Herne Bay et la nuit d'un noir d'encre. J'accélère. Les lumières s'écrasent deux fois plus vite sur le pare-brise.

*

Mais Joshua n'était pas à l'appartement, où régnait la pénombre. Les rideaux n'étaient pas tirés et le lit pas fait. Me jetant sur les draps froids et chiffonnés, je fermai les yeux. Je n'eus pas le courage de me relever.

Il avait dû s'écouler seulement quelques minutes, qui me parurent des heures, lorsqu'il revint. Je l'entendais dans la pièce voisine allumer des lumières et fermer prestement les rideaux. Je ne l'appelai pas et il entra.

« Tu dors ?

— Non. » Je me redressai dans le lit. Il alluma.

« Tu as l'air épuisée. C'était affreux ?

— C'était long.

— J'ai eu une journée horrible, moi aussi. » Il s'assit à côté de moi sur le lit et enleva ses lunettes. « Je suis passé au montage. Presque tout ce qui était bon a été coupé.

— J'ai une faim de loup, dis-je. On a de quoi manger ?

— Que dalle. Il y a un troquet en bas où ils

pourraient nous faire une omelette. On a intérêt à se dépêcher, avant que ça ferme. »

Nous bûmes de la vodka pure. Sa chaleur commença à dissiper la fatigue et la sensation de vide que j'éprouvais ; la pièce prit une apparence aussi liquide qu'une scène sous-marine. Dans l'ascenseur, Joshua m'attrapa la main tandis que je m'appuyais contre lui, en partie pour me soutenir.

Le troquet était quasi désert. Nous nous installâmes dans un angle à une table en formica. Je me concentrai sur l'îlot que composaient en son centre le sel, le poivre et la sauce tomate. Une serveuse louchonne s'approcha de nous.

« Il reste que des omelettes qu'on peut vous faire, annonça-t-elle, d'un air triomphal.

— Justement, on veut des omelettes, dit Joshua. Rien ne pourrait nous faire plus envie. Si vous nous donniez le choix entre tous les plats imaginables, si vous dressiez un festin devant nous, on demanderait une simple omelette. Quand on pense aux délices que vous pourriez nous faire miroiter : des cochons de lait entiers à la broche...

— Des quoi ? fit la serveuse, notant sur son bloc.

— Des cochons de lait. Des sangliers sauvages, des langues d'étourneau, des œufs de mouette, du *bœuf en croûte** et du caviar ; des *fraises des bois** au champagne et des *tagliatelle verde ;* des crêpes et des gaufres au sirop d'érable, du steak tartare et des *marrons glacés**...

— Donc ce sera deux omelettes », résuma la serveuse avant de s'enfuir presque en courant.

Nous rîmes faiblement. Nous repoussâmes sel, poivre et sauce tomate pour nous tenir à nouveau la main, et le motif granuleux du formica se brouilla comme la pluie.

« Tu invites souvent des filles à habiter chez toi ? demandai-je.

— Des centaines de milliers.

— Pourquoi tu me l'as proposé ? Je peux rester combien de temps ?

— Je ne sais pas. Le truc avec toi… » Il haussa les épaules. « Le truc avec toi, c'est que quand tu n'es pas là je ne suis pas obligé de trop penser à toi. Quand tu es là, c'est tellement fort. Je veux dire, aujourd'hui, au boulot, je n'ai pas du tout pensé à toi. Pas jusqu'à ce que je rentre. Là je me suis souvenu que j'allais te retrouver, et cette perspective était agréable.

— Eh bien moi j'ai pensé à toi, dis-je.

— Et tu as pensé quoi ?

— C'était quand je patientais à l'hôtel où Mrs Fox m'avait expédiée pendant qu'elle attendait que sa sœur meure. J'avais simplement une envie folle que tu sois là. J'ai essayé de te téléphoner, mais tu n'étais pas à l'appartement. C'était un hôtel archi-miteux avec des calendriers à fleurs sur le mur…

— Il est absolument inutile que tu me racontes, me coupa-t-il. Il ne faut jamais raconter à l'intéressé les pensées qu'il vous a inspirées. Les sentiments rapportés ne donnent rien. Ils deviennent gênants quand on cherche à les traduire. L'accent ne se trouve jamais où il faut. Je ne suis peut-être pas objectif, ajouta-t-il en souriant, mais un jour j'ai quitté quelqu'un dans une gare. Les gares ont le chic pour vous émouvoir et vous inciter à vous épancher… Toujours est-il qu'une fois le train parti j'ai écrit à la fille une longue lettre où je lui décrivais la tristesse qui m'avait envahi en la quittant. Je n'avais que vingt ans et je l'ai postée, je me rappelle, au premier arrêt – Didcot. Bien sûr, la fille a interprété mes effusions complètement de travers. Elle m'a répondu qu'elle n'avait pas mesuré l'étendue de mes sentiments, et a présumé que si j'éprouvais ces sentiments-là à son égard, je voulais l'épouser. La pauvre idiote. Ces sentiments-là, je ne les avais pas pour elle en général. Je les avais éprouvés uniquement quand le train était parti. Voilà ce que je veux dire.

— Il y a chez les gens des pans entiers de leur personnalité qu'on ne devrait jamais connaître, renchéris-je, si intime qu'on puisse être avec eux. À une époque, je sortais avec un homme très sophistiqué qui travaillait plus ou moins dans le cinéma. Il m'emmenait tout le temps au Caprice, où il me commandait du homard thermidor sans me demander si j'en voulais. Il était très autoritaire et assez effrayant, et j'aurais fait n'importe quoi pour lui. Et puis un jour il m'a demandé, au Caprice, si je connaissais de bonnes laveries automatiques dans Cromwell Road. Je me suis étonnée, et il m'a expliqué que depuis qu'il avait perdu sa femme de ménage son linge sale s'accumulait et qu'il ne savait pas quoi en faire. L'idée de ce grand manitou si raffiné en train d'errer dans Cromwell Road avec son sac de chaussettes sales à la recherche d'une laverie m'a complètement refroidie. À tel point que je ne suis plus jamais sortie avec lui. Il n'aurait pas dû me raconter ça.

— C'est du même acabit », acquiesça Joshua.

La serveuse nous apporta nos omelettes. Elle posa également sur la table deux cafés au lait bien mousseux.

« Vous ne les aviez pas cités dans le festin, fit-elle avec humour, mais je me suis dit qu'il valait mieux prendre les devants… le préposé au percolateur va bientôt s'en aller. » Nous rîmes avec elle et nous dépêchâmes d'avaler notre repas.

Il était très tard quand nous rentrâmes. Nous fîmes le lit.

« On croirait que je suis ici depuis dix ans, et non pas vingt-quatre heures, remarquai-je.

— Il faut que tu oublies très vite cette journée. Elle n'a pas dû être bien amusante pour toi.

— Elle a eu du bon… revenir ici n'en a été que meilleur. »

Une fois couchés, nous nous lovâmes l'un contre l'autre et nous endormîmes aussitôt.

Chapitre 6

Joshua aimait mettre de la mélasse et de la crème sur ses céréales le matin. Il arpentait la pièce en robe de chambre, bol à la main, et s'arrêtait pour regarder par les fenêtres tout en mâchonnant. Par contraste avec la douceur sirupeuse des céréales, l'autre moitié de son petit déjeuner consistait en un gros mug en émail rempli de café sans sucre. Il le laissait sur la table basse et le buvait quand le liquide ne fumait plus et qu'il était presque froid.

C'était trois ou quatre semaines après la mort d'Edith Smith. Allongée par terre, je choisissais dans les journaux des articles à lui lire. Il déambulait autour de moi, comme d'habitude, sans faire de commentaires. On était désormais en octobre, et le ciel matinal, semblant avoir absorbé un peu de la grisaille de Londres, était d'un bleu sombre. Joshua se posta à la fenêtre et regarda en bas.

« La fleuriste ! s'exclama-t-il. Elle n'est pas passée depuis un mois. » Il déguerpit soudain, toujours en robe de chambre, sans pyjama dessous. J'essayai de le rappeler mais il ne répondit pas. Je regardai par la fenêtre : je ne vis pas sa fleuriste.

Il revint dix minutes plus tard chargé d'une caisse en bois remplie de pots de chrysanthèmes. Ils étaient roses, jaune d'or, et d'un lie-de-vin profond.

« Regarde ! Je lui ai presque tout acheté. » Il était ridiculement fier de lui. « Ils te plaisent ? Tu aimes les chrysanthèmes ? Où est-ce que je les mets ? Attends, reste ici. Reste par terre. » Il s'agenouilla, posa la caisse sur le sol, et entreprit de sortir les pots un par un. Il les aligna afin de construire une barrière autour de moi et de mes journaux.

« Tu n'es qu'un enfant, dis-je.

— Tu ne les aimes pas ?

— Bien sûr que si.

— Quelle couleur tu préfères ?

— Jaune d'or.

— Moi aussi. Regarde, maintenant tu es dans une forteresse. Je ne peux pas t'atteindre.

— Si je posais ma tête par terre, tu ne pourrais même pas me voir, à moins de te mettre à genoux pour regarder par-dessus la muraille. Les fleurs sont trop grandes.

— Je pourrais démolir la muraille.

— N'abîme pas les fleurs…

— Je me fous des fleurs… » Il repoussa plusieurs chrysanthèmes du geste vif de celui qui écarte des rideaux, et les plantes s'éparpillèrent sur le sol. Les pots basculèrent sur le flanc. De minces tiges vertes se cassèrent, des feuilles se plièrent, et de la terre s'échappa des pots en plastique bon marché.

« Joshua ! » Les journaux se froissèrent sous nos corps.

« Ma chérie. » C'était la première fois qu'il m'appelait comme ça. Nous étions couchés au milieu de la forteresse en ruine. Les plantes toujours debout étaient grandes comme des arbres, leurs pétales des ballons colorés qui se découpaient sur les murs blancs.

« Répète ça, dis-je.

— Ma chérie, ma chérie, ma chérie. Voilà.

— Pourquoi tu ne m'as jamais appelée comme ça ?

— Tu poses toujours des questions idiotes.

— Joshua ?

— Tais-toi. » J'obéis, mais pas longtemps.

« Joshua. Tu sais quoi ? Je n'ai pas pensé à Jonathan, ni au fait que je suis mariée, depuis une quinzaine de jours. Qu'est-ce que ça peut vouloir dire ?

— Que quelque chose vient de te faire penser à lui. Mais quoi ?

— Je ne sais pas. Sans doute parce qu'on n'a jamais eu de petits déjeuners de ce genre. Il aimait que tout soit disposé bien en ordre sur la table de la salle à manger. Les filets de hareng fumé étaient son plat préféré. Tu m'étonnes. Pour lui, devoir ôter les arêtes était une perte de temps. »

Joshua se hissa sur un coude et attrapa la tasse de café froid sur la table basse.

« Il vous arrivait de faire l'amour après le petit déjeuner ?

— Pas s'il était déjà habillé. Parfois il prévoyait la chose… Je le devinais la veille au soir : il se promenait avec un drôle de sourire, si bien que je savais qu'il était en train de tout combiner minutieusement. Il descendait prendre le petit déjeuner en robe de chambre. Son haut de pyjama était déboutonné et je pouvais voir la médaille de saint Christophe sur sa poitrine. L'ennui, c'est qu'il s'était rasé, alors l'effet de spontanéité était un peu gâché. Arrivé au stade des toasts à la marmelade, il suggérait qu'on retourne *dormir* une petite heure. Il était incapable de dire tout bêtement : Allons faire l'amour. Et puis, si je n'avais pas saisi ses intentions et que je m'étais habillée de mon côté, il ne disait rien… Il ne supportait pas l'idée de me demander de me déshabiller. »

Joshua se rallongea sur les journaux.

« Je peux t'annoncer un truc chouette ? lâcha-t-il tranquillement, en fermant les yeux. Le film est presque fini. Et je me disais que quand il serait tout à fait fini je pourrais t'emmener quelque part plusieurs jours. » Il attira ma tête contre son torse. Sa robe de chambre sentait le blé humide.

« On irait où ? En France ? Non, je déteste la France. S'il te plaît, pas là-bas. L'Italie, ce serait bien. Je pourrais te montrer Florence ou Rome. Je connais toutes ces collines près de Florence… je connais des fermes où on peut débarquer comme ça et ils vous font frire des assiettes de bacon. Ou bien on pourrait essayer l'Espagne, peut-être, ou Corfou. Corfou ressemble au Gloucestershire en été.

— Aucun de ces endroits, mon chou.

— Où, alors ?

— Dans le Norfolk.

— Le Norfolk ?

— C'est merveilleux.

— Je ne connais pas.

— Tu vas connaître. Et tu vas aimer.

— Mais, le climat ?

— Il fera assez humide, et plutôt froid le soir. J'ai un petit bateau là-bas. On le prendra pour aller dans l'île et on pique-niquera. Tu pourras même faire un feu. » Je le vis qui souriait tout seul, les yeux toujours fermés.

« Un feu ? Moi ? Il ne fera pas trop froid pour cuisiner en plein air ? On ira comment là-bas ? Avec ta voiture ?

— Ma chérie. » Il se redressa en m'entraînant avec lui. « Tu as une tournure d'esprit publicitaire. Tu nous imagines déjà dans la voiture rouge, décapotée, cheveux au vent… le parfait cliché. L'auto doit aller chez le garagiste. »

Je le frappai avec des cris de rage. Il m'aplatit à nouveau sur le sol.

« On ira en train », déclara-t-il, et les derniers pots de fleurs se renversèrent.

Nous partîmes bel et bien en train, quelques jours plus tard. À la gare Joshua fit les choses très différemment de Jonathan. Jonathan mettait toujours un point d'honneur à organiser le transport des bagages, même pour deux misérables valises. Il précisait l'heure du train au porteur au moins deux ou trois fois. Il lui indiquait quelles valises placer sur quelle partie du porte-bagages, puis frottait bruyamment les pièces les unes contre les autres avant de lui donner son pourboire avec un air de grande prodigalité. Joshua, quant à lui, portait nos quatre valises lui-même et décourageait les porteurs obligeants d'un froncement de sourcils.

Nous trouvâmes un compartiment pour nous seuls.

« Tu es contente qu'on aille dans le Norfolk ? » Joshua paraissait distant, irritable.

« On pourrait aller n'importe où, ça m'irait. » Réponse peu judicieuse, me dis-je aussitôt. Mais il m'embrassa. Sur la cloison, la carte du sud de l'Angleterre et les initiales B. R. brodées sur les têtières se mirent à tournoyer.

Le temps était clair et âpre. Il ne flottait aucune brume sur les champs que le train traversait. Les arbres et les haies viraient au brun doré. Les gens tapaient des pieds et agitaient leurs mains dans leurs poches. Joshua lisait les chroniques judiciaires du *Times*. L'enthousiasme de Jonathan pour les voyages en train était trop dévorant pour lui permettre de lire. Il n'y avait pas un élément du paysage qui ne fasse l'objet de quelque observation ennuyeuse.

« Chérie, regarde cette flèche d'église... romane, je dirais. » « La dernière fois que je suis passé par Cambridge, Timothy me parlait de son entreprise d'électronique... » « Regarde ! Il y a une Sunbeam Talbot de 1928 exactement comme celle qu'avait mon père... chérie, est-ce qu'il t'arrive de m'écouter ? »

Si par hasard il n'était pas assis près de la fenêtre, le steward et le contrôleur devenaient ses proies. Quand le steward approchait du compartiment, Jonathan tapotait une pièce contre la porte pour lui faire signe de s'arrêter.

« Vous voudrez bien nous prévenir longtemps avant pour le deuxième service du déjeuner ?

— C'est mon travail, monsieur », répondait le steward. Jonathan avait été traité de haut par bon nombre de stewards dans bon nombre de trains, mais rien n'y faisait. Joshua, lui, demeura très silencieux pendant tout le trajet jusque dans le Norfolk.

À la gare, un vieux taxi, aux banquettes profondément creusées, nous attendait. Le chauffeur salua Joshua avec empressement et fit allusion à des vacances passées. L'hôtel était un vaste bâtiment en crépi granité caché de la route par un grand mur. Une courte allée de gravier que bordait un gazon bien taillé y conduisait. Des chrysanthèmes couleur marmelade vieillie composaient des parterres harmonieux de chaque côté de la lourde porte d'entrée. À l'intérieur, le hall sentait l'imper mouillé. La réceptionniste accueillit Joshua avec non moins de plaisir que le chauffeur de taxi.

« Je vais demander à Rita de vous conduire à votre chambre », dit-elle. Elle secoua une clochette en cuivre en forme de tête de labrador, et une jeune fille grassouillette vêtue d'une minijupe noire et d'une vilaine chemise op art fit son apparition. Elle avait des cheveux bruns bouclés, des yeux marron en amande et des fossettes même avant de sourire.

« Bonjour, Mr Heron, lança-t-elle, toutes fossettes dehors. J'ai appris que vous veniez, alors je les ai persuadés de vous mettre dans votre chambre habituelle. Je sais que c'est votre préférée. » Elle gloussa et me jeta un regard indifférent.

« C'est très gentil à vous », dit Joshua. Nous suivîmes Rita dans de larges couloirs dont le sol, comme les banquettes du taxi, était creusé par l'usure, mais moins profondément. Rita tortillait de son gros postérieur et laissait traîner ses doigts boudinés sur la rampe en chêne de manière provocante.

« Nous y voilà. » Elle ouvrit la porte et nous précéda. « Vous la trouverez inchangée. En tout cas, pour ce qui est de la *chambre*, rien n'a changé. » Elle gloussa à nouveau.

« Merci, fit brièvement Joshua, soutenant une seconde le regard de la fille.

— Si vous désirez quoi que ce soit, vous savez où me trouver. » Elle referma la porte derrière elle avec lenteur.

La chambre était meublée très simplement : deux chaises en pin brossé, une commode peinte, un bureau, deux lits une place au matelas défoncé. Leurs courtepointes en damas blanc ressemblaient à des nappes qu'on aurait oublié d'empeser. L'air n'était pas franchement humide, mais les tapis, les lits et même les murs donnaient l'impression que leur contact s'avérerait plus moite qu'on ne s'y attendait.

Je me rendis à la fenêtre. Une pelouse dégringolait jusqu'à la crique. La marée était basse. De petits bateaux gisaient sur le flanc dans la vase et quelques mouettes voguaient dans le ciel gris comme perchées sur une vague invisible.

« Combien de filles as-tu amenées ici ? demandai-je, agacée.

— Tu veux bien faire quelque chose pour moi ? »

Joshua arriva derrière moi, la voix patiente. « Tu veux bien, le temps que nous serons ici, arrêter d'imaginer mon passé ? Arrêter d'être jalouse de mon passé ?

— Je ne suis pas jalouse.

— Ça changerait quoi si j'avais amené une centaine de filles dans cette chambre ? Ça n'enlèverait rien à ce que ça va être pour toi et moi.

— Mais cette fille, Rita…

— Si tu es assez bête pour être contrariée par ce qu'elle peut dire… Allons, ne sois pas bête. » Il me prit la main et m'entraîna loin de la fenêtre, en souriant. « Tu sais ce que je préfère dans cet hôtel ? C'est le seul hôtel que je connaisse où on mette à votre disposition de la cire à cacheter. Regarde. » Je ris, oubliant Rita.

Nous rejoignîmes le bureau. Sur le sous-main se trouvaient deux bâtons de cire à cacheter rouge ainsi qu'un bougeoir en porcelaine contenant une petite bougie à demi éviscérée. Joshua s'assit sur la chaise du bureau et alluma la bougie.

« Avec la cire à cacheter, il y avait un jeu auquel je jouais toujours quand j'étais petit. Je me demande si je saurais encore… » Il ouvrit un bloc de papier à lettres ramolli où était grossièrement tamponné le nom de l'hôtel, puis tint un bâton de cire au-dessus de la flamme. Le bâton se courba et, en coulant, dessina une grande tache sur le papier. Une volute de fumée blanche s'éleva vers nous, avec cette piquante odeur mystique que dégage la cire à cacheter fondue. Très vite, Joshua s'empara d'un crayon bien taillé, offert lui aussi gratuitement, et écrivit sur la cire : *Je suis Josh…*

La cire durcit. Impossible de tracer une lettre de plus.

« Autrefois j'arrivais à écrire mon nom en entier. À toi. » Je m'assis sur ses genoux et il créa pour moi une nouvelle flaque de cire. Je ne parvins à écrire que : *Je suis Cl...* Dans un troisième pâté de cire, il écrivit ensuite : *On est...*

« Je ne comprends pas », dit-il, regardant la cire durcir tandis qu'il réfléchissait. Je lui pris le crayon des mains et, sur un quatrième pâté de cire, inscrivis : *On est nous.*

« Les choses idiotes que peuvent faire les gens », commenta Joshua. Je glissai sur le sol et posai ma tête sur sa cuisse. Un mince voile de fumée subsistait dans l'air, et la bougie s'éteignit en crachotant. Nous restâmes là, sans parler, jusqu'à ce que l'obscurité emplisse la pièce. Puis nous dûmes nous déplacer à tâtons, butant contre divers objets, cherchant les interrupteurs.

Après le dîner nous allâmes dans le salon de l'hôtel, qui n'était guère propice à la gaieté. Dans un angle une femme entre deux âges s'attaqua avec vigueur à sa tapisserie, comme si elle réparait une voile. Dans l'autre angle, dépassant orthogonalement derrière un journal sportif, on apercevait en bas les jambes trapues du mari dans leur pantalon de tweed et, en haut, la colonne de fumée qui s'élevait de sa pipe. Joshua proposa que nous descendions plutôt sur le quai.

La nuit était froide ; il gelait presque. La pleine lune nous éclairait le chemin dans l'étroite rue du village, puis sur le sentier pavé qui rejoignait le quai. Il n'y avait pas un chat dans les parages.

Joshua, qui portait des semelles de caoutchouc, marchait très silencieusement. Mes souliers produisaient un cliquetis irritant.

Plusieurs grands bateaux de pêche reposaient à sec sur le quai, entourant un énorme chaland à la coque goudronnée. Posé à l'envers, il ressemblait à une baraque préfabriquée. Dans l'eau, les petits bateaux qui gisaient auparavant sur le flanc avaient recouvré leur dignité. De temps à autre ils tressaillaient un peu, lorsque les flots remuaient sous leur coque, puis redevenaient immobiles.

Joshua, qui jusque-là me tenait le bras, me lâcha soudain et détala. Je pivotai sur mes talons pour voir ce qui se passait.

Je l'appelai. Pas de réponse. Je distinguai d'autres bateaux désertés, pareils à de grandes coquilles vides, et toute une cohue d'épaisses ombres noires. Je levai les yeux vers le ciel. L'espace d'un instant la pleine lune sembla plantée au bout d'un mât, telle une soucoupe sur la baguette d'un jongleur. Puis un nuage noir s'étira sur sa face, et tout disparut hormis des contours imprécis. J'appelai à nouveau. Cette fois je perçus en réponse un étrange gémissement haut perché :

« Je-e su-is i-ci. » Impossible de dire d'où venait la voix. Je me dirigeai à tâtons vers le chaland retourné, trébuchant entre les embarcations plus petites, me cognant à leur coque.

« *Où ça ?*

— *Ici.* » La voix résonnait derrière moi à présent, loin de la barge, finalement. Je me retournai. Les nuages dévoilèrent à nouveau la lune. Les bateaux étaient vides. Soudain une silhouette jaillit du fond d'une cale, hurlant de rire, forme biscornue se détachant sur le ciel. La silhouette retomba et le rire se tut. Je sursautai de frayeur, m'en voulant aussitôt de ma sottise. Cherchant quelque chose à quoi me cramponner, je heurtai de la main le ventre dur du chaland. Il était bosselé et humide. Je frissonnai et essayai de pouffer.

« S'il te plaît, maintenant, sors. Tu m'as flanqué une de ces frousses… Joshua ? » Pas de réponse, mais de nouveaux nuages filant de plus belle vers la lune. D'un pas maladroit, je courus vers le bateau d'où il avait bondi. Il ne se cachait pas au fond : rien, sinon une mince flaque d'eau aux reflets mats comme du verre dépoli.

« Je ne t'ai pas vu sortir, répétai-je, plus fort. Allez, viens, on rentre. Arrête ce petit jeu. J'ai froid. S'il te plaît…

— *S'il te plaît, maintenant, sors* », fit une voix de soprano, parodiant la mienne. Là encore, elle semblait provenir de derrière la barge. Mais la lune fut à nouveau occultée, et l'obscurité se fit plus intense après cet épisode de clarté. Je perdis tout sens de l'orientation. Je m'agrippai au bateau à côté de moi, grelottante de froid.

« Tu peux continuer tout seul ton petit jeu stupide. Moi je rentre », criai-je, sans bouger pour autant. De longues secondes s'écoulèrent. Tout à coup une main glacée m'effleura la joue. Je hurlai. Joshua s'esclaffa.

« Tu n'aimes pas jouer à cache-cache ? » demanda-t-il, de sa voix normale. Je me jetai contre lui, furieuse et soulagée.

« Non, pas dans un endroit comme ça. Pas dans

un endroit que je ne connais pas. Et de toute façon je ne vois rien dans le noir, et j'ai horreur des bateaux hors de l'eau.

— Je t'ai vraiment fichu la trouille ? Pardon. Ce n'était qu'une blague. » Il était incrédule. Il m'embrassa le front et les yeux.

« Tu fais des choses déroutantes. » Pour la troisième ou quatrième fois, je ne comptais plus, la lune ressurgit. En levant la tête, je pouvais voir la masse rassurante des épaules et de la mâchoire de Joshua. Mon soulagement était presque aussi insupportable que ma ridicule frayeur précédente.

« Tu aurais pu venir ici sans moi, si tu avais envie d'être seul », m'entendis-je déclarer. Joshua rit.

« Ça n'aurait pas été drôle. Ce qui était drôle, c'était de te planter là. » Il me saisit le bras. « Allez, ris. Je suis revenu, non ? » Je ris. « Je te parie ce que tu veux que je sais à quoi joue Jonathan... Au golf !

— Exact.

— Et que si par hasard il renonçait au golf pour jouer à cache-cache, il ne serait pas très doué, parce qu'il n'est pas très agile, je me trompe ? »

Je ris à nouveau, ce qui incita Joshua à poursuivre sa fiction.

« Il aurait un handicap, je me trompe ? Sa façon de courir. » Il s'éloigna et se mit à se dandiner comme un canard, la démarche lourde et malhabile. « Comme ça ?

— Tout à fait comme ça. » Je riais comme une baleine désormais. « Tu es vraiment cruel. » Il revint vers moi en se dandinant.

« Et je suis convaincu qu'à la fin tu retourneras auprès d'un homme qui court de cette façon-là, je me trompe ?

— N'importe quoi ! protestai-je. Qu'est-ce qui te fait dire ça ? » demandai-je après une pause.

Il ne répondit pas. Nous étions presque arrivés à l'hôtel. Le bâtiment, sous la lumière orange des projecteurs, avait un air docile, rassurant, chaleureux.

Dans notre chambre, la barre corail du radiateur électrique écornait à peine le froid ambiant. Nos lits une place étaient horriblement étroits. Nous entassâmes toutes les couvertures sur un seul des lits et nous préparâmes à passer une nuit inconfortable.

Il ne fut plus question de Jonathan, du moins pour l'instant.

Chapitre 7

Pendant plusieurs jours il ne cessa de pleuvoir. Nous sortions faire de longues promenades sous la pluie, à travers de vastes champs de choux. Énormes et froides, leurs feuilles, presque couleur prune pour certaines, claquaient et crépitaient contre nos bottes de caoutchouc. Joshua affirma qu'il ressentait la même chose envers les choux que les végétariens envers la viande. Il ramassa une grande feuille qu'il secoua, en la tenant comme un saladier. Un millier de billes de pluie roulèrent en tous sens sur la surface mamelonnée pour trouver leur cavité, comme les billes en plastique dans ces jeux pour enfants. Joshua déclara qu'il ne pouvait pas manger de choux.

Nous pataugeâmes dans les prés marécageux enfumés de brume et visqueux sous les pieds. Joshua était détendu, affable, presque expansif. Il me faisait rire. Il attrapa un morceau de bâche sur une meule de foin et la maintint au-dessus de ma tête pendant que j'essuyais ses lunettes embuées à ma chemise. Dans le cimetière d'une église romane, il grimpa au tronc noir glissant d'un vieil if. Lorsqu'il atteignit le sommet il en secoua les branches épaisses, si bien que l'espace d'un instant une partie de l'arbre fut tirée de sa léthargie : quelques gouttes de pluie s'échappèrent de son grand dôme pour dégringoler sur la terre sèche et meuble sous sa voûte.

Puis enfin un matin il y eut une éclaircie. Le ciel, vidé de ses nuages et de sa pluie, était pâle et anémié. Nous allâmes à la plage. Là, les hautes dunes coupe-vent descendaient vers le sable, et le sable s'étirait vers la mer, s'unissant à elle en un fondu d'aquarelle. Il faisait encore froid, et Joshua se mit à courir. Je parvins à le suivre un moment, puis il me distança. Le sable mouillé alourdissait ma course. Je ralentis et me remis au pas. L'écart entre nous s'accrut rapidement. Bientôt il ne fut plus qu'une petite silhouette en mouvement.

Je tournai le dos à la mer et me dirigeai vers les dunes. Une désolation subite m'envahit, tranchante comme un fil à couper le beurre. Ici les dunes étaient malingres, avec des tonsures de sable gris-blanc entre des touffes d'herbe faméliques mais coriaces. Il y a vingt ans, alors que j'étais une fillette mélancolique, des enfants m'avaient exclue de leur jeu de ballon dans des dunes comme celles-là. Je m'étais enfuie, les larmes m'entaillant les joues, pour rejoindre les bois de sapins derrière les dunes. J'avais trépigné et m'étais jetée par terre, stupidement furibonde. Puis j'avais trouvé des primevères. Il s'était mis à pleuvoir et je les avais cueillies. Au bout d'un long moment j'avais regagné les dunes. Les enfants étaient partis et la marée était basse. J'avais extirpé de ma poche un demi-biscuit que j'avais englouti, puis, m'étendant sur le sable, sans me soucier de l'heure, j'avais contemplé ce paysage plat tout mouillé de pluie. Peu à peu la mélancolie m'avait abandonnée et la honte s'était emparée de moi.

À présent, je contemplais la mer, mais le miracle n'avait plus cours.

« Joshua ! » criai-je. La voix, en suspension sur le vent, semblait celle de quelqu'un d'autre.

Des plaques de sable se détachaient de mes bottes. Je percevais le goût du sel sur mes lèvres. Où était-il ? Pourquoi à nouveau des nuages ?

Ce n'était pas comme ça avec Richard Storm. Nous avions de l'affection l'un pour l'autre. De l'affection l'un pour l'autre, comme deux personnes âgées habituées à leurs manies respectives. J'étais impressionnée par son âge ; je lui obéissais. Lorsqu'il avait écrit pour m'annoncer qu'il restait à Barcelone avec Matilda, j'avais été étonnée, mais pas blessée. Il ne brisait pas une existence conjugale si fabuleuse.

Ce n'était pas comme ça non plus avec Jonathan. Son attention constante, souvent asphyxiante, me changeait de l'abandon que j'avais connu. Il était tout le temps là, présence routinière, rassurante, inoffensive. L'après-midi de novembre où nous nous étions mariés à Caxton Hall n'était pas plus exaltant que bien d'autres après-midi que nous avions passés ensemble. Nous étions allés dîner au Savoy et il avait insisté pour que je choisisse des plats *à la carte**, même si j'avais envie du *plat du jour**. Au bout de trois jours de vie commune, il était apparu clairement qu'il avait des idées préconçues sur ce qu'il convenait de faire selon les circonstances. Le *plat du jour** le soir des noces n'était que le prélude. Notre mariage s'était cependant révélé conforme à mes attentes, du moins les deux premières années. Ce n'était que récemment que l'inanité de cette union et ses agacements, impossibles à prévoir, étaient devenus évidents, puis insupportables.

Et maintenant Joshua. Pourquoi avait-il encore filé ? Pourquoi me taquinait-il tout le temps ? Je m'allongeai, la joue contre le sable froid ; le vent rabattait mes cheveux sur mes yeux, et ils me chatouillaient. Une main les dégagea subitement de mon visage. Je roulai sur le dos. Joshua était accroupi près de moi.

« Je t'ai cherchée partout, dit-il. Je n'ai pas trouvé de vendeur de glaces. » Je m'assis dans le sable.

« Je ne voulais pas de glace. Je n'en ai jamais demandé. Pourquoi es-tu parti ? Je n'ai pas réussi à te suivre.

— Tu aurais peut-être été contente d'en manger une si j'en avais trouvé. Mais il paraît que le glacier a remballé son stand la semaine dernière. La saison est finie. » Il s'étendit à côté de moi. « J'ai dû courir presque deux kilomètres. » Il sourit, l'air ravi. « Ça fait une éternité que je ne me suis pas dépensé comme ça. Je me sens en pleine forme.

— Tu as de la chance.

— Pourquoi, pas toi ? Qu'est-ce qu'il y a ?

— Tu n'arrêtes pas de te sauver.

— Pas très sérieusement. En plus, je ne l'avais pas fait depuis quatre jours… pas depuis le premier soir.

— Je ne sais pas ce qui m'arrive, en fait. J'ai du mal à m'exprimer.

— Tu es une drôle de petite chose. Et tu es ravissante, avec le vent. » Il épousseta le sable sur mes épaules et m'attira au sol contre lui. « Il ne vient jamais personne ici à cette époque de l'année. Aucun risque d'être surpris.

— Tu es sûr ?

— Absolument sûr. »

Les herbes dures et pointues ployaient autour de nous, tandis que le sable, qui était sec dans les dunes, s'envolait à la ronde.

*

Ce fut au déjeuner que Joshua eut son idée.

« Pourquoi ne pas demander à Mrs Fox de venir nous rejoindre ? Elle ne doit pas avoir trop le moral. » J'avais presque oublié Mrs Fox. Au menu, il y avait du ragoût de mouton à l'irlandaise et du crumble aux pommes. Rita servit à Joshua un verre de bière blonde sans lui demander s'il en voulait.

« Ça m'étonnerait que ça la tente. Il n'y a pas assez de bruit dans le Norfolk.

— D'après moi, ça lui plairait. On pourrait la distraire.

— On ne se distrait pas assez tous les deux, tu trouves ? » Je buvais du cidre et je n'avais pas l'esprit très clair. Près du buffet, Rita astiquait lentement des cuillères : elle les reposait sans bruit de façon à pouvoir entendre ce que nous racontions.

« Pourquoi tu ne veux pas qu'elle vienne ?

— Je suis contente comme on est.

— Je croyais que non.

— Mais si, bien sûr.

— Ah. » Il jouait avec le sel, érigeant de petits monticules avec sa cuillère, puis les aplatissant. « J'aimerais l'inviter juste pour quelques jours, reprit Joshua. Pense au plaisir que ça lui ferait. » Je soupirai.

« Mrs Fox a pour devise de ne surtout pas embêter le monde. Tu peux l'inviter, mais je ne crois pas qu'elle viendra. Fais comme tu veux. Moi je trouve ça idiot, d'inviter une vieille zinzin comme elle dans le Norfolk en automne. Pourquoi ne pas inviter ta mère, plutôt ? » Je perçus le sarcasme dans ma voix.

« Ma mère est morte quand j'avais dix-sept ans, déclara Joshua, et je n'ai jamais fait quoi que ce soit pour elle. » Rita s'attaqua à une pile de couteaux.

« Ah, je vois. Tu penses que te montrer gentil envers une vieille dame compensera le fait que tu en aies délaissé une autre.

— Je n'avais pas réfléchi à ça. Mais, non, je ne crois pas. Je ne suis pas un bon Samaritain, or c'est leur mode de raisonnement. La charité leur tombe dessus comme une illumination, et ils se mettent à multiplier les B.A. pour rattraper toutes ces années où l'idée de faire le bien ne les effleurait même pas. Non, ce qu'il y a, avec Mrs Fox, c'est que je l'aime bien. Elle ne me donne pas mauvaise conscience si je ne fais rien pour elle, et elle ne me donne pas le sentiment d'être héroïque si je fais quelque chose. Que demander de plus chez une personne âgée ? » J'approuvai de la tête. « Je peux l'inviter, alors ? » Je dis oui.

« Vous permettez que je débarrasse ? » Rita s'ennuyait. Nous migrâmes vers le salon désert où régnait une odeur de thé.

« Tu as déjà réfléchi à ce qu'il y a de pire entre les jeunes et les vieux ? reprit Joshua. Je ne parle pas des choses évidentes, comme l'absence de communication, le manque d'imagination qui empêche de comprendre l'époque de l'autre. Je parle de la façon dont les deux générations s'épuisent mutuellement. Une fille s'occupe de sa vieille mère, disons, ou de sa grand-mère. Cela prend du temps et de l'énergie. La vieille grand-mère a conscience qu'il faut qu'on s'occupe d'elle et elle souffre de cette dépendance. L'une et l'autre sont tellement accaparées par les exigences du devoir que la moindre spontanéité entre elles s'en trouve tarie. Et puis, les personnes concernées ont beau prétendre le contraire, ce qui motive les échanges entre les générations est forcément suspect. C'est tellement exténuant... ça crée tellement de martyrs. En Chine, il existe un système bien meilleur. Dans les villages, là-bas, c'est le devoir naturel des jeunes de s'occuper des vieux et de les distraire. Cette responsabilité n'a pas plus d'effet dévastateur que, sous nos latitudes, la responsabilité d'une mère envers son enfant.

— Tu oublies le côté affectif. Les jeunes ne s'occupent pas des vieux uniquement par devoir. L'amour entre en ligne de compte. Une fille, par exemple, qui est attachée à ses vieux parents ou à ses grands-parents, tient à les aider. Elle n'est pas qu'une martyre.

— Peut-être pas au départ. Mais dans les cas où l'amour et la responsabilité s'équilibrent, et où la responsabilité équivaut à la corvée quotidienne de pourvoir physiquement aux besoins de quelqu'un, alors l'amour est rarement l'élément qui fait pencher la balance.

— Tu ferais quoi dans un cas de ce genre ? demandai-je.

— Je ne sais pas vraiment, vu que mes parents sont morts avant que la question se pose. Mais je pense que je me serais conduit en bon fils si je les avais bien aimés, et que je n'aurais rien fait pour eux si on ne s'entendait pas. Je ne crois pas à la loyauté entre proches s'il n'y a pas d'affection. Pour moi, c'est une des pires formes d'hypocrisie familiale. Un terrain atrocement propice au sacrifice. Je pense que tout le schéma du sentiment tribal, ces familles qui restent ensemble simplement en raison de leur lien de parenté, est une erreur d'interprétation. Bien sûr, si ces gens *s'aiment* en plus d'être parents, c'est une autre affaire. Mais ça concerne combien de gens ? Toi ? »

Je pensai à ma mère, caparaçonnée de velours bordeaux, chaussures et sac en crocodile assortis ; son conservatisme maniaque, sa folle passion pour les animaux de compagnie et les croisières au soleil. Mon père, cet être faible et inconsistant, contraint de s'arracher aux matchs de cricket du Lords pour son emploi bien payé dans l'industrie ; son exemplaire dédicacé des *Histoires comme ça* à son chevet… Je ne les aimais pas, je n'avais pas d'affection pour eux, je ne les voyais pas.

« Non, concédai-je. Mais Jonathan, lui, est le parfait exemple de quelqu'un qui rougit de ses parents parce qu'ils ne sont pas aussi pseudo-intellectuels que lui, et qui, en même temps, se trouve inextricablement lié à eux par le devoir. Je ne crois pas qu'il les aime ou ait jamais pensé à les aimer. Ils sont simplement une région dans sa vie qu'il faut aller voir. Il faut prendre soin d'eux, comme on prend soin de ses dents. Tu vois ces journaux qui tressent des couronnes aux gens qui rendent visite à leurs parents ? Qui publient des articles, par exemple, sur un pauvre étudiant devenu célèbre à la télé, et qui répètent à longueur de colonnes : *En plus, il va voir ses parents à Beccles tous les week-ends*… Quand Jonathan lit des papiers de ce genre, il se gargarise à l'idée d'être lui aussi un fils irréprochable. Et hop, nous voilà repartis pour le Somerset histoire d'admirer une fois encore l'élevage porcin du Major Lyall et d'entendre Jonathan nous faire à tous un grand laïus sur Nabokov. Et comme personne n'est à même de le contrer, il s'en donne à cœur joie. Mais je m'égare.

— C'est le genre de nasses absurdes dans lesquelles se fourrent des milliers de gens et dont ils s'accommodent », confirma Joshua.

Il partit télégraphier à Mrs Fox.

Elle arriva le lendemain après-midi. Nous allâmes la chercher à la gare dans le taxi aux banquettes défoncées. Si elle ne semblait pas surprise par notre invitation, elle manifestait pourtant sa joie en s'extasiant sur tout. Un insigne du Sailor's

Day piqué dans l'habituel chapeau noir constituait son unique concession à son nouvel environnement.

Nous prîmes le thé dans le salon de l'hôtel. Elle s'installa en face de nous et joua les hôtesses, servant le thé et nous faisant passer les sandwichs. Si elle était triste à propos de sa sœur, elle le cachait bien, et nous couvait d'un regard joyeux.

« Henry et moi avons failli fuguer comme vous, autrefois, dit-elle. Sauf que, finalement, nous avons renoncé. Nous nous sommes contentés d'en rêver. À cette époque, nos familles respectives auraient été très choquées. Mais ce n'est pas le scandale qui nous a arrêtés, plutôt l'absence d'occasion. Elle ne s'est jamais présentée ! Edith et ma mère me surveillaient de près : c'est à peine si elles me laissaient nourrir des pensées intimes, alors un week-end à la mer avec Henry… Quant à Henry, il était toujours terriblement occupé et, toute sa vie, il a fait passer son devoir – ses patients – avant moi. C'est pourquoi en fin de compte, bien sûr, quand nous avons cessé d'espérer que l'occasion se présente, il ne restait plus qu'une solution, et nous nous sommes mariés.

— C'est suffisant, comme raison de se marier ? s'étonna Joshua.

— Dans notre cas, ça a marché à merveille. Évidemment, cette raison de se marier paraît bien dépassée aujourd'hui… Rares sont les couples modernes à souffrir du manque d'occasions ! » Elle scruta avec curiosité les autres clients en train de prendre le thé – des gens entre deux âges amateurs de nature, aux vestes de tweed lustrées par le grand air. Des gens à l'allure trop robuste pour les petits fauteuils à fleurs.

« Comment le prennent-ils… pour vous ? demanda-t-elle. Est-ce qu'ils désapprouvent ?

— Je ne crois pas qu'ils soient au courant, ou, s'ils le sont, je ne crois pas que ça les dérange », répondit Joshua, posant sa main sur mon genou et m'embrassant légèrement sur la joue. Un geste d'affection comme il n'en avait presque jamais avec moi en public.

« Edith, elle, avait vécu une expérience pas piquée des vers, continua Mrs Fox. En 1919, un avoué lui avait demandé de venir passer le week-end à York avec lui. Elle avait dit non, mais elle ne s'était pas montrée assez ferme. Elle n'a jamais été très douée pour les mots. Résultat, ils avaient pris le train pour York et, pendant le trajet, l'avoué lui avait recommandé de dire à la réceptionniste de l'hôtel qu'elle s'appelait Edith Freeman, Mrs Edith Freeman, et non Edith Smith. Edith avait promis. Mais c'était une personne extrêmement honnête et, le moment venu, elle n'avait pas pu mentir. Elle avait signé "Edith Smith" dans le registre et l'avoué lui avait administré un coup de coude si violent qu'elle avait gardé un bleu sur les côtes pendant des semaines. Il était fou de rage, et elle avait pleuré en disant qu'elle voulait rentrer chez elle. Il l'avait collée illico dans le prochain train, pour ne plus jamais donner signe de vie. Après cette mésaventure, Edith m'avait confié qu'elle aimait autant rester vierge. Et elle l'est restée, jusqu'au jour de sa mort. » Mrs Fox rit de son propre récit.

« Je n'ai jamais été très calée en littérature classique, reprit-elle, la musique était plus mon rayon, mais s'il y a un auteur que je connais bien, c'est Jane Austen. Henry l'adorait. Il me lisait du Jane Austen presque tous les jours, tous ses livres, régulièrement. À la fin, j'en savais par cœur des passages entiers. Vous savez ce que Jane Austen disait… de vous ? » Elle eut vers nous un léger mouvement de la main, puis se redressa dans son fauteuil comme une enfant sur le point de réciter un poème. « Elle disait : "Mais s'il est vrai que l'imagination des autres les emporte à former des jugements erronés sur notre conduite et à se prononcer sur elle d'après des apparences légères, notre bonheur doit toujours, dans une certaine mesure, être à la merci du hasard[1]." »

Trois ou quatre des campagnards chics jetèrent vers Mrs Fox un coup d'œil passablement stupéfait, avant de reporter leur regard sur leur thé. Mais Mrs Fox ne prêtait aucune attention à eux. « Je n'ai jamais oublié cela. N'empêche, si Henry m'avait lu cet extrait *avant* notre mariage, je crois vraiment que j'aurais insisté pour faire une tentative : la chose aurait été justifiée pour moi. Remarquez, ce n'était peut-être pas plus mal. Mais je n'aimerais pas du tout, ajouta-t-elle en se penchant vers nous, que votre bonheur soit à la merci de *ces gens-là*.

— À vrai dire, ils nous fichent la paix et on fait pareil », affirma Joshua d'un ton calme.

Après l'arrivée de Mrs Fox, notre quotidien dans

1. *Raison et sentiments*, traduction de Jules Castier.

le Norfolk changea. Joshua était protecteur envers elle et étendait cette protection à ma personne. Il s'avérait plus accessible qu'il l'avait jamais été. Il se détendait. Il était gai et heureux. Moi, je me sentais la même.

Mrs Fox était la tierce personne idéale. Joshua et moi avions conscience de l'affection grandissante que nous lui portions, affection à laquelle nous nous laissions aller sans jamais en parler. Cette affection nous liait, bizarrement, de manière plus profonde que n'y avait réussi notre vie en tandem.

Les journées étaient très peu mouvementées. Nous marchions, nous naviguions, gelés, à bord du petit voilier de Joshua, nous absorbions de grandes quantités de nourriture anglaise roborative. Le soir, Joshua et Mrs Fox jouaient aux échecs ou au backgammon pendant que je lisais un livre. Mrs Fox rédigeait d'innombrables cartes postales en couleurs, très lentement, destinées à ses amis comme à ses ennemis. Au fond, ce qui lui plaisait, expliquait-elle, c'était de s'installer au grand bureau dans le salon, avec le papier à lettres gratuit, le buvard tout neuf, le stylo attaché par une chaîne à l'encrier. Tous les matins elle s'asseyait là pour écrire pendant environ une heure, son bonheur chaque jour renouvelé.

Un soir elle insista pour que nous l'emmenions au pub voisin. Elle but trois pink gins et avala une demi-livre de noix de cajou.

« Elles sont gratuites, non ? Henry trouvait immoral d'abuser des amuse-gueule offerts dans les pubs ou du papier à lettres dans les hôtels, mais je n'ai jamais été d'accord avec lui.

— Quand j'ai fait mon voyage à travers les États-Unis, dit Joshua, j'avais très peu d'argent, et j'ai survécu toute une semaine grâce aux crackers, au ketchup, au chutney et aux verres d'eau qu'on offre dans les drugstores. Si je n'avais pas profité de ça, je serais pratiquement mort de faim. » Cet aveu stimula Mrs Fox. Elle s'attaqua aux chips à l'oignon.

Joshua et moi bûmes trois ou quatre whiskies. Joshua évoqua avec le châtelain local son séjour dans la Royal Air Force. Nous étions tous délicieusement ivres et expansifs.

« Écoutez, fit le châtelain à l'approche de la fermeture, ne nous séparons pas tout de suite. Il y a une fête foraine plus loin sur la route : elle ne ferme pour l'hiver que dans quelques jours. Ce n'est peut-être pas celle de Battersea, mais que diriez-vous d'aller voir ce qui s'y passe ? »

Mrs Fox, ravie, laissa échapper un gloussement strident. Elle descendit du tabouret sur lequel elle était juchée.

« Une *fête foraine* ? Cher monsieur, rien au monde ne me ferait plus plaisir. » Le châtelain, avec une galanterie quelque peu chancelante, lui prit le bras puis nous guida jusqu'à son break de chasse.

C'était une petite fête foraine misérable, une fête foraine à bout de course dont seulement la moitié des ampoules colorées fonctionnaient. La musique du manège déchirait l'air froid et des nuages de vapeur s'élevaient des pommes d'amour fraîchement nappées de caramel. Entre les stands, le sol n'était qu'une croûte de boue à moitié durcie, avec de l'herbe toute pelée. Il n'y avait pas grand monde. Plantés mains dans les poches, mentons dans les écharpes, quelques couples peu enthousiastes contemplaient les stands. Nul boniment débité à cent à l'heure ni nul beuglement annonçant les lots à gagner n'auraient su les convaincre de tenter leur chance.

Mrs Fox donna de la vie à la foire. Elle était ce que les forains découragés avaient attendu toute la soirée. Elle caracolait de l'un à l'autre, précise dans son tir, inspirée dans ses intuitions, recueillant des tas de petits lots qu'elle fourrait dans les poches du châtelain. Pour finir, elle le persuada de l'escorter au manège. Là, elle enfourcha un cheval de bois et le châtelain en prit un à côté d'elle : la sono crépitante diffusait de la pop à plein volume, et ils s'élancèrent au galop.

Joshua et moi allâmes sur les balançoires, grands vaisseaux défraîchis dotés de crinières en bois à la poupe et à la proue, leur peinture pâlie et tout écaillée. Les nacelles ne montaient pas très haut, mais par une illusion d'optique, elles nous semblaient osciller entre la voûte céleste et les lumières du champ de foire. Ici, la musique était plus douce. Nous fredonnions, et nous nous entendions fredonner. Joshua, debout, actionnait la balançoire avec violence tout en me regardant.

« Tu es belle, dit-il, subitement, et j'éclatai de rire. Non, tu n'es pas vraiment belle. Mais tu le parais sous cette lumière. » Il s'assit à côté de moi. La balançoire s'immobilisa presque naturellement et un fou rire nous saisit sans raison précise.

Nous redescendîmes. Le sol remuait sous nos pieds. Je m'agrippai à Joshua.

« Qu'est-ce qui se passe ?

— Nous avons pas mal bu, ma belle.

— Mais je ne me sentais pas saoule avant d'aller sur les balançoires.

— Moi non plus. C'est sûrement l'ivresse des hauteurs. » Il se tourna vers moi : je dénombrai trois visages.

« Pense à Jonathan en train de taper à la machine dans sa mansarde romaine, déclara-t-il lentement, bientôt secoué par un nouveau fou rire.

— Ce n'est pas drôle », protestai-je, avant de rire moi aussi.

Puis, soudain, nous fûmes dégrisés. Les lumières, les stands, les hommes rubiconds et les monceaux de lots de pacotille cessèrent de valser avec frénésie autour de nous ; ils ne tremblaient plus que légèrement, comme des feuilles apaisées après une tempête. Nous demeurâmes pourtant agrippés l'un à l'autre, hébétés et muets. Mrs Fox et le châtelain surgirent au coin d'une allée, bras dessus bras dessous.

« Ça faisait des années que je ne m'étais pas amusée comme ça, dit Mrs Fox, son chapeau de travers, sa voix familièrement aiguë. Vingt-cinq minutes de manège sans interruption. J'aurais pu continuer, mais pas le châtelain.

— J'ai dû venir à votre secours, la dénonça le châtelain. Vous aviez tellement le tournis, vous risquiez de tomber de cheval. »

Ils se disputèrent gaiement. À minuit le châtelain nous ramena en voiture à l'hôtel. Il n'était pas en état de négocier le virage serré pour entrer dans l'allée.

Les projecteurs avaient été éteints et nous remontâmes l'allée de gravier sous la lumière blafarde d'une moitié de lune. Maintenant que la soirée était finie, Mrs Fox semblait un peu découragée.

« C'est quand votre anniversaire ? demanda-t-elle à Joshua.

— Dans quinze jours, répondit-il, après avoir calculé. Pourquoi ?

— Je vais vous organiser une fête. Un truc chouette. Ah, voilà une perspective réjouissante ! Une chance que ce soit bientôt. Une sacrée chance. J'adore avoir des événements en perspective. » Elle redressa le dos et accéléra le pas.

*

Nous n'avions pas sommeil. Nous bavardâmes et somnolâmes quelques heures. À quatre heures, Joshua se leva.

« Je vais me promener, annonça-t-il. Tu viens ? »

Machinalement, je demandai si je devais aller réveiller Mrs Fox. Elle ne nous avait pas quittés d'une semelle depuis son arrivée.

« Non, crétine. Ce que tu peux être bête, parfois. » Il était à nouveau irritable et inaccessible, sa bonne humeur de la soirée envolée.

« Là où je suis stupide, sans doute, c'est d'espérer que tu sois moins lunatique. Je n'ai jamais connu quelqu'un qui change plus vite d'humeur. Tu ne te souviens jamais de ce que tu as pu dire, ni des sentiments que tu as pu éprouver. Ou si tu t'en souviens, c'est du pareil au même, maugréai-je alors que, sous la frêle lumière grise de la fenêtre, je m'employais à enfiler bas épais, bottes et duffle-coat. Tu ne supportes pas l'idée de te laisser aller complètement. Tu y arrives presque, et cet abandon te plaît, je le sais. Et puis tu fais machine arrière.

— Très juste. Mais je ne changerai pas.

— Ça te rend difficile à vivre, parfois. »

Il noua mon écharpe, l'air renfrogné.

« La ferme », dit-il.

Nous prîmes l'étroit sentier humide en direction des marécages. Il faisait très froid. Des grappes de brume flottaient autour de nous. À l'horizon, au-dessus de la ligne dessinée par la mer, des traînées flamboyantes se recroquevillaient vers le ciel comme des torsades de papier qui brûle, laissant derrière elles des reflets opalescents.

Joshua marchait très vite et j'étais obligée de trottiner pour le suivre. Je me plaignis d'un point de côté.

« Grognon par un matin pareil ! » fit-il en se retournant, mais sans ralentir.

Pervers, il s'arrêta quelques mètres plus loin pour m'attendre. Il désigna le ciel et l'ensemble du panorama d'un geste ironique, comme pour tuer chez moi tout désir éventuel de prendre cette beauté au sérieux. Puis sa main fondit en piqué pour aller se poser sur mon épaule.

« Ils se tenaient là, se regardant, déclama-t-il, d'une voix qui vibrait d'une feinte gravité. Il n'y avait rien à dire. La chose les dépassait tous les deux.

— Arrête ton char. » Je ris. Il sourit.

« Tu as l'air si pleine d'espoir, quelquefois. Ça terrifierait n'importe quel homme.

— Pleine d'espoir ? Moi ? D'espoir de quoi ? »

En réponse, il prit mon visage entre ses mains froides, l'observa avec sérieux, puis reprit la parole de sa voix emphatique.

« Mrs Lyall… tu sais quoi ? En cette heure matinale, tu as la drôle de frimousse la plus drôle qui soit. »

Les brumes se dissipaient. Il m'attrapa le bras et, avec une lenteur outrancière, nous rebroussâmes chemin pour aller déjeuner.

Chapitre 8

« Clare ! Je peux passer te voir ? » David Roberts… Huit heures et demie du matin. Il n'avait jamais appelé chez Joshua jusque-là.

« Pas vraiment. Nous sommes à peine levés. Qu'est-ce qu'il y a ? » Long silence.

« Je rentre de Rome. » Avec son gros orteil, Joshua s'appliquait à faire pelucher un petit cercle dans le tapis. « Je suis arrivé hier soir.

— C'était bien ? » Je temporisai, attendant qu'il soit prêt à lâcher sa nouvelle.

« Un temps idéal. J'ai vu Jonathan plusieurs fois. On a un peu picolé ensemble. » Sa voix avait un ton mélancolique.

« Comment allait-il ?

— Ton café refroidit, fit Joshua.

— Ne quitte pas », dis-je à David. Je plaçai ma main sur le combiné.

« Débarrasse-toi de lui, ordonna Joshua.

— En forme, continua David. Très bien installé, en fait. » Il se tut à nouveau. Puis : « Bon, dommage que je ne puisse pas passer. Peut-être plus tard.

— Mais enfin qu'est-ce qu'il y a ?

— Pas grand-chose, en réalité. Je m'étais juste trompé au sujet de Rosie Maclaine.

— Comment ça ?

— Eh bien, Jonathan avait raison à son sujet, finalement. Il la jugeait plus sexy que digne de confiance.

— Qu'est-ce qu'elle a fait ?

— Elle est restée en Italie.

— À Rome ?

— Elle n'a pas voulu dire où. Je ne crois pas. »

Joshua, qui était par terre, se leva et sortit en claquant la porte. Irritable...

« Je suis désolée, dis-je à David.

— C'était quoi, ce bruit ? Vous n'êtes quand même pas déjà en train de vous engueuler !

— Bien sûr que non.

— Bref, c'est tout ce que j'avais à te dire. Je te rappellerai. »

Je raccrochai et balayai du regard la pièce en désordre. Il y avait de la cendre sur le tapis, des taches de café sur les coussins, des livres et des magazines entassés dans tous les coins. Alison, qui venait deux fois par semaine, déclarait qu'elle ne s'en sortait pas. Ce n'était pas grave. Joshua était habitué à la pagaille ; il n'y faisait pas attention. Moi, ce chaos me plaisait après l'ordre méticuleux du domicile conjugal.

J'avais froid dans ma robe de chambre. L'air humide de novembre. Je refermai la fenêtre et Joshua revint dans la pièce. Il était habillé.

« Il cherche quoi, ce raseur, à appeler à une heure pareille ?

— Il n'est pas si tôt. Il semble que Rosie Maclaine l'ait quitté.

— Une fille sensée, donc. Tu n'avais pas besoin de prolonger la conversation.

— Tu as trop bu hier soir », observai-je. Nous avions sifflé la veille deux bouteilles de bon vin.

« Pas du tout. Je voulais juste avoir accès à mon propre téléphone. » Il s'écroula théâtralement sur le canapé et composa un numéro.

Son film était prêt et il était désœuvré. Ça ne lui allait pas. Il avait horreur de l'oisiveté forcée de ses journées, le fait de n'avoir nulle part où se rendre à dix heures du matin. Une société de production envisageait plus ou moins un documentaire au Mexique, mais les tractations nécessitaient à peine quelques coups de fil par semaine. Joshua se rongeait les sangs, fumait cigarette après cigarette, lisait des quantités de magazines mais jamais de livres. Les seuls moments où il tenait en place, c'était lorsqu'il sculptait. Durant la semaine écoulée, il avait façonné tout un ensemble de pièces d'échecs.

Le numéro qu'il avait composé ne répondit pas. Il raccrocha brutalement, exaspéré.

« C'est une journée détestable », décréta-t-il. La veille au soir, un peu éméchés, nous avions dansé tous les deux après le dîner, puis nous étions écroulés, hilares, sur le canapé où il était désormais assis.

« Pourquoi ? » Il ne réagit pas. Je m'installai à côté de lui et posai ma main sur sa cuisse.

« Laisse-moi tranquille. » Comme je n'enlevais pas ma main, il s'en empara telle une ménagère impatiente découvrant un objet mal rangé, et me la rendit d'un geste brusque. « J'ai dit laisse-moi tranquille.

— Qu'est-ce qui se passe ? » Je sentais que je l'agaçais.

« Rien. Il ne se passe rien. Il faut que j'y aille. » Il se leva. Je l'imitai.

« Où ça ?

— Voir des gens. Il faut que j'accélère les choses. » Il me regarda d'un air distrait, puis me frotta le nez avec son poing. « Pardon. Je suis infernal quand je ne travaille pas. » Il se retira prestement, claquant la porte d'entrée derrière lui. Après son départ, je me souvins que c'était ce jour-là que Mrs Fox organisait une fête en son honneur. Mais étant donné que je ne savais pas où il avait filé, je n'avais aucun moyen de lui rappeler l'événement.

*

Je fus la dernière à arriver à la fête de Mrs Fox. Elle vint m'accueillir avec empressement à la porte, croyant que Joshua serait avec moi.

« Je disais justement aux autres, lança-t-elle en constatant son absence, que j'étais infoutue de me souvenir de son âge. »

Les invités étaient assis en demi-cercle dans des fauteuils étrangement dépareillés. On avait l'impression qu'ils étaient là depuis un certain temps, à attendre que quelque chose se passe.

On me présenta. D'abord, à Cedric Plummer. Énorme visage bienveillant et insigne de la

R.S.P.C.A. épinglé à sa cravate satinée couleur prune. Sa femme, Nancy, avait sans doute gardé des bigoudis toute la matinée. Ses cheveux ondulaient partout sur sa tête, et ses boucles portaient encore l'empreinte des pinces.

« Nous sommes venus d'Epsom », dit-elle. À côté d'elle était assise une vieille dame colossale, Mrs Plummer mère, qui appréciait vigoureusement ces formidables présentations. Elle se leva, me serra la main avec une férocité étonnante et dit : « Ne faites pas attention à moi, ma chère », avant de se rasseoir avec l'assurance suprême de la mondaine invétérée. Au contraire terrifiée par ce cérémonial, Mrs Bell, de Highgate, se rencogna toute reniflante entre les bras de son fauteuil.

« Mouchoir », me chuchota Mrs Fox en souriant. Je me souvins de l'anecdote sur l'amie de sa sœur dont l'appartement sentait mauvais. Il devait s'agir de Mrs Bell.

Le mélange des générations était garanti par Philip Cox et sa petite amie Liz. Philip était le jeune boulanger talentueux qui avait confectionné puis garni d'un glaçage élaboré le gâteau d'anniversaire rose et blanc trônant au milieu de fleurs en papier crépon sur la table basse. Mrs Fox était fière de Philip. Celui-ci, comme Mrs Plummer mère, semblait à l'aise en société.

« Bon, je me suis débrouillé pour préparer presto ce petit gâteau pour votre mari, alors le moins que vous puissiez faire, je trouve, c'est de me dire si j'ai eu raison de risquer la pâte d'amande ! » Il avait de beaux cheveux gominés qui formaient des vagues aussi parfaites et régulières que les festons de glaçage sur son gâteau. Sa petite amie, Liz, le scrutait sans relâche de ses yeux lourdement maquillés, sa bouche souriant à tout ce qu'il disait.

La pièce elle-même paraissait d'ores et déjà décorée pour Noël. Des ballons écarlates étaient suspendus à la cage à serins vide, des guirlandes en papier s'enroulaient autour de la tête de lit en cuivre, et une multitude de roses de l'Alexandra Rose Day et de coquelicots du Poppy Day plutôt bien conservés étaient scotchés aux murs, aux rideaux, et aussi à la nappe. Il y avait des assiettes de petits pains briochés généreusement fourrés, et des pâtisseries très sophistiquées qui trahissaient l'art de Philip : des tartes fines surmontées de spirales de crème, des éclairs au chocolat piquetés de perles d'argent et un immense choix de petits gâteaux aux glaçages de couleur vive. Deux rangées de superbes tasses ornées de dragons attendaient d'être remplies de thé. Des serviettes en papier orange rappelaient la couleur de la langue des dragons. Il était cinq heures moins dix à la pendule de la cheminée.

Je me joignis au demi-cercle, prenant place entre Mrs Plummer mère et Mrs Bell.

« C'est dommage qu'il n'y ait presque plus personne aujourd'hui pour fêter aussi dignement les anniversaires, déclara Mrs Plummer, lorgnant les gâteaux avec avidité. Quand j'étais jeune, les anniversaires étaient de vrais anniversaires. » En face de nous, Philip et Liz emmêlaient leurs auriculaires. Mrs Plummer désigna de la tête le jeune couple. « Aujourd'hui, pour les gens comme eux, les anniversaires ne signifient plus rien. Il n'y a plus de respect pour le sentiment en ce bas monde.

— Mais voyons, Philip a préparé ce gâteau magnifique ! » me récriai-je. Il m'entendit, et me fit un clin d'œil. Liz se renfrogna.

« Bon, d'accord, mais c'est son métier, répliqua Mrs Plummer. Cela n'a rien à voir. » Son fils se pencha en avant avec un sourire pacifique.

« Mère a des opinions bien à elle, n'est-ce pas, mère ?

— En effet, confirma Nancy.

— Et l'incident du canari de Mrs Fox, alors ? enchaîna Cedric.

— *Ced*, ne recommence pas avec ça, dit sa femme.

— N'empêche, c'est vrai », insista Mrs Plummer mère.

Cedric redressa le buste et indiqua du doigt son insigne de la R.S.P.C.A. en faisant la moue.

« Je ne vais pas remettre ça. Pas ici. Ce n'est ni le moment ni le lieu. Mais j'aimerais simplement dire la chose suivante. Si un ou en l'occurrence une propriétaire de canari veut libérer son canari, alors je dis : il ou elle devrait faire comme il ou elle le sent... Maintenant, dans le cas de notre amie Mrs Fox, elle avait le sentiment que son canari n'était pas fait pour la vie en cage. Elle avait remarqué qu'il dépérissait. Alors qu'a-t-elle fait ? C'est bien simple. Elle l'a relâché. Elle l'a laissé décider. Elle lui a offert la possibilité d'être libre.

— Du sadisme, fit sa mère, tranchante. Un

meurtre, tout bonnement. Relâcher cette pauvre bête pour qu'elle soit assassinée à coups de bec par les oiseaux sauvages de Londres !

— Oui, du sadisme, acquiesça Mrs Bell, soudain pleine de vitalité.

— *Mère !* fit sèchement Nancy. Il me semblait que vous nous aviez promis de garder vos opinions pour vous... »

Tancée par sa belle-fille, Mrs Plummer fit le gros dos.

« Dire que mon fils est inspecteur d'une association merveilleuse... soupira-t-elle toutefois, presque pour elle-même. On ne le croirait pas. » Elle me donna un coup de coude pour que je me rapproche. « L'avantage, chuchota-t-elle en déployant sa main sur son ventre gigantesque, c'est qu'une fois que vous avez été opérée la question est réglée. »

Liz, qui s'ennuyait, surprit cette confidence et s'esclaffa méchamment. Elle jeta un coup d'œil à la pendule. Cinq heures dix.

« On peut dire que votre mari prend son temps pour faire son entrée », dit-elle.

Mrs Fox revint de la cuisine, poings serrés contre les cuisses comme le jour où Edith était morte. Le silence s'établit. Tout le monde l'observait, guettant sa décision.

« Je viens de mettre la bouilloire, annonça-t-elle. Je suis sûre que Joshua arrivera quand le thé sera prêt. Il a sûrement été retenu au travail. » Elle regarda vers moi pour que je confirme.

« Je suppose, fis-je d'un ton peu convaincu.

— Une tasse de thé serait la bienvenue, lança

Liz. Je meurs de soif. » Elle réussissait à faire en sorte que la moindre de ses paroles ressemble à une accusation.

« Oui, ce serait vraiment bien, approuva Mrs Plummer mère, tentant le coup une nouvelle fois.

— Ce serait merveilleux, renchérit Mrs Bell.

— Nous attendions tous votre signal, Mrs Fox. » Cedric se frotta les mains, parfaitement à l'aise en maître de cérémonie.

Mrs Fox repartit. Je l'accompagnai. Dans la minuscule cuisine, ses mains tremblaient sur la théière, le pot à lait et le sucrier à dragons.

« Il a sans doute été retenu, répéta-t-elle.

— Je suis vraiment navrée. Il n'est jamais très précis pour les horaires.

— Tant pis, nous allons commencer sans lui et nous attendrons qu'il arrive pour découper le gâteau. »

Nous revînmes dans la pièce avec le thé. Le silence de l'assemblée oppressa aussitôt Mrs Fox. Elle suggéra un peu de musique, et brancha le tourne-disque. Une valse de Strauss retentit. Philip et Liz grimacèrent. Protégée par la musique, Mrs Fox n'eut pas besoin de proférer la moindre annonce. Elle fit signe à l'assistance d'aller se servir. À l'exception de Cedric, résolu à manifester son plaisir en dépit de la musique, les invités rejoignirent la table d'un pas lourd. Ils chargèrent de victuailles leurs assiettes à dragons avant de regagner leurs chaises. Mrs Fox et moi servîmes le thé.

« Quelle bande de paresseux, chuchota-t-elle. Décidément, les gens ne savent pas faire la fête. »

Mrs Fox, qui, pour sa part, ne mangeait ni ne buvait rien, s'occupait de ses invités avec beaucoup de prévenance. Elle remua le thé de Mrs Bell, dont la main tremblait trop. Elle garda pour Nancy le dernier petit gâteau au glaçage rose sous prétexte que Nancy aimait le rose. Elle trouva un paquet de cigarettes pour la grande fumeuse qu'était Liz, car elle n'en avait pas. La musique les dispensait de parler et ils mangeaient très vite. Bientôt les victuailles furent terminées et une deuxième théière fut préparée. Le disque s'acheva.

« Eh bien, fit Cedric, reprenant les rênes maintenant qu'il arrivait à se faire entendre, il ne reste plus que le gâteau. »

Six heures moins vingt à la pendule. Toujours pas de Joshua. Aucun bruit de pas dans l'escalier.

« En effet. » Mrs Fox feignit la stupéfaction et émit un petit rire. Elle contempla son public, qui attendait sa décision suivante. « Peut-être, rien qu'un autre petit disque... » Mrs Plummer mère posa ses énormes mains sur ses énormes genoux écartés.

« Mrs Fox, je ne voudrais pas trop m'avancer, mais personnellement je crois pouvoir dire que notre invité d'honneur ne va pas nous honorer de sa présence et que nous devrions découper le gâteau. »

Liz applaudit avec ostentation et pouffa de son vilain rire. Les autres rirent à leur tour sans se faire prier, y compris Cedric.

« Excellente idée, acquiesça-t-il. Et si je me chargeais du découpage ? Après tout, c'est moi dont l'âge se rapproche le plus de celui du roi de la fête. »

Mrs Fox s'indigna.

« Certainement pas. Si Joshua, le pauvre, n'a pas pu venir à cause de son travail, alors c'est Clare qui va couper le gâteau. »

Elle me tendit un grand couteau. Le manche était en ivoire, avec une tête de lion sculptée.

« Le genre de choses que les patients léguaient à Henry dans leurs testaments », chuchota-t-elle.

De la longue lame pointue, je tapotai le glaçage et éprouvai aussitôt une sensation familière. D'une longue lame pointue, j'avais tapoté un glaçage blanc dur comme la pierre sur une monstrueuse pièce montée. La main de Richard Storm, froide et osseuse, enveloppait la mienne pour me guider. Quand le couteau s'enfonça, fendant d'abord le glaçage puis entaillant plus rapidement la pâte d'amande et la triste crème sans œufs où pullulaient les raisins secs, des femmes en tailleurs de velours et chapeaux à plumes lancèrent des vivats et échangèrent des murmures, tandis que les officiers de marine poussaient des grognements. De nouveaux torrents de larmes coulèrent sur les joues mauves de ma mère. La sueur me chatouillait le nez et le champagne au rabais me causait des aigreurs d'estomac : mon père avait toujours cru à la pertinence des achats en gros, même pour le mariage de sa fille.

« Ah ! ne cessait de répéter Richard à travers mon voile. Ah ! Et maintenant ? Et maintenant ? » Je lui proposai qu'on s'esquive au plus vite. Mais il refusa, il s'amusait bien ; ce n'était pas tous les jours qu'un homme se mariait.

Des heures plus tard, nous nous en allâmes,

fendant une foule braillarde qui nous jetait des pétales en papier à la figure. Dans le taxi qui nous emmenait à la gare, la main de Richard rampa sur la banquette en direction de ma cuisse couverte de tweed rouge.

« Nous sommes mariés maintenant, tu sais, lui dis-je, en m'efforçant de sourire. Pas la peine d'être aussi prudent. » Ma voix était aiguë, fluette, lointaine. Je glissai ma main sous la sienne et aussitôt ses doigts se dégagèrent, affolés, pour se réfugier quelque part sur ma manche.

« On va y aller en douceur, mon amour », dit-il, avant de tousser.

Je regardai son visage translucide, ce réseau de petites veines bleues sur les pommettes hautes, ces yeux de myope, ce superbe nez pointu, ces lèvres pâles que bordait à l'intérieur une ligne de salive... le visage d'un parfait étranger. Je m'entendis lâcher un immense sanglot. Ses doigts redescendirent le long de ma manche pour agripper ma montre-bracelet.

« Qu'y a-t-il ?

— Je ne sais pas. Je dois être fatiguée. La journée a été longue, pas vrai ? » Il fronça les sourcils et je sanglotai à nouveau. « Et tu ne m'as embrassée que deux fois depuis que nous sommes fiancés. » Cela n'avait rien à voir avec le problème, mais je ne trouvai rien d'autre.

« C'est ça qui te tracasse, petite ? Mais nous avons tout le temps du monde. Nous nous rattraperons, voyons. Tout ce que tu as à faire c'est m'aimer, m'honorer et m'obéir au lit, et ce sera très facile, tu verras. » Il rit de sa propre blague et me donna un mouchoir blanc tout raide d'amidon pour m'essuyer les yeux.

Durant les quinze jours de pluie dans un cottage du Dorset que fut notre lune de miel, nous rattrapâmes en effet mes dix-neuf ans de virginité. Toutes les nuits, dans le noir, parmi des draps qui demeuraient humides même quand ils étaient chauds. Brutalement, gauchement. Sans plaisir. Douloureusement. Sa bouche mouillée m'embrassait les tempes, jamais la bouche. Il frottait ses longs pieds froids le long de mes jambes pour les réchauffer. Il se balançait avec des bruits horribles, tenant mes oreilles comme si c'étaient des poignées. Parfois je chantonnais dans ma tête jusqu'à ce qu'il ait fini. Parfois j'essayais de me remémorer tous les gens qui étaient venus au mariage, ou bien tous les livres que j'avais lus dans l'année. Quand c'était terminé, il rallumait la lumière, s'asseyait dans le lit et attrapait un morceau de ficelle sur la table de chevet. Il y faisait des nœuds jusqu'à ce qu'il s'endorme – de minuscules nœuds plats, des nœuds de vache, des nœuds d'écoute. Il savait faire des nœuds plus petits et impeccablement formés que quiconque de sa connaissance, disait-il. Il avait appris cet art dans son enfance, et ne s'en était jamais lassé.

*

J'entamai sans mal le glaçage rose et blanc, puis Mrs Fox prit le relais, découpant le gâteau en grosses parts susceptibles de durer un moment, même pour ses goinfres d'invités. Elle mit un autre disque. Les mangeurs ne pouvaient pas se plaindre car ils avaient la bouche pleine de gâteau, qu'ils enfournaient à la cuillère.

*

Mon deuxième gâteau de mariage fut lui aussi mangé à la cuillère. D'une seule entaille, le fragile glaçage au chocolat céda et le fourrage jaillit.

« Pratiquement du rhum pur ! » avait mugi Jonathan. Il était pas mal saoul et avait le teint rose. Il buvait depuis avant le déjeuner et il était maintenant six heures du soir. Tout le monde riait au moindre de ses propos. Tout le monde était très heureux. Me tenant constamment la main et pétrissant de ses doigts brûlants la peau de mes jointures, il me promenait dans la salle afin de me présenter à tous ses super amis, que, pour la plupart, je ne connaissais pas. Ils prétendirent tous être convaincus de notre bonheur futur. Ça marchait toujours mieux la deuxième fois, assurèrent-ils. Lorsque nous approchâmes d'une sortie, je m'arrachai à l'étreinte de Jonathan et me précipitai aux toilettes. Je m'y enfermai et m'adossai au carrelage rose, délicieusement frais. Merveilleuse odeur de désinfectant. Puis je vomis tripes et boyaux. Mon père avait encore fait fort avec son champagne à prix cassé.

Grelottante et prise de tournis, je revins dans le hall de l'hôtel. Je regardai alentour, incapable de me rappeler de quel côté se trouvait le salon privé où avait lieu la réception. Me rendant au bar à cocktails, je m'assis au comptoir sur le seul tabouret libre. Je demandai une menthe au barman. J'avais un goût amer dans la bouche.

« Une menthe avec quoi, madame ? » Il était très aimable.

« Je voulais dire, une pastille à sucer.

— Vous plaisantez, madame ? Il n'y a pas de distributeurs ici. Que diriez-vous d'une *crème de menthe frappée**? » J'acquiesçai. « Vous ne vous sentez pas bien ? Vous avez l'air un peu secouée. » J'acquiesçai à nouveau. À l'aide d'une cuillère, il mit de la glace pilée au fond du verre. « Il y a une sacrée fête de mariage au bout du couloir, reprit-il d'un ton badin. Ils boivent un truc atroce, paraît-il. À empoisonner n'importe qui. » Il m'observa avec méfiance. « Vous n'êtes pas de la fête en question, dites ?

— Je suis la mariée.

— Non, non, fit-il. Vous plaisantez encore, c'est sûr. Vous n'auriez pas cette allure-là si c'était vous la mariée. »

Lorsque je regagnai la réception, une demi-heure plus tard, Jonathan était dans un état de grande agitation. Il pensait que je l'avais quitté. Des plaisanteries fusèrent et il se ressaisit. Ce soir-là nous dégustâmes une *sole bonne femme** à une table recouverte d'une nappe à la blancheur sévère en nous efforçant de trouver des choses à dire sur la Tamise qui était tellement splendide avec toutes ces lumières. Puis, au moment du café, Jonathan m'implora de toujours rester à ses côtés.

« En fait, dit-il, perforant le cigare dont j'avais espéré qu'il s'abstiendrait, je veillerai à ce que tu ne me quittes plus jamais. Pas tant que nous serons mariés. »

Ainsi naquit ma sensation d'enfermement.

*

Le gâteau d'anniversaire de Joshua était terminé, hormis la tranche accompagnée de son unique bougie que Mrs Fox avait enveloppée dans du papier sulfurisé, afin que je l'emporte. Mrs Plummer mère était en train de mettre son béret en angora et Cedric commençait à faire les cent pas. Il fut le premier à dire au revoir et merci à Mrs Fox. C'était une charmante petite fête, dit-il. Les autres furent prompts à l'imiter et tous s'éclipsèrent à la hâte.

« Si vous voulez mon avis, ils sont contents de déguerpir, déclara Mrs Fox, une fois la porte fermée. Les gens peuvent être sacrément rabat-joie, vous ne trouvez pas ?

— Je suis désolée pour Joshua, dis-je. Affreusement désolée. Je n'arrive pas à comprendre ce qui s'est passé. L'ennui, c'est que, comme j'ignorais où il allait, je n'ai pas pu le contacter.

— N'y pensez plus, et ne l'embêtez surtout pas avec ça. On oublie parfois de se rendre à des fêtes. Quelle importance ? Qu'est-ce qu'une fête ? » Elle se mit à débarrasser. Je l'aidai à faire la vaisselle, après quoi nous décollâmes toutes les roses et tous les coquelicots décoratifs.

« Et si nous écoutions un peu de musique ? Vous n'avez jamais entendu ma fanfare préférée, en réalité. » « Land of Hope and Glory », joué par une réunion de fanfares, résonna dans la pièce. Nous nous assîmes de chaque côté de la cheminée. « Qu'est-ce qu'une fête ? répéta-t-elle, durant une phase paisible. Oui, je me le demande bien… qu'est-ce qu'une fête ? »

Lorsque le disque s'acheva, je pris congé. À la porte, elle étira les bras comme pour m'enlacer, puis se ravisa et les laissa retomber le long de ses flancs. Je tentai de m'excuser une fois encore, mais elle m'interrompit, très fâchée.

« Allons, filez donc lui préparer à dîner. Et puis ne l'agressez pas. Ça n'a aucune importance. Je suis sérieuse. »

À mi-étage, j'entendis les fanfares qui redémarraient. De violentes insultes me vinrent à l'esprit – des insultes contre Joshua.

Il était huit heures passées quand j'arrivai à l'appartement, désert et sombre. Dès que j'ouvris la porte, je flairai une odeur de cigarette inhabituelle. J'allumai la lumière du salon. Il était plus en désordre que d'ordinaire. Trois cendriers débordaient de mégots. Des filtres blancs de cigarettes françaises. Tous avec des traces de rouge à lèvres beige.

Je restai là sans bouger. Dans le noir des fenêtres j'apercevais mon reflet, parfaitement immobile. Puis je me mis à déambuler en zigzag dans la pièce. Ma démarche était très lourde, comme si j'avançais dans la mer contre un puissant courant. Je touchai les objets d'une main molle – les dossiers des canapés, l'appui de fenêtre, les cadres. Dans mon autre main, je me sentais broyer la tranche de gâteau dans son papier sulfurisé.

Je m'immobilisai à nouveau. Je clignai des yeux très lentement, pour vérifier le poids que pouvaient prendre mes paupières. Je clignais des yeux comme un automate au mécanisme ralenti. Quarante et une fois, d'après mon décompte. J'allai dans la chambre. Personne n'y était venu. Pas de mégots dans les cendriers.

De retour dans le salon, je posai la tranche de gâteau sur le dossier du canapé. Elle resta en équilibre sur le coussin un moment, avant de basculer sur le siège. Je m'assis sur le canapé et replaçai le gâteau sur le coussin du dossier. Même chose. Je répétai l'opération de plus en plus vite. Puis j'entendis la clé dans la serrure. Joshua entra.

Je me levai. Il s'arrêta en me voyant. Ses yeux plongèrent dans les miens et soutinrent mon regard, sans ciller.

« Quoi ? fit-il enfin.

— Qui ? » demandai-je. Il haussa les épaules.

« La journée a été assez difficile comme ça », dit-il, insouciant. Soudain son visage devint trois visages, et ses yeux deux trous noirs qui recouvraient les trois visages en même temps. Empoignant la tranche de gâteau encore enveloppée, je la lançai de toutes mes forces en direction des trois têtes.

« Assez difficile comme ça ! Tu peux le dire. Espèce de sale crétin d'égoïste. Mrs Fox organise toute une fête en ton honneur, et toi tu ne te pointes même pas. Tu ne te pointes même pas ! » Mes hurlements emplissaient la pièce, primitifs, atroces. « Elle se donne tout ce mal. Tous ses meilleurs amis, un gâteau énorme, la maison entière décorée… et toi tu ne te pointes même pas. » Il me secouait à présent.

« Arrête de crier. La ferme, Clare. La ferme…

— Non je ne la fermerai pas ! Non je ne la fermerai pas, serinai-je, comme un refrain de cour de récréation. Je ne la fermerai pas ! C'est la pire chose que tu aies jamais faite à quelqu'un. »

Il me gifla avec force. La joue me piqua, j'étais outrée, mais je la fermai.

« Je suis désolé pour la fête de Mrs Fox, déclara-t-il d'un ton calme. J'avais complètement oublié. Je me ferai pardonner. » Je reculai. Les larmes causées par la gifle semblaient m'avoir brouillé la vue.

« J'en suis sûre. Tu lui enverras des fleurs… des fleurs très chères, je suppose, en te figurant que ce bouquet effacera tout. » Son visage était redevenu un seul visage, contracté et cruel.

« Bien sûr qu'il n'effacera pas tout, espèce d'idiote. J'ai dit que j'étais désolé. » Il fit un pas vers moi, mais je reculai encore. « Tu veux que je t'explique ?

— Pas besoin. C'est tout à fait clair. *C'était qui, cette fille ?* demandai-je, hurlant à nouveau.

— S'il te plaît, arrête de crier, fit-il d'une voix monocorde.

— J'ai demandé : C'était qui ? » En me contenant, cette fois.

« Une ancienne secrétaire à moi. Annabel Hammond.

— Qu'est-ce qu'elle fabriquait ici ?

— On a déjeuné, puis on est revenus ici et on a discuté.

— Discuté ?

— Oui, discuté. » Les picotements dans ma joue s'estompaient, mais je sentais une boule dans ma gorge. L'étranglement se propagea dans ma poitrine.

« Est-ce que toi et Annabel Hammond vous vous êtes contentés... de discuter ?

— Non, on ne s'est pas contentés de discuter. » Je défis le bouton du bas de mon imper puis le rattachai. Deux fois, trois fois.

« Je vois, lâchai-je enfin.

— Alors, tu veux faire quoi ?

— Tu voudrais que je fasse quoi ? Je ne peux rien faire.

— Je suis désolé que ça te contrarie, mais il n'y a pas de quoi. » Une sensation d'immense faiblesse se répandit dans mon corps. Je m'affaissai sur le canapé.

« Pourquoi as-tu déjeuné avec elle ? » demandai-je. Joshua soupira, tâchant de rester patient.

« Je ne sais pas. Je ne sais vraiment pas. Cette idée m'est venue d'un coup. J'ai juste eu envie de la voir. C'est à elle que j'ai téléphoné ce matin, devant toi, mais elle n'a pas répondu. Je ne comptais pas en faire mystère. Sinon, j'aurais rangé les cendriers, tu ne crois pas ?

— Je suppose. » La chaleur du soulagement.

« Elle me fait rire. J'étais de mauvaise humeur ce matin et j'avais envie qu'on me fasse rire.

— Et elle a réussi ?

— D'une certaine façon. Mais ça ne va pas durer si tu continues comme ça.

— Je regrette. » Il s'assit près de moi.

« Pour l'amour du ciel. Il faudra que tu fasses sa connaissance. Elle te plaira. C'est une chic fille.

— Elle avait tout préparé pour toi. Tellement d'efforts.

— Qu'entends-tu par là ?

— Mrs Fox.

— Ah, nous y revoilà. Mrs Fox. J'irai la voir tout à l'heure, je te le promets. » Il me prit la main. Je n'en revenais pas qu'il arrive à la soulever, tant elle était lourde. « Est-ce que ça signifie que tu veux me quitter, rien que parce que j'ai déjeuné avec Annabel ? Ce n'est pas évident de parler à quelqu'un qui a les yeux fermés. » Je ne les ouvris pas.

« Tu ne comprends donc pas ? demandai-je. Tu ne comprends pas du tout ? » Sous les paupières, l'obscurité totale.

« J'ai faim, fit-il. Il y a quelque chose à manger ? » L'obscurité derrière mes paupières était traversée d'éclairs écarlates. Un bouchon dansa un moment dans ce décor psychédélique, puis s'enfonça.

« Mrs Fox t'avait gardé une tranche de ton gâteau », dis-je.

Je l'entendis farfouiller sur le canapé, puis se pencher pour récupérer le paquet sur le sol où il avait dégringolé. Je l'entendis faire sauter l'élastique, déplier le papier paraffiné et le chiffonner. Puis je l'entendis qui pestait contre les miettes et les raisins secs qui tombaient sur ses genoux tandis qu'il mangeait son gâteau d'anniversaire.

Chapitre 9

Jonathan était déguisé en fée. Il avait une perruque de longues boucles blondes, un tutu blanc qui scintillait et des ailes en plumes d'oie. Aux pieds, des chaussons de satin rose dont les lacets s'entrecroisaient sur ses jambes jusqu'à ses genoux en pénétrant dans les chairs. À son bras, il portait un énorme panier couvert d'un linge blanc.

Il se tenait au centre d'un cercle de très vieux messieurs et de très vieilles dames, tous vêtus de tabliers, coiffés de toques universitaires et chaussés de claquettes. Ils l'applaudirent et il entonna :

J'ai de la confiture pour toi,
De la confiture pour toi,
De la confiture pour toi.
J'ai de la confiture pour toi
Par un beau matin froid.

Il se mit à sautiller autour du cercle, s'arrêtant un instant devant chaque vieillard pour lui tendre un minuscule pot de confiture, pareil à ceux des trains, prélevé dans le panier.

Me voici avec ma confiture,
Ma confiture,
Ma confiture.
Me voici avec ma confiture
Par un beau matin de froidure.

Ils l'applaudirent à nouveau et se mirent à agiter les pieds, produisant ainsi de petits claquements métalliques. Puis ils reprirent le refrain en chœur, d'une voix rauque et pas très juste.

Le voici avec sa confiture,
Sa confiture,
Sa confiture.
Le voici avec sa confiture
Par un beau matin de froidure.

Quand je me réveillai, j'avais mal à la tête, mal à la gorge et mal partout. La dernière fois que j'avais eu la grippe, Jonathan avait renoncé à faire semblant d'écrire pendant toute une semaine, sous le prétexte de me soigner. Il s'était très bien débrouillé. Des fleurs. Des livres. Une télé portative au bout de mon lit. Il ne quittait jamais la maison, sauf brièvement pour aller acheter à manger. Il faisait la cuisine lui-même : des soles vapeur et des crèmes caramel qu'il disposait minutieusement sur des plateaux garnis de napperons. Il se souvenait de quels médicaments je devais prendre et à quelle heure, et me faisait la lecture à voix haute. Sentir qu'il aidait véritablement quelqu'un semblait lui réussir. Il se montrait plus enjoué que d'habitude. Nous ne nous disputions pas ; nous étions comblés.

« Je me sens vraiment mal, dis-je à Joshua, qui remua dans le lit.

— Il te faut un médecin ?

— Non, mais je n'ai pas trop le courage de me lever.

— Tu ferais mieux de rester couchée, alors. » Il se renfrogna. « Je ne vais pas pouvoir rester avec toi. J'ai une réunion à dix heures et des visionnages presque toute la journée. Mais je te laisserai les numéros où on peut me joindre.

— Ne t'inquiète pas. Ça ira. »

Quand il fut habillé, Joshua m'apporta une tasse de thé.

« Tu es sûre que ça va aller ?

— Absolument.

— Prends soin de toi. Je… j'appellerai Mrs Fox pour lui dire de passer te voir. » Il m'embrassa sur le front.

« Je ne veux pas attraper de microbes. À plus. »

Après son départ je me rendormis, mais la fée Jonathan avait cessé de danser.

*

Mrs Fox arriva dans la matinée. Elle approcha une chaise de mon lit sans ôter son chapeau ni son manteau.

« C'est vraiment le mois de décembre dehors. Il y a de la gelée dans l'air. Toutes les boutiques sont remplies d'objets de Noël. » Elle tapota un sac en papier froissé. « J'imagine que vous n'avez pas très faim, mais j'ai acheté quelques petites choses qui vous tenteront peut-être. » Elle sortit du sac du pain d'épices, six mandarines et un pot de confiture.

« Ça, c'est drôle, fis-je. De la confiture de groseilles.

— La préférée d'Henry. Je lui en faisais moi-même, les années à groseilles. Il faut dire qu'il était extrêmement difficile dans ses goûts. Il n'a jamais pu supporter le foie ou les épinards. Ma sœur Edith était pareille avec les oignons crus. Elle n'aimait pas non plus les épouvantails. Pas moyen de la faire entrer dans un champ où il y avait un épouvantail. Impossible, même, de lui faire faire le tour. » Elle tapota le coquelicot du Poppy Day sur son chapeau. « Mais bon, des goûts et des couleurs... on ne discute pas, n'est-ce pas ? Je n'ai jamais pu faire aimer la musique à Edith ou Henry... pas comme moi je l'aime. Edith a bien essayé, pourtant. Ils ont tous les deux essayé, pour me faire plaisir. Mais ils n'ont jamais attrapé le virus. Je le tenais sans doute de mon père. Il était ce qu'on appellerait un artiste, à sa façon. Il faisait de magnifiques petites silhouettes avec les profils des gens... il aurait pu les vendre une fortune, mais il ne demandait jamais d'argent. Il disait qu'un hobby ne devait pas être lucratif. Il était doué pour le violon, aussi. Il avait coutume de jouer dans le salon le dimanche après-midi, vêtu de ses plus beaux habits. C'était un homme qui se tenait très droit, mon père. Plein de dignité, dirons-nous. C'est après sa mort qu'Edith est devenue silencieuse comme ça. »

Elle resta elle-même un moment silencieuse, s'affairant, bienveillante, auprès de moi, secouant les oreillers et allant me chercher à boire.

« Je ne suis pas Florence Nightingale, dit-elle en souriant. J'aurais pu, je sais, après toutes ces années de mariage avec Henry. Mais à vrai dire, je ne me suis jamais habituée à la maladie. Elle m'a toujours affectée. J'ai honte de l'avouer, chaque fois qu'un patient à lui était sur le point de mourir, j'avais peur. Je suis croyante, mais imaginer une vie après la mort me dépasse. Où sont Henry et Edith aujourd'hui ? je me le demande. Que font-ils ? Savent-ils que nous pensons à eux ? Ce genre de questions a de quoi vous rendre folle.

— Qu'avez-vous fait quand Henry est mort ? »

Elle parut se raidir à cette pensée.

« Tout s'est passé très vite, dans la nuit. Une crise cardiaque et – elle claqua des doigts – il s'est éteint comme une lampe, avant que son associé ait le temps d'arriver. Ensuite, tous ses patients ont commencé à défiler. Je ne sais pas ce qui les poussait à venir, ni comment ils avaient appris la nouvelle. Toujours est-il qu'ils sont venus et qu'ils ont pris les choses en main. Ils ont tout organisé à part la musique. Je ne crois pas que c'était déloyal, au fond, de leur laisser carte blanche. Après tout, il était mort, alors quelle importance ? Même si je m'interroge souvent, encore maintenant... Mais je ne crois pas qu'il aurait tiqué. Il adorait ses patients. » Elle baissa le regard sur ses mains. Elles gisaient malgré elle en position de prière sur ses genoux.

« Ce qu'on doit faire quand les gens meurent,

poursuivit-elle, c'est prendre ce jour-là comme un jour ordinaire. Celui de l'enterrement aussi. On doit se conduire comme un jour ordinaire. On doit manger les mêmes choses au petit déjeuner, et les mêmes choses que d'habitude le soir au dîner. Il faisait un temps très ordinaire le jour de l'enterrement d'Henry. Je n'arrive même pas à me rappeler comment était le ciel. Au cimetière, l'Armée du Salut – il était donateur depuis toujours – jouait plus doucement que je n'aurais aimé, en signe de respect, je suppose, mais c'était bien. Le silence s'est fait complètement quand le cercueil a été descendu dans la tombe. Ils m'avaient sans doute mal comprise. J'avais demandé de la musique *tout du long*. Enfin bref. On m'a donné une poignée de terre à jeter, je l'ai jetée, puis j'ai simplement dit "merci". J'ai dû le dire à voix haute, car les gens m'ont regardée. Mais c'était ce que je pensais, et donc ce que j'ai eu envie de dire. » Elle soupira. « Pauvre Henry, un enterrement très ordinaire, et une mort très ordinaire… Je m'en rends compte. »

Il n'était encore que midi quand Mrs Fox se retira. Je me demandai quand Joshua allait appeler. J'avais son numéro, mais j'hésitais à le déranger. Je lui accorderais jusqu'à trois heures de l'après-midi.

J'aurais voulu qu'il soit là.

La chambre m'était devenue rapidement familière. Le matin des fleurs de dentifrice, quand il m'avait ramenée dans ses bras depuis la salle de bains, elle m'était déjà familière. Carrée, blanche, dépourvue d'ornements. Quelques étagères de livres, un rocking-chair en pin, un tapis espagnol, un arbre en bois sculpté sur la commode… Joshua l'avait fait la semaine précédente avant que ses activités ne reprennent à leur rythme actuel. Une chambre peu mémorable, mais que je n'oublierais jamais. À présent, c'étaient les roses sur les cantonnières de la chambre conjugale qui étaient floues dans mon esprit. L'emplacement exact, et immuable, des bibelots sur la cheminée. J'avais pourtant dormi là pendant six ans.

Le téléphone sonna. Je me sentis sourire.

« Clare ? C'est David.

— Je suis malade, dis-je, accentuant la fatigue dans ma voix. Je ne peux pas vraiment parler.

— Oh, je suis désolé. Rien de grave, j'espère ? »

Il avait l'air inquiet. C'était une chose que Jonathan et lui avaient toujours eue en commun. L'inquiétude immédiate.

« Non, non. Juste une grippe.

— Tu as besoin de quelque chose ?

— Non merci. Seulement de sommeil.

— Je ne vais pas te retenir, dans ce cas. Appelle-moi quand tu te sentiras mieux. »

Je raccrochai brutalement. J'aurais voulu que Joshua soit là.

Je ne m'étais jamais habituée à l'attente. Au début, quand Richard partait en mer, c'était catastrophique. Je me morfondais entre ses cartes postales – il ne m'écrivait presque jamais de lettres – et ses rares appels longue distance. Il n'y avait rien à faire de ses journées à Portsmouth. Elles étaient d'un ennui à mourir et je n'aimais pas la vie d'hôtel. J'avais horreur de dîner seule chaque soir à sept heures dans la salle de restaurant, où mon livre me protégeait à peine des œillades insolentes du jeune chef de rang. Je ne supportais pas les sémillantes épouses qui s'efforçaient d'être amicales avec leurs offres de petits cafés du matin et autres excursions dans des lieux historiques... pour garder l'esprit alerte, expliquaient-elles. Mon manque d'enthousiasme avait bientôt mis un coup d'arrêt à leurs propositions, et nombreux étaient les jours où je n'adressais la parole qu'aux employés de l'hôtel.

J'écrivais à Richard quotidiennement. J'aimais bien écrire des lettres, et je croyais que mes mornes aventures pourraient l'intéresser si je réussissais à tirer une bonne histoire de ces non-événements. Je lui racontais que j'avais pris l'Anglia pour faire un tour dans la campagne, que l'essence avait augmenté, que j'essayais d'apprendre l'espagnol avec un de ces manuels d'auto-apprentissage, que j'aimerais qu'on fasse un enfant, la prochaine fois qu'il reviendrait. Je lui disais qu'il me manquait, mais que je comprenais l'importance de sa carrière.

Parfois, pourtant, quand je cherchais à me le rappeler physiquement, je n'y arrivais pas. Je n'avais pas de photos, et à un moment je m'étais avérée totalement incapable de me remémorer les traits de son visage. J'avais paniqué. J'étais restée allongée sans dormir plusieurs nuits d'affilée à m'obliger à me souvenir. Sa silhouette de dos était claire : la belle carrure osseuse, le port bien droit, les cheveux bien rectilignes sous la casquette. Dans ma tête, je le faisais se retourner, lentement, mais il n'avait pas de visage.

Un après-midi j'étais descendue au port pour reconstituer son dernier départ. Un navire se trouvait à quai, très semblable au sien. J'avais marché jusqu'à la passerelle et j'étais restée plantée là, agrippée aux cordages. Richard et moi nous étions tenus sur une passerelle identique deux mois plus tôt, une petite valise entre nous. Il s'était penché vers moi.

« Au revoir, petite. Prends bien soin de toi. Je t'enverrai des chocolats. » Il prononçait toujours ces mêmes paroles d'adieu. Il m'avait embrassé la joue juste au-dessous de l'œil, si légèrement que le revers humide de ses lèvres ne m'avait pas touchée. Il avait ensuite reculé pour me contempler du haut de sa maigreur.

Seule à présent, j'avais levé les yeux vers l'immensité du ciel pommelé. Des cheminées de navires dans le lointain. Des grues. Deux mouettes qui criaient, soutenues au ralenti par un vent invisible. Puis, enfin, la lente réminiscence : des yeux, un nez, une bouche, la forme d'une tête parée de sa casquette à galons dorés.

La méthode avait fonctionné. J'avais regagné la ville en courant. Je m'étais précipitée dans un salon de thé où j'avais commandé du pain complet maison, des doughnuts et du café. Je me sentais sourire bêtement aux autres clients dans leurs fauteuils Windsor. Ce n'était pas grave. Je m'étais souvenue du visage de Richard, et il ne restait que trois semaines à tuer jusqu'à son retour.

*

L'heure du déjeuner arriva puis passa. Je bus à petites gorgées un jus d'orange d'une couleur trop vive. Joshua ne téléphona pas, mais on sonna à la porte. Un coursier me tendit un énorme bouquet de roses roses : d'élégants boutons de serre tout juste éclos. La mère de Jonathan avait des roses spectaculaires dans son jardin du Dorset – de grosses fleurs touffues aux pétales plus foncés vers le centre. C'était dans cette roseraie, en réalité, qu'il m'avait fait sa demande, un soir de juin, alors que nous marchions l'un derrière l'autre, à cause de l'étroitesse des sentiers, entre les parterres de Queen Elizabeth et de Golden Glory. Il avait à l'évidence élaboré son plan très soigneusement : malgré mon insistance, il m'avait empêchée d'emporter sécateurs et panier, et je n'avais nourri aucun soupçon. Quand j'avais dit que oui, d'accord, j'acceptais, il avait attrapé une grosse fleur écarlate pour me l'offrir en un geste symbolique, mais en tentant de la cueillir il avait déchiré la tige et les pétales avaient dégringolé à terre.

« Tant pis, avait-il dit, ce qui compte c'est que désormais nous allons être ensemble, ensemble, *ensemble* pour le restant de nos jours. » Il avait remonté son pantalon, fait un petit saut, et une larme avait bientôt coulé d'un de ses yeux.

*

Joshua ne m'avait jamais envoyé de roses. Je déchirai la cellophane et ouvris l'enveloppe pour lire la petite carte. À n'en pas douter, elle était rédigée de la main du fleuriste. *Clare – courage ! Prompt rétablissement. Baisers, David.*

Sans ménagement, je tassai les roses dans l'évier de la cuisine : il n'y avait pas de vase assez profond pour accueillir leurs longues tiges anémiques, ni de ciseaux pour les raccourcir. Je retournai me coucher et surveillai les aiguilles de la pendule dans l'attente qu'elles indiquent trois heures.

Joshua n'était pas au numéro qu'il m'avait donné. On ne l'avait pas vu et on ne savait pas quand il passerait. Comment venir à bout de ce long après-midi ?

Trouver un appartement, ou une maison, voilà la solution. Faire quelque chose d'utile. Je ne téléphonerais pas aux agences, au cas où Joshua essaierait de m'appeler : il ne réessayait jamais quand un numéro sonnait occupé. Mais je pouvais éplucher les journaux. D'un seul coup d'œil, je repérai une quantité incroyable de logements qui pourraient nous convenir. Ce serait facile le moment venu. Cette petite maison georgienne en mitoyenneté à Kennington, par exemple. Joshua aimait ce côté-là du fleuve. Un quartier paisible et très pratique. Sans doute pas terrible pour les courses, mais nous aurions tout le temps d'aller ailleurs. Une vie tranquille. Le temps de lire, d'apprendre à cuisiner, de dénicher des trésors dans les brocantes. Peut-être même avoir un enfant, un jour. J'accompagnerais Joshua à l'étranger dans ses tournages et, au retour, nous serions accueillis par le tic-tac d'une horloge en pin dans l'entrée et par des surgelés de luxe dans le freezer, car nous pourrions nous permettre de dépenser beaucoup d'argent en nourriture. D'après le descriptif, la maison avait un petit jardin à l'arrière, planté de deux pommiers. Manger des pommes, peut-être. Des fenêtres donnant sur le jardin dans une salle à manger avec cuisine ouverte. La maison serait tout le temps en désordre, avec un vieux canapé, des annuaires par terre et des tresses d'oignons au mur. Je préparerais le petit déjeuner, sortirais dans le jardin cueillir une pomme et la ferais briller sur mon tablier, car je porterais un tablier. Mais peut-être Joshua préférerait-il cet appartement près de Ladbroke Grove avec son escalier en colimaçon qui menait à la chambre ? Je cochai les annonces au moyen de croix géantes. Ma tête commençait à cogner.

Il faisait très chaud dans la chambre, à présent. Derrière la fenêtre, le ciel s'assombrissait, même s'il n'était que quatre heures. Je transpirais. Les draps, humides, étaient tout chiffonnés. J'avais mal à la gorge.

Dans un loft, nous pourrions démarrer une collection de tableaux contemporains. D'immenses explosions de couleur sur les murs. Nous les changerions de place. Les tableaux doivent être déplacés. Dans la maison des parents de Jonathan, les tableaux restaient à la même place pendant tellement d'années que quand on les décrochait pour leur nettoyage annuel ils laissaient des traces noires sur les murs.

Je rêvais de citronnade maison avec des glaçons. Jonathan en préparait toujours des litres. Joshua ne savait faire que des Bloody Mary.

Mes cheveux trempés de sueur collaient à mon crâne.

Peut-être Joshua pourrait-il créer une sculpture de grande taille pour le loft. Il n'avait jamais rien sculpté de vraiment imposant.

Où était-il ?

Bon Dieu, j'avais besoin de draps propres, d'oreillers frais, d'une voix qui me dise de ne pas faire tant de chichis. De mains douces, comme celles de Jonathan, qui me caressent la tête ; d'avoir la certitude qu'il ne s'en irait pas.

Où était Jonathan en ce moment ? Toujours dans sa mansarde romaine, avec sa machine à écrire électrique ? Pourquoi n'était-il pas ici, à me réconforter ?

Soudain son visage me sourit à nouveau, amical, obligeant. Il ne disait rien, mais il portait toujours ce panier couvert de son linge blanc, rempli de friandises pour apaiser mes maux.

*

On me secouait. Jonathan était enfin là, plus rude que d'habitude, mais avec de la citronnade, peut-être, dans notre grand pichet bleu.

« Jonathan… ?

— Ce n'est pas Jonathan. C'est moi. » Joshua était accroupi par terre à mon chevet, sa tête tout près de la mienne. « Tu dors encore à moitié. Tu as fait des cauchemars ? » Il sourit. « Comment tu vas ? » Il me toucha la joue avec son pouce calleux. « Tu es brûlante. » Il dégagea les cheveux de mon front. « Parle-moi.

— J'ai trouvé de chouettes endroits où habiter », dis-je. Très lentement, ses traits se contractèrent.

« Que veux-tu dire ?

— Voyons, on ne peut quand même pas rester ici éternellement... C'est trop petit. » Parler me faisait mal.

« Sans doute, dit-il, avant de se remettre debout. Devine ce que je t'ai apporté ! Des citrons verts. Je me disais qu'on pourrait les presser. Et un cornet de marrons chauds pour mon dîner. Tu ne seras pas en état d'en manger, si ? Avec ta gorge. » Il était drôle, d'une certaine façon, et j'éclatai de rire. Plus tard il revint avec un verre de jus de citron vert pâle, sucré et rempli de glaçons. Il le posa sur la table, se laissa tomber sur le lit, et s'allongea lourdement sur moi en prenant mon visage dans ses mains.

« Pardon, dit-il. Pardon, pardon, pardon. »

Sa bouche se referma sur mes lèvres sèches et ses mains commencèrent à rabattre les couvertures, si bien que j'eus subitement froid.

« Ensemble, ensemble, ensemble... » répétait une voix. Mais c'était Jonathan qui avait dit cela. Joshua, lui, continuait à m'embrasser.

Chapitre 10

Mrs Fox regrettait que Joshua, comme les amis qui étaient venus à son goûter, n'ait pas le sens de la fête. Elle passa le jour de Noël avec nous, son humeur joyeuse contrecarrant la morosité hors de saison de Joshua. Nous mangeâmes des pilons de dinde frits de supermarché pour ne pas avoir de carcasse à finir. Nous mangeâmes des petits pois et des pommes de terre au four surgelés, puis du Christmas pudding en boîte avec un brandy butter qu'avait confectionné Mrs Fox. Comparé au reste, ce brandy butter, au moins, fut un triomphe.

Un sapin artificiel rose se dressait sur la table, étincelant de boules argentées disposées avec une régularité mathématique par le fabricant. Joshua l'avait acheté parce que c'était selon lui le symbole le plus anti-Noël qu'il avait pu trouver. Il avait horreur de Noël, mais s'appliquait à ne pas snober l'événement. Il était doué dans sa maussaderie, et plutôt rigolo. Pour se faire pardonner son apathie il nous avait acheté des cadeaux extravagants. Mrs Fox reçut un manchon en fourrure et des coussins en velours pour son lit. Moi des bijoux indiens et une série de gravures victoriennes superbement encadrées.

Après le déjeuner, nous attaquâmes la boîte de groseilles à maquereau confites qu'avait apportée Mrs Fox.

« Les fruits confits préférés d'Henry, expliqua-t-elle. Les seuls à ne pas se coincer dans ses dents. » Elle portait, par-dessus sa robe noire coutumière, un cardigan entièrement pailleté qui scintillait sous le faible éclairage électrique. Un bouquet de plumes d'oie était planté dans le ruban de son chapeau : elles avaient été trempées dans de la peinture argentée, et s'étaient, en séchant, transformées en flèches acérées.

« Que va-t-on faire maintenant ? demanda-t-elle. L'après-midi de Noël est toujours un problème. Il l'a toujours été. Edith venait chaque fois passer la journée, bien sûr, car elle n'a jamais été beaucoup invitée, de toute sa vie. Les gens ne pensaient pas immédiatement à elle quand ils projetaient une fête, si vous voyez ce que je veux dire. Alors Henry et moi l'invitions chaque année. Nous faisions un bon repas, puis Henry s'éclipsait, avec son manteau noir et sa sacoche, exactement comme si c'était un jour normal. Il n'attendait pas les appels : certains de ses patients vivaient seuls et il allait simplement les voir, en leur apportant un petit cadeau. Ce type de douceurs, en général, pour ceux qui pouvaient les digérer. » Elle enfourna une autre groseille confite. « Ses patients l'adoraient. Pas étonnant. » Elle nous dévisagea, assis près d'elle sur le sol, puis elle soupira, en souriant.

« Alors Edith et moi devions faire face à ce long après-midi. Elle n'aimait pas tellement marcher, ce qui fait que nous ne pouvions pas sortir nous promener. Elle ne jouait pas aux cartes, ni aux échecs, ni au backgammon, ni à aucun jeu. Elle ne faisait pas de tapisserie, elle ne cousait pas et elle ne tricotait pas... Côté occupations, il y avait donc comme un hic. Et puis une année, il doit y avoir trente ans de cela, j'ai eu une idée. Voyez-vous, Edith m'offrait toujours le même cadeau à chaque Noël : un stylo à encre noir avec une plume dorée et une bague dorée au milieu. Elle était étrange de ce point de vue-là : elle offrait toujours aux gens des cadeaux qu'elle aurait aimé recevoir elle-même. Une de ses bizarreries, dirons-nous. En tout cas, elle m'offrait tous les ans ce magnifique stylo – de trop bonne qualité pour s'user en un an, bien sûr, mais je ne pouvais pas vraiment lui dire ça, n'est-ce pas ? –, et moi je *savais* qu'avoir en main un nouveau stylo lui ferait un plaisir fou. Alors, une année, je me suis dit : Je vais offrir à Edith du papier à lettres, et elle pourra passer l'après-midi à écrire ses lettres de remerciement avec *mon stylo*. J'ai trouvé une superbe boîte... je la vois encore, la boîte que j'avais trouvée cette première année. Le couvercle était décoré de violettes, de splendides violettes, et à l'intérieur le papier était du violet le plus pâle qu'on puisse imaginer. Il sentait même la violette. Pas un de ces ignobles parfums synthétiques dont ils inondent le papier de nos jours : juste un soupçon de violette des bois. Chaque feuille était estampillée d'une fleur dans le coin du haut, et les enveloppes étaient doublées de papier de soie violet. “Oh là là !” a fait Edith, estomaquée. Je lui ai alors suggéré : “Pourquoi ne pas l'inaugurer tout de suite ? Nous avons un long après-midi devant nous. Je pourrais t'aider à rédiger tes lettres de remerciement. — Mais je n'ai pas mon stylo avec moi, Eth, a-t-elle protesté. — Ha, ha, ai-je dit. Pour ça, nous avons peut-être la solution.” »

Mrs Fox s'interrompit dans son récit, frottant les bosses que formaient les bagues de rubis et de saphir étoilé sur les doigts de son autre main, comme pour les réchauffer.

« J'ai rejoint le gros bureau à cylindre près du feu et j'ai déblayé un espace sur le sous-main encombré de cartes de vœux. Edith y a posé la première feuille, qu'elle a lissée très lentement avec sa main. Elle s'est assise, et j'ai su qu'elle était prête. J'ai saisi mon stylo, puis le lui ai tendu. Vous auriez dû voir sa figure… “Mais, Eth, c'est le stylo que je viens de t'offrir. Tu es sûre ? — Évidemment que je suis sûre, idiote. Je t'ai même pris de l'encre pour aller avec.” J'ai sorti un flacon d'une encre d'un joli violet foncé que j'avais caché dans un tiroir. Edith y a trempé la plume toute neuve pour remplir le stylo, et je me souviens qu'elle tremblait. Et puis, ce qu'il y a de drôle, c'est qu'elle s'est tournée vers moi en tenant le stylo au-dessus du papier, et elle m'a demandé : “Qu'est-ce que je peux écrire, Eth ?” C'est comme ça, bien sûr, que tout a commencé. À partir de là, chaque année, tous les après-midi de Noël, je lui ai dicté ses lettres pendant qu'Henry était sorti. Non qu'elle ait tant de monde à qui écrire.

Mais Miss Turner du bureau de poste lui envoyait toujours des mouchoirs, et son boucher lui avait offert un jour un joli carré d'agneau, et la voisine lui fabriquait rituellement un affreux rouge-gorge en laine perché au milieu d'une sorte d'arrangement floral, qu'on devait jeter quand le houx était mort. »

Elle se tut à nouveau, un instant, pour reprendre haleine. Elle poursuivit : « Ce qu'il y a de drôle avec ces après-midi, c'est que dès que nous avons pris cette habitude d'écrire des lettres, le temps ne nous a plus jamais paru long. En moins de deux, nous semblait-il, Henry revenait de son excursion dans la neige, se moquant de nous et réclamant du thé. Je me chargeais de la bouilloire, parce que Edith était toujours occupée à cacheter les enveloppes. Mais bizarrement, après la mort d'Henry, les lettres à écrire se sont faites plus rares. Il faut dire que Miss Turner était morte elle aussi, et puis, je n'ai plus retrouvé la même qualité de papier à lettres à offrir à Edith. »

Elle était restée sans bouger durant tout ce récit. Soudain elle pivota dans son fauteuil pour regarder par la fenêtre. Son cardigan pailleté étincela à nouveau, des couleurs de martin-pêcheur. La boîte de groseilles confites était vide : elle en tapotait le carton ciré de ses doigts vifs.

« Alors on va faire quoi ? demanda-t-elle. On devrait sortir.

— On va sortir, confirma Joshua. Et aller à la campagne.

— Comment ça ? Où donc ? » Il ne m'avait confié aucun projet.

« Annabel Hammond doit passer. Elle nous invite tous à prendre le thé chez sa mère. » Il se leva, me tournant le dos. « Près de Windsor.

— Formidable, dit Mrs Fox. Tout sauf le Kent. » Joshua se retourna vers moi avec un grand sourire. Il ramassa un des nouveaux coussins en velours de Mrs Fox et me le jeta à la tête.

« Tout va bien, dit-il, elle vient avec son ami Bruce. Alors ne fais pas une gueule pareille. » Il expliqua à Mrs Fox : « L'ennui avec Clare, c'est qu'elle est folle de jalousie. Si je lui raconte que j'ai passé une bonne journée avec ma mère sur la jetée de Brighton quand j'étais petit, elle devient littéralement verte.

— Andouille, fis-je, esquissant un sourire.

— Si on n'a jamais été jalouse, c'est qu'on n'a jamais aimé, décréta Mrs Fox.

— N'importe, tout se passera bien cet après-midi. » Joshua arpentait la pièce, tripotant au passage les boules sur l'arbre de Noël ou les poinsettias agonisants. « Nous serons tous ensemble, et Annabel aime Bruce. En tout cas lui l'aime. Et Mrs Hammond nous aura préparé un goûter fabuleux. C'est la meilleure cuisinière que je connaisse. Elle fera une adorable belle-mère pour Bruce.

— Je l'ai déjà dit, insista Mrs Fox, mais l'après-midi de Noël peut s'avérer vraiment problématique. »

Annabel et Bruce arrivèrent à trois heures comme prévu. Annabel était grande et mince, avec des cheveux blonds lisses retenus en arrière par un nœud. Elle portait un manteau de cuir piqué de clous argentés, des bas couleur chair légèrement boulochés et de délicates chaussures plates en daim. Parfait pour un thé à Windsor.

« J'ai tellement entendu parler de vous… bonjour. » Elle me tendit la main. Je m'en emparai. Elle était maigre et compacte, étirée comme l'aile d'un oiseau effrayé. « Je vous présente Bruce Winham. Brucey, où es-tu ? » Sans me quitter du regard, elle replia son bras derrière son dos pour agripper un immense pull à torsades. Un homme petit aux yeux avides et enfoncés s'avança avec empressement. Il avait une barbe noire bien taillée que la hauteur de son col roulé faisait remonter à angle droit, et il était chaussé de tennis. Il m'adressa un grand sourire, sa large bouche plantée de dents joyeusement irrégulières. Un visage amical et plein d'espoir. Joshua présenta Mrs Fox, qui se leva aussitôt. Seul Bruce lui serra la main.

« Pourquoi ne pas partir tout de suite ? demanda Annabel. On va prendre ma voiture. Elle est plus pratique que la tienne, si je me souviens bien. N'est-ce pas, Josh ? ajouta-t-elle, lui adressant un petit sourire entendu.

— Elle a changé depuis ton époque, mais elle est tout aussi inconfortable. On va prendre la tienne. »

Annabel orienta son regard décidé vers Mrs Fox.

« Peut-on déposer votre… tante quelque part en chemin ? me demanda-t-elle. Ou bien veut-elle venir aussi ? » Son ton n'avait rien d'engageant.

« Mrs Fox est une amie, déclarai-je.

— Bien sûr qu'elle vient aussi, affirma Joshua.

— Très bien, allons-y, dans ce cas. » Annabel fit

claquer ses longs ongles argentés contre les clous argentés de sa ceinture.

Sa voiture était une Fiat 124 Coupé blanche. Joshua, Mrs Fox et moi nous assîmes à l'arrière, tandis que Bruce était recroquevillé à l'avant à côté d'Annabel. Il se mit à lui chatouiller la nuque en rythme d'un doigt prématurément vieilli.

« Arrête, Brucey ! fit-elle sèchement. Comment veux-tu que je me concentre pour conduire ? » Docile, il arrêta. Joshua me tenait la main.

Nous roulâmes vers Windsor dans un silence presque total. Il y avait de la neige par-ci par-là dans les champs et quasiment pas de voitures sur la route. L'atmosphère était étrangement paisible. Joshua avait dit la vérité sur Annabel. Pour l'instant elle ne constituait aucune menace.

Mrs Hammond habitait au bout d'une longue allée de lauriers. Dans les courbes, des flaques gelées crépitaient sous les roues de la voiture. Mrs Fox se cramponna au genou de Joshua. Il couvrit sa main de la sienne, puis l'auto s'immobilisa avec une secousse devant une maison de style Tudor.

Elle avait l'air douillette et confortable. Une guirlande de houx tressée d'un ruban écarlate accrochée à la porte d'entrée. Des fenêtres à meneaux reflétant un doux éclairage de feux de cheminée et de lumières tamisées. À l'intérieur, des labradors à foison, en chair et en os comme en porcelaine.

« Très représentatif, me chuchota Mrs Fox. Henry avait des patients qui habitaient ce genre de maisons. Du plus grand chic ! »

Mrs Hammond nous attendait debout devant une vaste cheminée. Annabel en version plus petite, elle était aussi mince et soignée que sa fille. Ses cheveux, son chandail, sa jupe et ses souliers étaient tous d'un gris-bleu assorti.

« Mes chéris ! » Elle accueillit Joshua en se serrant contre lui avec une froideur clinique et en levant sa main osseuse pour lui toucher un bref instant le visage et les cheveux de ses doigts endiamantés. « Ça fait une éternité que vous n'êtes pas venu, trésor ! Pourquoi cet abandon ? » Elle parlait d'une voix geignarde.

Elle m'ignora, ou peu s'en faut, mais s'avéra chaleureuse avec Mrs Fox. Elle avait dû la prendre pour une parente excentrique et, convaincue de son habileté à amadouer ce type de personnages, elle se montra immédiatement affable. À l'autre bout de la pièce, Bruce fit un petit bond, léger sur ses pieds dans ses chaussures de sport.

« Merveilleux, ces tapis moelleux, remarqua-t-il gaiement.

— Qu'avez-vous dit, mon chéri ? lança Mrs Hammond de sa voix geignarde.

— J'ai dit : Merveilleux, ces tapis moelleux. » Il la rejoignit en sautillant. Elle le désapprouvait, mais était incapable de lui résister.

« Ils sont d'un assez bel effet, n'est-ce pas, sur un parquet ? »

Annabel intervint à nouveau sur son ton de cheftaine scoute :

« Et si on allait tous se promener avant qu'il fasse nuit ? J'ai besoin d'exercice. Quelqu'un d'autre ? Brucey ? Josh ?

— On va tous venir », déclara Joshua.

Nous sortîmes tous, à l'exception de Mrs Hammond. Désormais chaussée de bottes de caoutchouc impeccables, Annabel nous précéda dans le jardin brumeux. Nous franchîmes derrière elle un portillon qui menait à un champ labouré. Ici, la terre noire et dure transperçait la vieille neige, reposant entre ses crêtes en pâles serpents gelés. À la queue leu leu, nous entreprîmes de contourner le champ. Les haies, tendues de toiles d'araignées humides, nous griffaient les flancs.

Soudain Joshua, qui était devant moi, s'arrêta. Il se pencha pour ramasser une poignée de neige glacée, puis, se retournant brusquement, il m'en frictionna les joues. Ça piquait.

« Tu vas voir !

— Attrape-moi, si tu peux. » J'étendis les bras, mais il avait déjà filé, enjambant les sillons creusés par la charrue.

« Tu ne m'échapperas pas. » Je m'élançai à ses trousses. J'avais conscience des trois autres, derrière moi, qui avaient cessé de marcher pour nous observer. Je poursuivis Joshua jusqu'au milieu du champ, moitié courant, moitié sautant de sillon en sillon. La progression était difficile. La terre compacte et mouillée collait à mes semelles.

« Tu ne m'auras jamais ! » Il fit halte un instant, essoufflé, les traits rayonnants et excités.

« Si, je t'aurai ! » Dans un accès de fausse férocité, je fabriquai une boule de neige à laquelle, dans ma hâte, j'avais incorporé de la terre. Je la lançai vers lui avec vigueur. Il se baissa, et le projectile rata sa cible. Il rit.

« Pas de chance, Drôle de Frimousse. C'est la façon de viser qui compte… Regarde, comme ça. » Prestement, il confectionna une autre boule de neige, puis, bondissant en l'air et déployant l'ensemble de son corps, il l'envoya vers moi apparemment de toutes ses forces. Comme lui, je tournai la tête et me baissai pour esquiver. Mais je fis en même temps un pas en arrière et trébuchai sur une crête de terre durcie. Je tombai à la renverse au milieu d'un sillon. De petits grumeaux de neige glacée me piquaient à travers mes collants, et je sentis la terre noire qui pénétrait sous mes ongles. Joshua riait toujours.

« Ça va ? » Il s'approcha de moi, pas inquiet pour deux sous.

« Je crois. » Il m'aida à me relever et épousseta la neige et la terre sur mon manteau.

« Tu n'es pas très dégourdie, hein ? Tiens, tu as aussi de la boue sur la figure. Comment tu t'es débrouillée ? » Il la gratta avec des doigts froids dépourvus de tendresse. « Maintenant tu es splendide.

— Tu n'es pas drôle, dis-je.

— Non, je t'assure, c'est vrai. Tes joues sont rose vif, pour une fois, et tes yeux brillent d'une façon tout à fait extraordinaire.

— Et je suppose que tu m'aimes mieux moi, avec mon manteau plein de boue et ma dégaine complètement ridicule, que cette gravure de mode d'Annabel ? fis-je d'un ton crispé.

— Oui. » Il me tenait la main. La sienne était froide, mais plus chaude que la mienne.

Nous repartîmes en direction de la haie,

cheminant d'un pas lourd dans le champ labouré. Les autres, toujours plantés à intervalles réguliers là où nous les avions laissés, contemplaient notre avancée en silence. Mrs Fox se tenait au garde-à-vous, son manchon de fourrure neuf suspendu à son cou par un ruban de satin noir, les poings serrés contre ses cuisses. Des poignets noirs de son manteau dépassaient deux étroites bandes étincelantes : les paillettes de son cardigan reflétaient la neige qui tachetait le sol, jetant des éclairs blancs et argentés. Elle affichait une mine très grave.

Annabel parla en premier, dès que nous fûmes à portée de voix.

« C'était très amusant, dit-elle. Tu as toujours eu une énergie incroyable, Josh.

— Je crois qu'on ferait mieux de rentrer, dit Joshua, avec froideur. Il faut que Clare se nettoie un peu.

— Oh, Seigneur, tu plaisantes ? On ne va pas se formaliser pour un peu de boue. Enfin voyons, notre balade a à peine commencé. » Annabel tapa du pied. Elle avait les narines dilatées.

« Elle est trempée, insista Joshua.

— Pour ma part, je retourne au jardin, annonça Mrs Fox. Je voudrais aller voir cette serre que nous avons dépassée. Si cela ne vous dérange pas, bien sûr, Miss Hammond ?

— Bien sûr que non », répondit Annabel. Sa requête accordée, Mrs Fox fourra ses deux mains dans son manchon, l'air réprobateur, avant de rebrousser chemin péniblement vers le portillon du jardin. Nous la regardâmes s'éloigner sans souffler mot. Finalement, sa petite silhouette bien droite disparut après le portillon.

« Je vais rentrer toute seule, dis-je. Vous n'avez qu'à continuer.

— Oui, voilà la solution idéale. Si cela ne vous embête pas », acquiesça Annabel. Le regard de Joshua navigua d'elle à moi.

« On fait ça ? » s'enquit-il. Il semblait indifférent à l'issue du débat.

« Pas de problème. » Alors que je tournais les talons Annabel eut un bref sourire, ses lèvres deux minces biffures de graisse argentée.

« Nous ne serons pas longs, de toute façon, précisa-t-elle. Mère vous fera visiter la maison. »

Spontanément, Bruce me prit le bras.

« Écoutez... c'est moi qui vais accompagner Clare. Allons-y, Clare, cessons de tergiverser. Je commence à avoir froid. » Il tremblait. Joshua et Annabel partirent dans l'autre sens. Nous nous séparâmes.

Presque tout de suite, Bruce fut obligé de marcher derrière moi en raison de l'étroitesse du sentier.

« Fichue humidité, grogna-t-il, au bout d'un moment. Bon sang, ce que j'ai horreur de la campagne. »

Le ciel s'enrichissait de couleurs plus profondes à présent, des nuances grises et roses, des teintes tourterelle. Sur cette toile de fond, des arbres dressaient leurs têtes ébouriffées au bout de leurs cous décharnés, et des pigeons volaient vers le bois que Joshua et Annabel semblaient avoir choisi pour destination.

Lorsque nous atteignîmes le portillon du jardin, le jour avait baissé et il faisait presque noir. Dans le silence, le mâchefer des allées entre les haies bleu marine crissait sous nos pieds boueux.

« Rejoignons Mrs Fox dans la serre, suggéra Bruce, revenant aimablement à mes côtés. Je redoute d'affronter Mrs Hammond sans la protection d'Annabel. »

Nous nous dirigeâmes vers la serre, mais Mrs Fox n'y était plus. Bruce tourna la clé rouillée et nous entrâmes. La serre était chaude, humide et bien rangée. Sur des étagères s'alignaient poinsettias, cyclamens et azalées, rouge ardent ou rose délavé sous la faible lumière électrique. Bruce promena sa main le long d'un tuyau corrodé : il était emmailloté de chiffons eux-mêmes teintés de rouille.

« Elle les vend, vous vous en doutez, dit-il en indiquant les fleurs. Elle aurait six poules, elle n'hésiterait pas à les mettre en batterie, pourvu que ça rapporte. » Je ris, me sentant enfin un peu réchauffée. Il s'assit sur la conduite d'eau, non sans l'avoir testée avec soin, puis me regarda. « Donc, maintenant, c'est vous et Joshua ?

— Que voulez-vous dire ?

— Annabel m'a appris qu'il était dingue de quelqu'un.

— Je ne crois pas que ce soit le cas.

— Elle souffre toujours, vous savez. Elle prétend que non, mais bon sang, je sais bien que oui. Elle a été folle de lui pendant trois ans. Dépression nerveuse et tout le toutim. »

Je me détournai pour tripoter la terre chaude et duveteuse dans un petit pot de cactus.

« Vous travaillez dans quoi ? demandai-je.

— Le cinéma. Quoi d'autre ? Sans aucun succès, bien sûr, et sans grand potentiel. Je rame, comme on dit. Mais je suis une présence plutôt agréable sur un plateau, alors on m'embauche, et tant pis pour le prestige.

— Vous connaissez Joshua depuis longtemps ?

— Oh, des années. Je ne me rappelle pas quand je l'ai rencontré. Je l'ai toujours admiré et, pour être honnête, j'ai vaguement essayé de prendre modèle sur lui. Mais je ne lui suis jamais arrivé à la cheville. Je ne réussirai jamais à avoir sa... sa distance, dirons-nous. Je suis là, à sourire en permanence, à montrer exactement ce qui se passe dans ma tête, alors que lui affiche cette magnifique... distance. » Il eut un grand sourire. « On ne peut jamais savoir ce que pense Joshua. C'est ce que j'admire chez lui. Le côté énigmatique. Le détachement apparent, et puis, tout à coup, il vous prend au dépourvu. Par exemple, une fois, je suis resté longtemps à l'hôpital... Il ne m'avait pas promis de venir me voir, contrairement aux autres. N'empêche, contrairement aux autres, lui est venu, tous les jours. C'était à perpète, en plus. Et je ne compte pas tant que ça pour lui...

» Ce qu'il y a de drôle, c'est que je l'ai imité pour plein de choses... avec quelques années de décalage. Y compris Annabel, bien sûr. » Il s'esclaffa, avec une certaine dérision. « Évidemment, je ne compte pas pour elle autant que Joshua autrefois. Mais au moins je lui offre la sécurité, ce que Joshua n'a jamais fait. Sa mère me tolère à peine, comme vous l'imaginez, avec ce qu'elle appelle mes “origines modestes” et le reste. Mais bon, comme Annabel ne m'épousera sûrement pas, Mrs Hammond peut dormir tranquille. »

Je lui demandai comment Joshua avait traité Annabel.

« Comme un salopard, répondit Bruce avec hargne. De manière vraiment atroce. À tout le temps lui poser des lapins, l'agresser, la menacer. Il l'écrasait complètement. Bien sûr, soupira-t-il, il avait raison. C'est ce qu'elle aime, et c'est ce que je suis justement incapable de faire. Je suis incapable de la traiter de cette façon, l'aimant comme je l'aime. En fait il n'y a qu'un domaine où je sais que je la satisfais vraiment, et ça ne durera pas toujours, n'est-ce pas ? »

Il se redressa. Nous faisions exactement la même taille.

« Donc maintenant c'est votre tour d'en baver ? Vous vous en sortez comment ?

— Je ne sais pas trop.

— Tant que Joshua ne soupçonnera pas l'effet qu'il a sur vous, vous le garderez. C'était ça l'erreur d'Annabel. Il s'est ennuyé à mourir dès qu'elle s'est mise à lui déclarer son amour. Joshua est terriblement puéril de ce côté-là. Il décroche la timbale et la partie est finie pour lui, quelle que soit la valeur du butin. »

Nous quittâmes la serre et il referma la porte à clé.

« Si vous voulez mon avis, vous vous débrouillez très bien. Vous avez réussi à le mater.

— Je l'espère », répondis-je. Il faisait maintenant très noir dans le jardin. Les lumières de la maison clignotaient derrière un massif d'arbustes. Bruce m'attrapa le bras et me guida jusqu'au sentier.

« Si jamais je peux vous être utile… »

*

Dans le salon, Mrs Hammond et Mrs Fox étaient assises dans des fauteuils opposés au coin du feu. Mrs Fox avait une pile de magazines sur les genoux. Mrs Hammond les avait sans doute déposés là en vrac en disant « Quelque chose à lire », comme la réceptionniste d'un médecin. Peu importait qu'ils n'intéressent pas du tout Mrs Fox, du moment qu'elle se taisait. Mrs Hammond travaillait quant à elle à une tapisserie au *petit point**. Ses doigts endiamantés effectuaient de faibles sauts cadencés que soulignait le reflet des flammes dans la cheminée. Une table avec une nappe blanche et de fragiles assiettes sous des cloches en argent était dressée près du canapé.

« Ah, vous voilà ! fit Mrs Hammond, levant vers nous ses yeux bleus par-dessus ses lunettes de couture bleu pâle. Je commençais à me demander ce qui vous était arrivé.

— Clare est tombée et elle a dû aller se débarbouiller, expliqua Bruce. L'ennui, c'est qu'il y a tellement de salles de bains dans cette maison qu'on a mis un temps fou à décider laquelle utiliser.

— Vous et vos sarcasmes, Bruce, protesta Mrs Hammond. C'est le jour de Noël, n'oubliez pas. Bon, est-ce qu'on commence sans eux ? »

Mrs Fox se débarrassa avec gratitude de ses magazines, qu'elle abandonna par terre.

« Une jolie part de gâteau de Noël ne serait pas de refus. Le gâteau de Noël, on a toujours fait sans. Edith se méfiait du glaçage, à cause de ses dents, et Henry était allergique au massepain.

— Au quoi ? » demanda Mrs Hammond.

À ce moment-là, Joshua et Annabel franchirent le seuil. Joshua se frottait les mains et Annabel avait les cheveux qui brillaient singulièrement, comme s'ils avaient été brossés avec un surcroît d'énergie pour camoufler leur ébouriffage antérieur.

« Désolée pour le retard, dit-elle, vous auriez dû commencer. N'empêche, vous avez raté quelque chose. C'était tellement beau dans les bois, vous n'imaginez pas. » Elle me regarda, euphorique. Je sentais mon visage rougi par le feu. « Vous auriez dû venir, malgré la boue.

— Qu'y avait-il de si beau ? demanda Mrs Fox.

— Comment ? fit Annabel, passant une main impatiente dans ses cheveux.

— Je vous demandais ce qu'il y avait de si beau dans les bois, répéta Mrs Fox.

— Que voulez-vous dire ? demanda Annabel.

— Je veux dire exactement ce que je dis », insista Mrs Fox.

Un silence perplexe s'établit dans la pièce, que personne ne tenta de rompre. Je jetai un coup d'œil à la pendule au tic-tac sonore. Cinq heures dix. Nous pourrions partir à six heures. Annabel approcha une chaise de la table et s'assit. Elle fit signe à Joshua de se mettre à côté d'elle.

« Ma parole, est-ce que je me fais si mal comprendre ? s'exclama-t-elle. Peut-être que vous n'aimez pas la campagne. Peut-être qu'en hiver vous n'aimez que la ville... » Déconcertée, elle s'exprimait d'une voix piteuse.

« Pas du tout », se récria Mrs Fox, qui m'adressa un petit sourire à la dérobée.

Nous rejoignîmes Annabel à la table. Mrs Hammond, avec une pointe de respect inédit, servit à Mrs Fox la première tasse de thé. Nous dégustâmes des crumpets et des sandwichs à la banane. Des montagnes de glaçage se dressaient sur l'énorme gâteau de Noël. De petites figurines en plâtre skiaient sur leurs versants et des sapins en plastique parsemaient les vallées. Mrs Fox eut un rire ravi.

« Avez-vous déjà vu une chose pareille ? demanda-t-elle à Bruce.

— Jamais. D'une effroyable vulgarité, non ? » Annabel et Joshua pouffèrent en même temps. « Quand j'étais enfant ma mère achetait toujours un gros morceau de Dundee cake à Noël, et se chargeait de rajouter dessus une mince couche de glaçage. Ça, au moins, c'était ravissant.

— Ah, Bruce, il faut toujours que vous essayiez de me choquer, soupira Mrs Hammond.

— Et si on jouait tous à quelque chose après le thé, proposa Annabel. Ce serait une bonne idée, non ?

— Je crois que nous ferions mieux de rentrer, objectai-je.

— Mais enfin, pourquoi ? Vous ne devez quand même pas crouler sous les engagements le 25 au soir ! Soit vous avez *réellement* quelque chose à faire, soit non. » Je regardai Joshua.

« Je ne suis pas particulièrement pressé, dit-il. Et vous, Mrs Fox ? » Mrs Fox essayait de décoller un sapin de son énorme tranche de gâteau.

« Je peux le garder ? demanda-t-elle lorsque l'arbre céda enfin, un gros bloc de glaçage accroché à ses racines.

— Bien sûr, répondit Mrs Hammond, et si vous êtes tous d'accord pour rester dîner, nous dégusterons mon soufflé flambé. » Elle sourit à sa fille d'un air de conspiratrice.

« Dans ce cas on devrait rester, non ? demanda Mrs Fox à Joshua. On ne va pas louper ça. Dans le temps, expliqua-t-elle à Mrs Hammond, j'étais un fin gourmet. Quand les patientes d'Henry tentaient de nouvelles recettes, elles me demandaient toujours de les goûter. » Le sapin et la pensée d'un dessert flambé avaient conquis Mrs Fox, dont les préjugés contre les Hammond s'affaiblirent : elle les tenait maintenant sous sa coupe. Annabel, triomphante, l'encouragea à raconter des histoires. Mrs Fox ne se fit pas prier : elle s'exécuta, et fut applaudie.

« Quel splendide cardigan vous avez, Mrs Fox », s'extasia Annabel à un moment donné. À la lueur du feu, les paillettes à l'éclat métallique étincelaient de reflets dorés ; flamboyantes, pleines de vie, elles dessinaient des motifs dansants sur son visage.

« Vous exagérez, dit Mrs Fox, ce n'est qu'une vieillerie que j'ai trouvée à une vente de charité. » Bruce se tourna méchamment vers Annabel.

« Que veux-tu dire par splendide ? demanda-t-il.

— Pour l'amour du ciel ! s'exclama-t-elle, hurlant de rire.

— Tu apprendras peut-être un jour à rire sans malice, espèce de vipère », répliqua-t-il à voix basse, pour que Mrs Fox n'entende pas.

Après le thé Bruce et moi jouâmes au scrabble pendant que les quatre autres jouaient au bridge.

« Je suis désolé que vous n'ayez pas pu vous éclipser, dit-il. Le dîner sera sans doute le genre de joyeux événement dont vous vous seriez passée. Mrs Hammond aime un peu trop le champagne. »

Un maître d'hôtel espagnol en veste blanche apparut avec la première bouteille à six heures et demie. Mrs Hammond interrompit la partie de bridge pour rejoindre la cuisine avec son verre. Annabel monta prendre un bain.

« Je ne pense pas avoir de tenue à vous prêter pour le dîner, dit-elle, avant de se retirer. Nous ne faisons pas vraiment la même taille, si ? »

« Toujours aussi perfide, commenta Bruce après son départ.

— Elle n'a pas changé, confirma Joshua, venant s'asseoir sur le tabouret bas près du feu. Tu as l'air toute mélancolique…

— Je ne suis pas au plus gai de ma forme.

— Tu n'as pas à t'inquiéter, idiote. » C'est alors que, à la lumière du feu, j'aperçus sur son menton une minuscule tache de graisse argentée. Je pris mon mouchoir pour l'essuyer.

« L'argent, ça brille. » Je marquai une pause, tâchant de me retenir. En vain. « Décidément, ça devait être très beau dans les bois. » Joshua se raidit, avant de sourire. Bruce l'observait attentivement.

« Elle s'est jetée sur moi comme une tigresse.

— Quelle garce. Bon Dieu, quelle garce. » Bruce tressaillit. « Dire que quelques minutes après le déjeuner, juste avant qu'on vienne vous retrouver...

— Je suis désolé, Bruce. Enfin bon, en tout cas, elle n'a pas réussi. » Joshua posa sa main sur mon genou. Bruce défit les lacets d'une de ses tennis puis les renoua, plus serrés, d'un geste féroce.

« Mon problème, c'est que j'aime cette fille. Je l'aime avec une passion ridicule qui ne nous mène nulle part ni l'un ni l'autre. Je sais mon rôle, mais, manque de chance, je ne suis pas fichu d'arrêter de le jouer. »

Annabel reparut une heure plus tard. Elle portait un magnifique tailleur-pantalon doré dont la veste était largement échancrée sur ses seins. À l'évidence, elle n'avait pas mis de soutien-gorge.

« Ouah, fit Bruce, tristement.

— Fantastique », renchérit Joshua. Ils se levèrent tous deux pour lui remplir son verre. Elle rit de leur prévenance.

« N'est-ce pas amusant ? me demanda-t-elle.

— Extrêmement amusant », répondis-je. Mon cardigan me semblait immense et étouffant. J'avais les pieds en ébullition dans mes grosses bottes. La chaleur et le champagne m'avaient donné mal à la tête.

À huit heures, un gong retentit. Le dîner fut servi. Nous entrâmes à la file telles deux équipes mal assorties ; Mrs Hammond, Annabel et Mrs Fox habillées pour la circonstance ; Bruce, Joshua et moi détonnant franchement dans le rouge oppressant de la salle à manger. La table en acajou était couverte de bougies et de papillotes, d'argenterie et de verres éblouissants, et au milieu trônait un affreux centre de table représentant un paysage d'hiver avec un lac-miroir, de la neige en coton et d'autres sapins en plastique. Jonathan aurait adoré.

Pour commencer, du potage. Une espèce de brouet couleur de mûre où nageaient des *croûtons**.

« Quelle amusante petite soupe, commenta Bruce, pour rompre le silence.

— Bruce, je ne sais jamais si vous plaisantez ou non ! » s'écria Mrs Hammond. Ses joues enflammées étaient de la même teinte que la soupe. « Ce qu'il y a de drôle chez moi, c'est que je ne sais jamais si on m'insulte ou si on me fait un compliment.

— Voilà un état d'heureuse confusion où vous avez tout intérêt à rester, lui assura Bruce.

— Quel ravissant centre de table ! » Mrs Fox abandonna sa soupe pour tâter la neige en coton du bout d'un de ses doigts. « C'est vous qui l'avez fabriqué, Mrs Hammond ?

— Bien sûr. Tout ce qui, sous ce toit, peut être fait maison est fait maison. J'ai toujours été très habile de mes mains.

— Et Annabel tient de vous ? demanda Mrs Fox, dont la voix avait retrouvé son ton cassant.

— Oui, elle a de vrais doigts de fée », répondit Bruce. Joshua postillonna dans sa soupe et Annabel, avec un regard en coin sous ses faux cils à demi fermés, lui demanda :

« Tu es d'accord, Josh ? » Joshua regarda Bruce, puis Annabel.

« Oh, de vrais doigts de fée, confirma-t-il d'un ton léger. Tout ce que tu fais, tu le fais bien. » Tout le monde rit sauf moi. Mrs Hammond entra dans la danse.

« On se demande bien ce que Joshua et Bruce en savent... Je suis certaine qu'ils ne l'ont jamais vue tricoter, arranger un bouquet ou faire quoi que ce soit de manuel. Comment pouvez-vous juger ?

— On peut », affirma Joshua.

Je repoussai ma soupe, écœurée. Annabel s'en aperçut tout de suite.

« Quelque chose ne va pas, Clare ?

— Tout va bien.

— Vous devez mourir de chaud dans ce cardigan.

— En effet.

— Ma pauvre. Et en plus on ne peut pas ouvrir la fenêtre. Le loquet ne marche pas. » Je sentis un filet de sueur brûlante couler le long de mon épine dorsale. Les flammes des bougies vacillèrent et s'élargirent devant mes yeux. Je retirai ma main de l'endroit où elle gisait, inerte, sur la table. Cinq marques de doigt embuées persistèrent sur la surface rutilante. « C'est horrible, de souffrir de la chaleur, continua Annabel. Je plains vraiment les gens comme ça. Moi j'adore la chaleur. Je raffole du soleil, n'est-ce pas, Josh ? Tu te souviens ? Saint-Tropez ? J'adore rester étendue au soleil. Rester étendue au soleil pendant des heures, à ne rien faire d'autre que bronzer. Ce doit être terriblement ennuyeux, en fait, pour les gens qui sont avec moi. N'est-ce pas, Josh ?

— Oui, plutôt », acquiesça Joshua. Ils se sourirent, complices dans leur mensonge. Un souvenir me revint. Le soir de Noël l'année dernière, Jonathan, dans son vieux smoking lustré, avait dit que j'étais belle. Il régnait dans la salle à manger de sa mère la même touffeur incommodante, mais nous n'avions pas fini le saumon fumé que Jonathan avait déjà remarqué mon malaise. Sans piper mot, il avait ouvert la porte et entrebâillé les lourds rideaux. Il faisait attention à moi.

Joshua semblait émoustillé par les réminiscences d'Annabel. Sa fourchette suspendue au-dessus de son assiette – des restes de dinde qu'accommodait une sauce épicée –, ses traits anguleux soulignés par la lueur des bougies, ses yeux mobiles derrière ses énormes lunettes, sa bouche retroussée d'un seul côté tandis qu'il souriait… il était magnifique.

Joshua… Maintenant, lève-toi de table, rejoins-moi, prends ma main et annonce à tout le monde que nous partons…

« Annabel est une voyageuse tellement raffinée, était-il en train d'expliquer. Où qu'on aille, elle connaît l'église la plus intéressante, le vin local le plus savoureux, le restaurant pas cher le plus délicieux. Pas vrai ? Et puis elle se change sans arrêt. Pas vrai ? Trois ou quatre fois par jour au minimum. Elle réussit à enchaîner des milliers de tenues avec une toute petite quantité de bagages. Je n'ai jamais compris le mystère.

— Très juste », fit sèchement Bruce.

Allons-nous-en tout de suite, je t'en prie, Joshua.

Partons dans la nuit et filons à l'aéroport. Attrapons un vol pour n'importe où, n'importe où du moment que nous partons loin de ces gens. Et disons-leur pourquoi nous partons.

Le soufflé promis arriva, pâle et tremblotant, haut perché sur son moule, des flammes de cognac bleues léchant son pourtour. Mrs Fox battit des mains.

Tu pourrais acheter deux mignonnettes de cognac, et nous pourrions réclamer une couverture à l'hôtesse...

Je regardai Joshua, mais ses yeux se dérobèrent pour se poser à nouveau sur Annabel. Celle-ci était rouge à présent, pas une vilaine rougeur délimitée, comme la mienne, mais la couleur naturelle de ses joues était juste assez soutenue pour mettre en valeur le bleu de ses yeux. Elle était excitée, belle, prête à une nouvelle manœuvre, n'importe laquelle, pourvu que Joshua réagisse.

« Mais, mon Josh chéri, dit-elle, tu es tellement enfantin en vacances. Tu te souviens ? Tu te rappelles comme tu disparaissais toujours dans les villes étrangères ? Un vrai gamin... Moi qui ne savais pas parler la langue – c'était ça mon problème –, je ne pouvais jamais demander aux gens s'ils t'avaient vu. » Joshua, qui était en train de se servir de soufflé, s'interrompit.

« Tu exagères », dit-il, ne souriant plus. Sur mon assiette, les flammes moururent autour d'un monticule d'une pâte aérienne. Je me cramponnai au revers d'acajou massif de la table.

« Moi, j'exagère ? N'importe quoi ! » Annabel était tellement absorbée par son propre récit qu'elle ne comprit pas que Joshua avait cessé de la suivre. « Ne me dis pas que tu as oublié cette fois-là… où était-ce, déjà ? Dieu sait, quelque part en Angleterre, je pense… cette fois où tu t'es esquivé pendant des heures en me laissant sur cette plage perdue ? Et quand tu as fini par revenir tu te fichais complètement que je sois morte de froid. Tu étais très content de toi, en fait, parce que tu avais réussi à nous dégoter des glaces, deux maudits esquimaux au chocolat, si je me souviens bien…

— La ferme, Annabel ! » Mon cri lui coupa le sifflet. Elle se tut. Dans le silence, tout le monde me dévisagea. Je tremblais, je brûlais. « Espèce de sale garce, avec vos souvenirs. Allons, à quoi vous jouez ?

— Mais qu'est-ce que j'ai fait ? » souffla-t-elle d'une voix calme, où se cachait un sourire. Sa tête était maintenant relevée vers moi, pleine d'innocence. Toutes les têtes se relevèrent alors, et des joues ombreuses se trouvèrent soudain baignées par la lueur dorée des chandelles. J'étais debout. Je regardais Joshua et les autres s'évanouirent.

« Viens, dis-je. Allez, viens, on s'en va. » Silence. Pas de réponse. Il soutenait toujours mon regard. « Vite. S'il te plaît. Il est temps de partir. » Il se leva et vint reculer ma chaise, me libérant du piège qu'elle formait avec la table. Après quoi il gagna la porte, me l'ouvrit et me fit signe de passer. Il ne me suivit pas. Je me retournai pour l'attendre. Il était en train de refermer la porte.

« Jolie scène », fit-il, si doucement que j'eus du mal à entendre. La porte se ferma.

Je me mis à courir dans divers couloirs – moquette au sol, scènes de chasse aux murs, taches de lumière diffusées par les lustres. Je choisis une porte munie d'une poignée en cuivre alambiquée. Une pièce inutilisée, froide. Très hauts fauteuils en cuir. Murs gris, collection d'armes, labrador empaillé dans une cage en verre, cadre en acier contenant la photo d'un homme : les mêmes yeux durs qu'Annabel, l'un grossi par un monocle. Fauteuil en cuir glacial sous mes cuisses, accoudoirs glacials sous mes mains. Juste en face de moi, le labrador, sa langue rose crayeuse reposant, insensible, sur ses dents pointues, souriait de son sourire mort.

*

Environ une demi-heure plus tard on frappa légèrement à la porte. Je ne répondis pas. Mrs Fox entra.

« Doux Jésus, mon enfant, vous allez attraper la mort ici », dit-elle, s'approchant du petit radiateur électrique qui avait l'air minuscule au pied de l'immense cheminée. Elle alluma les deux résistances. « Mesquinerie typique de ces gens-là. Henry allait tout le temps voir des radins qui avaient attrapé une pneumonie en lésinant sur le chauffage. Ils coupaient un radiateur par-ci, un radiateur par-là, histoire de bien se prouver qu'ils ne gaspillaient pas. Ah çà, les économies de bouts de chandelle, les riches, ça les connaît… » Elle alla vers le chien et, dos à moi, tapota sa vitrine. « Quelle abominable créature ! Joshua a dit de vous prévenir que nous allions partir. Je n'aurais déjà pas aimé avoir un chien comme ça vivant, alors mort... »

Elle se retourna. Dans cette pièce, son cardigan pailleté émettait des reflets violet foncé, bleu marine et argent mat, des reflets sourds. Elle avait toujours son chapeau noir avec ses plumes d'oie argentées et, comme à l'accoutumée, une de ses mains frottait les bagues volumineuses qu'elle portait sur l'autre.

« Elles ont mis du Stravinsky quand nous sommes passés au salon, dit-elle. Aïe, j'ai pensé, si on commence à écouter ça, on ne partira jamais. Alors je me suis dit que j'allais venir vous chercher. Joshua m'a vue m'éclipser et m'a chargée du message.

— Mrs Fox...

— Tout va bien », dit-elle. Elle rejoignit dans l'angle l'énorme bureau à cylindre sculpté, qu'elle caressa avec délicatesse. « Tout à fait comme le nôtre. Tout à fait. Je veux dire, comme celui dont je vous parlais, où Edith rédigeait son courrier de Noël. Vous croyez que ça dérangerait quelqu'un ? » Avec précaution, elle souleva le couvercle. Dessous, des poignées en laiton astiquées étincelaient sur de petits tiroirs. Ni papiers, ni stylos, ni bouteille d'encre. Mrs Fox était déçue. « Il est complètement vide, déplora-t-elle, rabattant le couvercle. J'ai horreur des bureaux quand ils ne servent plus. »

Par la porte nous parvenait la voix lointaine de Joshua qui nous appelait. Je ne bougeai pas.

« Allez, venez maintenant, levez-vous de ce fauteuil. » Mrs Fox s'exprimait de la même voix que celle qu'elle avait employée avec Edith sur le banc du parc. « Il faut qu'on y aille, il est grand temps. » Je ne bougeais toujours pas. Mrs Fox se dirigea lentement vers moi, semblant s'affaisser un peu. « Allez, venez, s'il vous plaît. » Elle tendit la main : ses bagues clignotèrent tels des signaux en morse au bout de sa manche pailletée. « Soyez gentille, prenez mon bras. Vous ne le croirez pas, mais je suis légèrement fatiguée. » Peu importait que ce soit vrai ou non. Je me levai et lui pris le bras. Les paillettes étaient comme des échardes sous mes doigts. Nous dépassâmes le chien souriant et sortîmes dans le couloir.

« J'ai évidemment fait exprès de ne pas éteindre le radiateur, précisa Mrs Fox. Histoire d'augmenter un brin la facture de Mrs Hammond... »

Nous tournâmes au coin du couloir. Au bout, dans l'entrée vivement éclairée, ignorant notre présence, Joshua, Bruce et les Hammond mère et fille discutaient et riaient autour du sapin de Noël. On enfilait des manteaux, on embrassait la maîtresse de maison, on assurait qu'on reviendrait avec plaisir. On affirmait que, oui, vraiment, on avait passé un moment merveilleux, un merveilleux jour de Noël.

Chapitre 11

« Il y a quelque chose dans ta placidité qui ne m'ennuie jamais », dit Richard Storm. Nous roulions sur de petites routes de campagne, cherchant une fois encore un cottage dont Richard se moquait, mais qu'il avait accepté de voir pour me faire plaisir. C'était un samedi matin. Primevères sur les talus escarpés. Panier renfermant un pique-nique d'hôtel, ou plutôt un « déjeuner à emporter », comme ils disaient, sur la banquette arrière. Une journée exaltante, pleine de promesses. Mais aussi une lassitude familière dans les membres assortie d'un cœur lourd. Aucune sensation de légèreté… Tant pis. L'excitation, à la découverte du cottage, était imminente.

« Non, je n'arrive pas à comprendre. Ça ne laisse pas de m'intriguer. » Richard parlait à voix basse, presque tout seul. Il pilotait notre Anglia pourtant légère avec une pesante solennité, comme s'il manœuvrait un navire gigantesque. « Quand je suis en mer, je t'imagine parfois en train de…

— Ah, tu penses à moi ? » Je lui souris. Il me regarda d'un air grave.

« Bien sûr. Qu'est-ce que tu crois ? Tu es ma femme, non ? Les marins pensent à leur femme quand ils sont en mer.

— Je plaisantais. » Il n'était jamais très réceptif aux plaisanteries.

« Eh bien, pas moi. Je pense à toi souvent. Je pense à toi comme à ma femme-enfant, loin de moi, en train de m'attendre, et cette idée me rend triste. » Il se tut.

« Pourquoi ?

— Principalement, parce qu'on perd du temps. Pas seulement en étant séparés, mais parce que je perds du temps alors que je pourrais... faire ton éducation.

— Faire quoi ? » Il toussa, avant de négocier un ample virage avec un soin minutieux.

« Peut-être n'ai-je pas choisi le bon terme. Mais tu vois ce que je veux dire. Tu sais ce que je m'étais promis de faire... d'aider ma femme-enfant à grandir. Comme je l'ai toujours dit – c'était son tour de plaisanter, et il tordit sa petite bouche pour bien marquer son trait d'humour –, tu as du potentiel. » Long silence.

« Et comment je m'en sors ? » demandai-je enfin. Il ne sembla pas remarquer le ton de ma voix.

« Tu as fait beaucoup de progrès, en seulement une année, mais à la dure, j'en ai peur. Attendre dans des chambres d'hôtel que revienne ton vieux mari t'a indéniablement fait mûrir, mais le chemin est encore long, n'est-ce pas ? » Il me tapota le genou. « Allons, ne te vexe pas. Tu tiens à ce que je te raconte mes fantasmes, non ? Ça ne t'a jamais dérangée avant.

— Ça ne me dérange pas. Quels fantasmes ?

— Enfin, tu sais, mes rêves ridicules. Mes rêves de vieillard, si tu veux.

— Tu n'es pas si vieux que ça. C'est quoi, ces rêves ? » Des gouttes de sueur perlaient sur son nez aquilin, et il se lécha les lèvres. Sous la mince flanelle grise de son élégant pantalon, je voyais les muscles de ses cuisses maigres se contracter.

« Oh, quelle importance par une splendide matinée comme celle-là ? Je te raconterai ça une autre fois. Nous ne sommes plus qu'à un ou deux kilomètres. »

Jadis charmant, le cottage, aujourd'hui sale et délabré, se dressait dans un arpent de jardin où foisonnaient les églantines et les pommiers. Un poulailler en piteux état occupait l'extrémité d'un petit verger, et des champignons poussaient dans l'herbe.

« C'est ravissant », dis-je à Richard. Bien qu'il se tînt à seulement quelques mètres du cottage, ses yeux se plissaient comme pour scruter un horizon lointain.

« Ravissant, certes non ! protesta-t-il. Absolument pas pratique. À des kilomètres de tout. Il faudrait des fortunes pour le restaurer.

— On n'a pas encore regardé.

— Des fortunes, crois-moi.

— Peut-être que non. De toute façon, il a du potentiel. » Il ne sourit pas.

« Tu es têtue comme une enfant quand tu veux quelque chose. » Il consulta sa montre. « Il est déjà deux heures. Déjeunons d'abord, nous visiterons après. Cela ne prendra pas longtemps. Il ne peut guère y avoir plus de deux pièces par étage, quoi que prétendent les agents. »

J'allai chercher le panier dans la voiture.

« Déjeunons dans le jardin, suggérai-je.

— Il fait bien trop froid, et il n'y a nulle part où s'asseoir.

— Sur le toit du poulailler ?

— Et je ne serais pas étonné que le vent se lève. On n'est qu'en avril, après tout.

— Je sais que tu t'y connais en vents, mais je trouve qu'il fait un temps délicieusement chaud, avec ce soleil. » Il ne m'entendit pas, marchant d'un pas impatient vers la porte d'entrée déglinguée. Je le suivis.

À l'intérieur, les murs cabossés étaient zébrés d'humidité, et une flaque d'eau, vestige d'une averse qui avait filtré par la fenêtre, s'étendait sur le carrelage rouge. Il régnait une odeur de pommes pourries.

« Merveilleux, dit Richard, agacé. On pourrait en faire un vrai palais avec dix mille livres.

— Moi il me plaît, affirmai-je, et c'est moi qui aurais à passer ici le plus de temps.

— Peut-être, bientôt, pourrai-je m'arranger pour être moins souvent absent.

— Ah, chouette. C'est vrai ? »

Après un sandwich aux œufs, il avait refusé un sandwich à la pâte d'anchois, un biscuit au chocolat et un gâteau roulé, et il dévorait maintenant une pomme avec avidité. Nous étions installés sur le seul meuble de la pièce, une vieille commode, moisie sur les côtés, les victuailles étalées entre nous sur une serviette en papier.

« Ça pourrait être tellement bien, insistai-je. Imagine : je préparerais ton petit déjeuner devant cette fenêtre. Il y aurait des oiseaux sur la pelouse dehors. Des roses…

— Je n'imagine pas », dit-il. Chaque fois qu'il croquait dans le fruit, sa propre pomme d'Adam montait et descendait : elle coulissait dans l'échancrure de sa chemise ouverte, dont le col blanc immaculé se logeait à son tour dans le V de son pull bleu, ces divers éléments s'emboîtant à la perfection comme les pièces d'un puzzle. Ses cheveux clairsemés mais bien peignés brillaient, présentant encore le cran de la casquette de marine que, pour une fois, il ne portait pas. En civil, Richard avait l'air nu, mal à l'aise. « Il y a une chose, reprit-il, contemplant les traces d'humidité, que ma femme-enfant ne saura jamais m'apporter, quoi que je fasse. » La sueur perlait à présent sur son front.

« Et c'est quoi ? » Il se tourna vers moi et fit courir un doigt de mon épaule jusqu'à mes hanches. « J'ai toujours aimé les gros seins.

— Je suis désolée pour toi. » Je ris. Il se leva et gagna l'angle de la pièce. Il tâta le mur du plat de la main.

« Tout spongieux. Viens voir. Touche. »

Je le rejoignis et posai ma main près de la sienne. Il me prit dans ses bras et écrasa sa bouche sur mes lèvres. Haleine de menthe et de pomme. Je me débattis.

« Qu'est-ce que tu fais ?

— À ton avis, petite ? Tu es ma femme, non ? » Ses cuisses nerveuses trépidaient contre les miennes.

Sa main remonta sur mon pull. « Dis, est-ce qu'un jour tu auras des gros seins pour moi ? » Il parlait d'une voix essoufflée.

« Bien sûr que non. » Je reculai la tête pour le dévisager. Il avait de la mousse blanche pareille à de l'écume printanière aux commissures des lèvres. Il m'attrapa la taille, tortillant mon pull dans sa main comme une poignée de laine brute.

« Mais tu pourrais... souligner un peu plus ta taille, non ? Porter des vêtements qui te mettent davantage en valeur. Manger plus et prendre un peu de fesses, non ? Tu ne pourrais pas ? » Il avait le souffle court. Une de ses mains griffues décrivait des cercles dans mon dos. « Tu pourrais te maquiller davantage. Te farder les yeux. Et puis j'aime le rouge à lèvres...

— Voyons, qu'est-ce qui t'arrive, Richard ? » J'entendais ma voix qui venait de très loin, tâchant de paraître gaie.

« Qu'est-ce qui m'arrive, petite ? Rien si ce n'est que j'ai envie de toi. Et tu sais quoi ? J'aurai encore plus envie de toi dans quelques années, quand tu seras plus mûre, plus enveloppée... » Son visage s'écrasa à nouveau sur le mien. Sa main dans mon dos me faisait mal. Je me mis à pleurer. Il me lâcha aussitôt et s'écarta. « Bon, qu'est-ce qu'il y a ? » Plus impatient qu'inquiet.

« Rien. Enfin... tu m'as fait peur. »

Il soupira. Tellement grand, tellement net, tellement pâle. Son col blanc n'avait pas bougé, même dans la mêlée. Un homme avec des cartes marines plein la tête et des horizons plein les yeux. Mon étranger de mari.

« Excuse-moi, dit-il, mais j'ai soudain eu très envie de toi. Tu n'as pas envie de moi ? » Long silence.

« Non, pas à cette minute.

— Très bien, dans ce cas, allons-nous-en. » Ses mains remuaient imperceptiblement le long de ses cuisses, effleurant son pantalon. Je posai ma main sur son bras et sentis ses tendons se raidir.

« Je suis désolée. Apparemment je ne suis pas ce que tu recherches. On dirait que tu es stimulé par la pensée de femmes plus âgées. C'est à ça que tu penses quand tu me fais l'amour ?

— Bien sûr », dit-il. Il me toucha les cheveux très délicatement. « Les hommes ont leurs passions, petite, et le boulot des femmes est de les assouvir. Mais tu as beaucoup à apprendre. » Il se mit à rassembler les affaires de pique-nique en fredonnant « Lady of Spain ».

Ce fut l'épisode où Richard Storm manifesta à mon égard le plus de passion, et ce fut le dernier cottage que nous visitâmes.

*

« Dis, tu te rends bien compte qu'on est en janvier ? Le délai est presque écoulé. » David Roberts au téléphone une fois de plus. « Tu as pris une décision ? Qu'est-ce que tu vas faire ?

— Non.

— Il vaudrait mieux que tu te décides, non ?

— J'ai encore le temps. » Il n'était que huit heures et demie, il faisait encore nuit dehors, mais

Joshua était parti à six heures ce matin. Sans préciser pourquoi. Il était très souvent absent. Travaillait comme un forçat à tout organiser avant son départ pour le Mexique le mois suivant. Le Mexique.

« Je passerais sans doute pour un crétin sentimental si je te disais que j'imagine déjà de merveilleuses retrouvailles, dit David.

— Oui, confirmai-je.

— Tu es pessimiste quant aux chances d'un happy end, alors ?

— Pas pessimiste. Rien du tout.

— Au risque de me mêler de ce qui ne me regarde pas, je trouve que tu devrais *réfléchir*, très vite. Prendre une décision bien ferme, dans un sens ou dans l'autre.

— J'ai encore le temps, répétai-je.

— Pas des masses. » David toussa. « Quoi qu'il en soit, ma vieille, en tant qu'ami de longue date, il y a une chose qu'il faut que je te dise… qu'il faut que tu saches. » Il se tut, toussa à nouveau. « Il ne t'épousera jamais.

— Qu'entends-tu par là ?

— Joshua…

— Pourquoi présumes-tu que je veux l'épouser ?

— Au bout du compte, comme la plupart des femmes, tu auras besoin de ce genre de sécurité.

— On pourrait penser qu'après deux mariages ce genre de sécurité ne me tente plus tellement.

— Je n'en serais pas si sûre à ta place. Enfin bon. Ne fais pas attention à ce que je dis. Qui suis-je pour donner des conseils ? Je t'aurai prévenue, c'est tout. Joshua n'épouse pas les gens, tu peux me croire. Généralement, il ne les aime pas non plus.

— Merci pour l'avertissement. »

Il se força à rire.

« Bon Dieu, ce que les femmes séparées peuvent être susceptibles ! Je ne sais pas pourquoi je prends la peine de continuer à te téléphoner. J'essaie seulement d'aider, tu sais.

— Je sais, je sais.

— Et donc il serait peut-être utile que je te dise qu'en fait j'ai parlé à Jonathan récemment…

— Ah.

— Et il avait l'air bien plus joyeux. Enfin résigné à la situation, pourrait-on dire. Très amical à ton sujet. Il a demandé comment tu allais, ce que tu faisais et ainsi de suite. Je lui ai raconté que tu t'en sortais, sans donner de détails.

— C'était gentil à toi.

— Il avait l'air… peut-être que je me trompe, on a seulement parlé au téléphone, mais il avait l'air *impatient* d'être en février. C'est ce qui m'a donné de l'espoir. C'est ce qui a relancé cette bonne vieille imagination, si tu vois ce que je veux dire.

— Parfaitement.

— Voilà tout ce qu'il en est, en réalité. Je me demandais juste comment tu allais, et si tu avais pris ta grande décision. Et je me disais que tu serais contente d'apprendre le revirement de Jonathan, vu que tu ne voudrais pas qu'il soit malheureux comme les pierres, pas vrai ? Je veux dire, bon sang, il a peut-être des défauts. Mais c'est un homme foutrement *aimant*, non ? Ce qui n'est pas vraiment le cas de Joshua… »

*

« Oh, je suis heureux, heureux, heureux, dit Jonathan. Pas toi, Suki Soo ? » C'était le petit nom qu'il me donnait dans les moments de bonheur suprême.

Nous déjeunions à l'hôtel, *demi-pension** oblige, à l'abri de l'auvent à rayures qui couvrait la terrasse. Jonathan était content d'avoir de l'ombre. Dans sa détermination à rester auprès de moi, il avait refusé, ce matin-là sur la plage, la protection du parasol, et avait passé deux heures de torture sur le sable blanc éblouissant. Le soleil avait racorni et brûlé sa peau pâle et fait grésiller les huiles en tout genre dont il n'avait cessé de s'enduire. À présent, la sueur formait des bulles sur son visage écarlate et ses cheveux pendaient en mèches humides sous son petit chapeau de paille. Il contemplait la plage en contrebas, bondée de gens en train de bronzer au soleil.

« Les Italiens ont un truc spécial, non ? dit-il. Je ne sais pas pourquoi, mais cette race m'a toujours inspiré un sentiment particulier. » Il piocha plusieurs rubans de poivron vert dans l'assiette de *hors-d'œuvre**. Tandis qu'il se penchait en avant, sa chemise en coton se tendit sur son torse et un bouton sauta. Il ne s'en aperçut pas. « Je me demande à quoi c'est dû ? Certains Anglais – je parle des Anglais créatifs – semblent partager cette vision. Je dois être frappé par le même virus que Keats, Shelley et Lord Byron. Je suis comme eux… de ce point de vue-là. » Il se baissa pour gratter, sous la table, la peau desséchée d'une de ses jambes.

Le déjeuner terminé, nous allâmes dans notre chambre climatisée car Jonathan, comme Shelley, avait l'impression qu'il pourrait produire le meilleur de son œuvre en Italie. Sa machine à écrire et ses papiers étaient disposés sur la coiffeuse. En une semaine il avait tapé deux pages, les « grandes lignes » d'une nouvelle pièce.

Je tirai les volets ; des bandes de soleil et d'ombre vinrent strier le sol carrelé. Je m'allongeai sur le lit et fermai les yeux. J'entendis Jonathan s'asseoir à la coiffeuse, allumer une cigarette, chercher un cendrier, remuer des papiers. Un moment de silence, suivi de sept coups sourds sur le clavier. Puis le grincement de sa chaise qu'il repoussait sur le carrelage.

« Chérie ? Tu pourrais m'aider un instant ? J'ai besoin de tes conseils. Je voudrais tester quelque chose sur toi. » J'ouvris les yeux. Il était désormais tourné vers moi, jambes écartées, son short remontant haut sur ses cuisses, ses poils bouclés plus touffus à proximité de son bas-ventre. Ses lunettes teintées avaient glissé sur son nez qui, même dans la pénombre, était d'un rose enflammé. Il réarrangeait les feuilles qu'il avait dans les mains, comme si cette opération était extrêmement compliquée.

« Ce qu'il y a, avec ce genre d'ébauche, c'est que tout l'ensemble prend vie si on introduit quelques lignes de dialogue pour montrer ce que pourra donner le texte dans sa version définitive. Bon, que dis-tu de cette ouverture pour la scène deux ? » Il s'éclaircit la gorge.

« *"Scène : la cuisine d'une grande ferme confortable."* » Il leva les yeux et sourit. « J'espère que tu notes, chérie, que je n'écris pas une comédie de salon. Loin de là. Enfin bon, comme j'ai dit, la grande cuisine confortable d'une ferme… ou l'inverse, je crois avoir dit. Ce n'est pas bien grave. *"Un couple entre deux âges et un jeune couple, assis à une table, sont en train de manger de la soupe. Le silence règne, hormis les bruits de succion* – c'est le mot juste, non, pour la soupe ? – *hormis les bruits de succion, puis l'homme le plus âgé, Thomas, se lève.*

» THOMAS : *Mon Dieu, Marcia ! Mon Dieu ! Mais enfin, voyons, dis quelque chose ! Comment peux-tu continuer à manger ta soupe comme ça ?"* »

Dans un crissement, Jonathan rapprocha un peu plus sa chaise du lit et haussa les sourcils en préparant la voix haut perchée de Marcia.

« "MARCIA : *Assieds-toi et mange ta soupe, Horace. C'est de la bonne soupe. Elle va refroidir si tu ne la manges pas.*

» THOMAS : *Comment pouvez-vous tous penser à votre soupe dans un moment pareil ?*

» MARCIA : *Allons, Horace, c'est ta préférée, non ? Carottes-oignons. Je l'ai faite exprès pour toi…"* »

Jonathan se retourna, reposa brutalement les feuilles sur la coiffeuse, puis pivota à nouveau vers moi.

« Tu comprends le genre de chose que j'essaie de faire ? Il y a ce gros type un peu fruste, Horace, il est fou de rage, et la seule réaction qu'il arrive à obtenir de sa femme Marcia ce sont des commentaires sur la soupe. L'énervement émotif face à l'absence de compréhension, si tu veux. La non-communication à l'état pur. Bien sûr, il faudrait y mettre plein de silences à la Pinter, pour bien faire passer le message, mais je ne prétends pas être un acteur. » Il déboutonna sa chemise. « Qu'est-ce que tu en penses ? Tu crois qu'ils auront une idée du genre de chose que j'ai l'intention de faire ?

— Oh, oui, affirmai-je. Ils verront très bien. » Pause cruelle qui sembla le mettre mal à l'aise... Je poursuivis : « Mais c'est difficile de juger sans rien savoir sur les personnages. Que s'est-il passé dans la scène un ? »

Il se leva de son siège, surpris.

« La scène un ? Je n'y ai pas encore réfléchi. Là, c'était juste... un fragment, une infime partie de la pièce que je pensais intéressante à coucher sur le papier alors que les mots jaillissaient dans ma tête. » Il jeta sa chemise par terre puis défit la ceinture et la braguette de son short. « Bon sang, il fait beaucoup trop chaud pour continuer à bosser. On prendra une villa sur le lac de Côme à l'automne, peut-être. Je pourrai bien mieux travailler, là-bas, au frais. » Son short dégringola sur le sol et il étira ses bras très haut au-dessus de sa tête. « On va dormir une heure ou deux, puis on ira nager, et ensuite on ira dîner dans ce restaurant que tu aimes sur la côte, puis danser. Ça te plairait ?

— Formidable. »

Il se dirigea vers le lit.

« Tu as gardé ton chapeau », observai-je. Il

l'envoya promener aussi avant de s'allonger près de moi.

Il était étendu à côté de moi, nu, par-dessus les draps, me tenant la main.

« Tu es belle, Suki Soo, dit-il, yeux fermés. Je suis l'homme le plus chanceux du monde.

— N'importe quoi.

— C'est la vérité. Belle, bronzée, chaleureuse, gaie, aimante… Que demande le peuple ? » Il se hissa sur un coude pour me contempler. Ses bras, ses jambes et sa figure étaient d'un rouge grotesque par rapport à la pâleur blafarde de son torse. « Je me sens tellement rempli d'amour pour toi que je suis tout désemparé. Comment te faire comprendre à quel point je t'aime ? » Il s'abattit sur moi, ses mains ouvrant mon peignoir, sa langue s'enfonçant dans ma bouche. Son corps était brûlant et lourd et son sexe dur contre ma cuisse. Il respirait à toute vitesse et il frissonnait.

« Qu'est-ce qui se passe ? » Il roula sur le côté. « Je sens l'ail ou quoi ?

— Pas trop.

— Tu n'as pas envie de moi ? » Je ne répondis pas. « Tu n'aimes pas faire ça l'après-midi ? C'est trop tôt après le déjeuner ? On va attendre un peu. » Il se rallongea à côté de moi en continuant à me tenir la main.

« Je crois que je m'endors », dis-je. Nous restâmes étendus en silence, à regarder le plafond. Puis :

« Tu ne ressens donc jamais de choses violentes ? demanda-t-il.

— Qu'entends-tu par là ?

— Eh bien, je crois qu'on peut dire que *j'exprime* mon amour pour toi. J'ai sans arrêt envie de toi et je le montre, tu es bien d'accord ?

— Oui.

— Mais toi, tu as une drôle de façon d'exprimer ton amour. Tu ne fais rien. Et même, parfois, tu me résistes carrément. » Il observait un de ses pieds en fléchissant tour à tour chaque orteil, comme s'il cherchait à les assouplir. « Je veux dire, parfois, quand, par exemple, nous marchons dans la rue ou allons au théâtre ensemble, et que je cherche à te prendre le bras ou à te tenir la main, tu ne fais rien et tu ne dis rien : tu me fais juste clairement comprendre que tu n'as pas envie que je te touche. Je me trompe ?

— Je ne suis pas démonstrative de nature, je le reconnais. Mais il faut avouer que toi, tu n'es pas très impulsif.

— N'importe quoi, chérie. Ce que tu dis est absurde. S'il a jamais existé un amant spontané, c'est bien moi. Pense à ces matins – des matins studieux, en plus – où, après le petit déjeuner, je t'ai dit : "Retournons au lit."

— Ça n'avait rien de très spontané.

— Espèce de coquine de Suki Soo, fit-il, roulant vers moi. Tu as cette drôle de dureté dans la voix qui signifie que tu es à des milliers de kilomètres de moi. Allez, détends-toi. Souris. On est en vacances, tu te rappelles ? On passe des moments merveilleux. »

Je souris. Encouragé, il laissa deux doigts remonter vers mon sein comme un enfant imitant une araignée.

« Je t'aime, dit-il. Est-ce que tu sais combien je t'aime ? Je t'aime, je t'aime, je t'aime. » Les doigts cheminèrent vers l'autre sein. « Est-ce que tu m'aimes ?

— Oui.

— À quel point ?

— Je ne sais pas. Comment veux-tu que je mesure ?

— Est-ce que tu as besoin de moi ?

— Je suppose.

— Est-ce que tu as envie de moi ?

— Je suppose. »

Une chaleur soudaine, l'ombre de son lourd visage qui vire au noir. Sa langue, énorme dans ma bouche, s'attarde à la racine d'une dent, puis passe laborieusement à la suivante. Encore trois jours avant l'avion du retour. Allez, chantonne dans ta tête, chantonne. *Te voglio bene tanto tanto, bene tanto tanto*... comment ça faisait, après ? Allez, compte dans ta tête. Combien de personnes à la table à côté de nous au déjeuner ? Trois. Souviens-toi des détails. La grosse dame portait une robe rouge. Très bien. Et les autres ? Voilà que mon nez est complètement écrabouillé sous le sien : il s'étale sur ma figure, il s'y propage comme de la moisissure. Sa main, horriblement caressante et fureteuse, se promène sans répit sur mon ventre...

« Jonathan ! Arrête ! Arrête ! » Il roule sur le côté, un tsunami qui se retire épouvanté.

« Mais enfin, qu'est-ce qui se passe ? Qu'est-ce que j'ai encore fait ? »

Je me lève, rajustant la ceinture de mon peignoir. Sous mes pieds, le carrelage est resté chaud après le soleil. Je regarde Jonathan : il se recroqueville rapidement, vexé.

« Tu as abusé du soleil, s'empresse-t-il de dire, réprimant sa colère. Je te l'avais bien dit. »

Je me rassois sur le lit, reconnaissante.

« C'est sûrement ça, je suis désolée. » Silence. Le calme avant la tempête ? Je me demande s'il va choisir l'apaisement.

« Fais une sieste, ma chérie. Tu te sentiras mieux au réveil. Comme je t'ai dit, tout ce soleil, et ce déjeuner trop copieux… » Sa voix est pleine d'égards. Je m'endors.

À mon réveil, quelques heures plus tard, il avait rouvert les volets. Un ciel d'un mauve poussiéreux. Derrière la balustrade, un bandeau de mer aux reflets de mercure. Sur la table, une bouteille de champagne dépassait d'un seau à glace rudimentaire. J'entendais Jonathan déambuler dans la salle de bains. Il surgit, nouant une cravate à fleurs bleue assortie à sa chemise à fleurs bleue et à son pantalon de tergal bleu. Il indiqua le champagne.

« Pas millésimé, j'en ai peur, mais ils n'avaient pas mieux. J'ai pensé que ça ferait un réveil agréable.

— Formidable. Merci.

— Au moins il est froid. » Il s'empara de la bouteille, la déboucha sans difficulté et remplit les verres. « Après, tu prendras un long bain, tu mettras ce magnifique pantalon lilas, puis nous louerons une de ces atroces calèches pour touristes dont tu rêves et nous irons à la Prima Trattoria. J'ai réservé une table. »

Je goûtai le champagne. Il était chaud et sucré. Je n'avais jamais aimé le champagne, Jonathan le savait, mais ça ne l'empêchait pas d'en commander dans les grandes occasions.

« Tu crois vraiment qu'il faut réserver dans un trou perdu ?

— Je suppose que non. Mais j'aime réserver, tu sais bien. Si j'ai envie de réserver, tu dois me laisser faire. » Il sourit. « Bref. C'est réservé. Tu te sens mieux ?

— Ça va.

— C'était simplement le soleil…

— … et ce déjeuner trop copieux.

— Et ce déjeuner trop copieux, comme j'ai dit.

— Oui, tu as raison. »

Jonathan remplit son verre une nouvelle fois et attrapa ma main.

« Tu n'es pas fâchée contre moi, chérie ?

— Non, pourquoi le serais-je ?

— J'avais un peu peur que tu m'en veuilles. » Il s'éclaircit la gorge. « Je réfléchissais, pendant que tu dormais. Je me disais : Nous ne devons pas nous laisser affecter par ce genre de chose.

— Quel genre de chose ?

— Ce qui est arrivé cet après-midi. Ce n'est pas important.

— Qu'est-ce qui n'est pas important ?

— Eh bien, on ne doit pas en faire une montagne, nous tracasser pour ça. En réalité, mon amour, à long terme, le sexe ne compte pas. Tu le sais, je le sais. » Je me redressai et il me donna le bras pour m'aider à sortir du lit, qui était bas. Il portait un after-shave citronné. « Enfin, quand je dis ça, tu vois ce que je veux dire. Je veux simplement dire qu'il ne faut pas que ça devienne trop important, tu comprends ? Il y a des tas d'autres choses en dehors de ça, pas vrai, qui sont bien plus importantes, non ? Et de toute façon tout le monde a des passages à vide, pas vrai ?

— Je vais prendre mon bain, annonçai-je. Je suis totalement d'accord avec toi. » Il me suivit dans la salle de bains et ouvrit les robinets.

« Alors n'en faisons pas une montagne, et oublions l'incident, dit-il. Et je m'excuse si j'ai été... un peu lourd.

— Mais non, tu n'as pas été lourd. Je ne sais pas ce qui m'a pris. Je m'excuse moi aussi. »

Il resta assis au bord de la baignoire à jouer avec une éponge pendant que je me lavais. À l'imbiber d'eau et à la presser, à l'imbiber d'eau et à la presser.

« Alors ce qu'on va faire, on va passer un merveilleux dîner et boire comme des trous, danser un peu, et parler avec ce barman sympathique. Puis on reviendra ici, et il fera délicieusement frais. Et là, si tu es d'attaque, si tu en as envie, je veux dire, on réessaiera. »

Comme disait David Roberts, Jonathan était en effet un homme très aimant.

*

« C'est drôle, dit Mrs Fox, c'est sur ce banc-là que nous nous sommes rencontrées. »

Il était onze heures du matin par une douce journée de janvier. Mrs Fox et moi nous étions promenées dans le parc, à nourrir les oiseaux. Nous devions déjeuner dans un restaurant rustique qu'elle connaissait à Kensington, où l'on servait des tourtes et des gâteaux maison. Mais il était encore trop tôt, et il faisait assez chaud pour s'asseoir.

« Ah çà, poursuivit-elle, je ne risque pas d'oublier ce jour-là. C'était la dernière sortie d'Edith. Et vous tout en noir, l'air atrocement déprimée. Mais bon, vous reveniez d'un enterrement, non ? Un de vos maris. On ne croirait pas que ça s'est passé il y a cinq mois, la mort d'Edith et tout ça... Tiens, plutôt joli, ce jaune. » Elle indiqua quelques crocus précoces à proximité. « Le jaune était la couleur préférée d'Henry. Nous avions toujours des crocus jaunes, exactement comme ceux-là. Dans une coupe dans le salon, chaque printemps. Mais bien sûr, ce qu'Henry aimait surtout c'étaient les jonquilles. Jamais vu un homme aimer autant les jonquilles. Les premières fleurs qu'il m'ait jamais offertes... Des bouquets et des bouquets de jonquilles. Franchement, il avait dû acheter la boutique entière, or il n'était qu'étudiant à l'époque. Ça avait dû lui coûter les yeux de la tête. C'est pour ça que je voulais des jonquilles, pour son cercueil. Mais ce n'était pas la saison. Je suis allée chez tous les fleuristes possibles sur des kilomètres, en leur expliquant qu'il me fallait impérativement des jonquilles. Enfin, madame, on peut forcer les fleurs, mais il y a des limites. Voilà ce qu'ils m'ont dit. Je ne pourrais pas en avoir, même en payant très cher. Je crois qu'ils s'en fichaient, au fond. Vous les auriez entendus... Forcer les jonquilles !

On aurait cru que je leur réclamais une plante disparue, tant ils m'ont battu froid. »

Elle prit une poignée de miettes dans un petit sac en papier pour les jeter à des étourneaux.

« J'ai oublié de vous dire, j'ai deux billets pour un concert pop à l'Albert Hall demain soir. Je me demandais si vous voudriez venir... Je ne suis pas sûre du nom du groupe, mais c'est leur concert d'adieu, d'après ce que disaient les gens dans la queue. Ils auront sûrement tout un tas de ces fameux amplificateurs... un vacarme à faire exploser la salle ! J'ai déjà entendu ce genre de concerts là-bas. Ça devrait être pas mal.

— Formidable, je suis ravie », acceptai-je. Demain soir, Joshua devait soi-disant travailler tard. Deux étourneaux sautillèrent jusqu'aux pieds de Mrs Fox.

« Février, fit-elle. Ma parole, on est presque en février. Votre décision approche, alors ?

— Oui.

— Ce sera quoi ?

— Je ne sais pas.

— Enfin, mieux vaut admettre qu'on ne sait pas plutôt que de faire semblant de savoir, disait toujours Henry. C'était le médecin le plus prompt à avouer son ignorance que j'aie jamais rencontré. S'ils étaient plus nombreux comme ça, les patients perdraient beaucoup moins de temps. » Son sachet de miettes était vide, et elle toucha sur son chapeau le coquelicot du Poppy Day.

« Ça me fait penser, je ne vous ai jamais raconté ce qu'ils ont fait ce jour-là. » Elle frotta les bagues sur sa main nue puis lança un petit coup de pied en direction des étourneaux, comme si leurs picorements voraces, maintenant que les miettes étaient finies, l'agaçaient soudain. « À peine elle était morte... À peine elle était morte, avant même de lui fermer les yeux, ils ont retiré les draps. Sa chemise de nuit était complètement tire-bouchonnée autour d'elle, si vous voyez ce que je veux dire, et son corps, on aurait dit un squelette. Imaginez ! Il n'y avait jamais eu femme plus pudique, et à la minute où elle meurt ils dévoilent son corps nu. J'ai remonté les draps parce que sa chemise de nuit restait coincée sous elle. Pas moyen de la redescendre sans déplacer Edith. Mais ce tyran de directrice – faites-lui confiance pour rappliquer au moment crucial – m'est tombée dessus aussi sec. "Qu'est-ce que vous fabriquez ?" elle me demande. "Elle va avoir froid", je réponds. Idiot, je sais, mais c'était l'impression que j'avais. La directrice s'est moquée de moi. "Froid ? Malgré toutes les couvertures, elle sera froide en moins de deux sur cette terre, mais si elle s'est bien conduite, elle aura chaud au paradis." Je me souviendrai toujours de la façon dont elle a dit ça. Puis elle m'a ordonné de m'en aller, à moins que je veuille assister à la préparation.

» Ce qu'il y a de drôle, c'est que, depuis, et c'est ça qui me perturbe, je n'ai plus jamais pu penser à Edith habillée. Je reste éveillée des heures la nuit, quelquefois, à essayer de l'imaginer dans sa robe en laine marron, ou sa robe d'été bleu marine à fleurs, ou bien sa plus belle robe, celle en crêpe dans les tons verts. Je les connaissais bien, toutes les robes d'Edith, mais plus possible de les imaginer sur elle. Ce que je fais, je place une robe sur une chaise dans un coin de ma tête, puis Edith entre par l'autre côté, comme dans un film. Elle enfile la robe, lentement, comme elle le faisait pour s'habiller, et se tient là de dos à remonter la fermeture éclair. Quand elle se retourne je peux voir son visage, dans le moindre détail, mais la robe n'est pas là. Edith est nue. Je n'arrive à voir que son pauvre corps rachitique, comme il l'était le jour de sa mort. Je ne l'avais pas vue nue depuis cinquante ans, n'oubliez pas. "Edith, je lui dis dans ma tête. Va t'habiller, Edith. Tu ne dois pas rester comme ça, tu vas attraper froid..." Mais elle se contente de me regarder, silencieuse comme elle l'était toujours, silencieuse, nue, en train d'attraper froid... »

Subitement il se mit à pleuvoir, une pluie délicate tombant d'un ciel clément. Mrs Fox se leva. Alors qu'elle se redressait, elle émit un petit hoquet. Je lui donnai mon bras mais elle l'ignora.

« Pour l'amour du ciel, mon enfant, ce n'est pas une crise cardiaque, vous savez. Juste un problème de digestion. J'ai essayé des hamburgers surgelés hier soir. Présentés dans une barquette en alu avec le reste du repas. Il suffisait de réchauffer l'ensemble. Ça vient sûrement d'eux. C'est l'ennui avec les plats préparés. » Nous prîmes la direction de Kensington.

« Ça en fait des coïncidences, ce matin, quand on y pense. Cette autre fois, vous vous souvenez ? Cette autre fois, on avait aussi pris la pluie. »

*

Quelque part dans un lieu plein de lumière explosent encore d'autres lumières. Très loin par-delà la courbure du globe, un envol effréné, une plongée vertigineuse et une ultime communion alors que la chair dissout la chair, que les os se liquéfient, que le sang prend feu. Sur le chemin du retour règne une lumière moins forte, une lumière plus ordinaire, en forme de fenêtre. Et l'assourdissante symphonie se réduit au tic-tac d'une pendule ordinaire.

Joshua est en train de m'embrasser, d'embrasser mes yeux, mes cheveux. Il est vautré sur moi de tout son long, ses bras et ses jambes aussi lourds que des branches tombées de l'arbre.

« Drôle de Frimousse ?

— Joshua ?

— J'étais à moitié endormi moi aussi.

— Je sais. » Je le tiens. Il est doux. Il est chaud.

« Drôle de Frimousse ?

— Oui ? Quoi ?

— Rien, en fait. » Il s'affale à côté de moi, la tête sur un de mes seins. « Tu es vraiment *petite*. » Mon sourire fait bouger ses cheveux.

« Et toi tu es colossal.

— Ah oui ?

— Hum... » Je gigote. « Tu sais quoi ? On est dimanche.

— Dimanche ?

— Oui, dimanche.

— Imagine. Dimanche. J'avais oublié. » Il se hisse plus haut sur l'oreiller, si bien qu'il peut me voir en entier.

« On peut passer toute la journée au lit. » Je frotte son menton qui pique. « J'ai prévu des harengs pour un petit déjeuner très tardif. » Il enroule une mèche de mes cheveux autour de ses doigts, tire dessus sans ménagement.

« Une vraie petite cachottière. Tu as dû tout planifier hier.

— Et alors ? En temps normal, tu dis que je ne suis pas efficace.

— J'aime ton manque d'efficacité. Et Jonathan, qu'est-ce qu'il en disait ?

— Il compensait toutes mes lacunes. Une semaine, il avait fait le plein de provisions. Il avait bourré le placard de trucs auxquels je n'aurais jamais pensé. Que les meilleures marques. Il était horriblement snob pour la marmelade. De l'Elsenham ou rien.

— Tu parles de lui avec beaucoup d'affection.

— C'était assez attendrissant, cette manie des marques. Ne va pas chercher plus loin. »

Joshua attrapa une cigarette. Nos jambes étaient toujours emmêlées.

« Tu te rends compte que nous sommes fin janvier ? fit-il.

— On n'arrête pas de me le rappeler.

— Je dois partir pour le Mexique dans trois semaines. Et tu dois prendre ta décision. » Il fuma sa cigarette presque jusqu'au bout en silence. « Est-ce que tu vas retourner avec Jonathan ? »

Je soupirai.

« Je ne sais pas. J'ai encore du temps.

— Pas tant que ça. » Il écrasa son mégot sur son pouce. « Et malheureusement je vais louper les harengs, à moins que tu les gardes pour ce soir.

— Pourquoi ?

— Boulot.

— Mais on est dimanche.

— Si tu le dis... Je regrette, Frimousse, vraiment je regrette. Mais j'ai un truc à finir avant de partir. Ne sois pas idiote : quand je dis que c'est pour le boulot, c'est pour le boulot. Je ne vais pas retrouver une blonde.

— Retrouver Annabel.

— Je ne vais pas retrouver Annabel.

— Je te crois, mais tu es tout le temps parti.

— Allons, courage. Je suis tout le temps obligé de te remonter le moral. Je serai rentré vers cinq heures, je pense. Tu auras la journée entière pour réfléchir. »

Il s'assit dans le lit, et je l'imitai.

« Je n'ai pas besoin d'une journée entière. J'ai pris ma décision. Je ne retourne pas avec Jonathan. »

Joshua sourit d'un air incrédule.

« C'est bizarre. Si j'avais dû parier, j'aurais juré le contraire. Tu vas faire quoi, du coup ?

— Rester avec toi, bien sûr.

— Ce ne sera sûrement pas évident de te faire venir au Mexique. Mais tu pourrais attendre mon retour. »

Nous nous scrutâmes un long moment.

« D'accord, dis-je.

— En fait, je n'ai pas été très sympa avec toi, quand on y réfléchit. Je ne vois vraiment pas pourquoi tu veux rester.

— Tu ne veux pas que je reste ? » Il rit.

« Frimousse, tu devrais me connaître à l'heure qu'il est. Vu que je ne sais jamais ce que je veux dans l'abstrait, je me satisfais généralement de ce que je peux avoir dans la réalité.

— Ça ne donne pas l'impression que tu serais réellement désespéré si tu ne m'avais pas… »

Il prit mon menton dans sa main et souleva mon visage vers lui.

« Tu es une drôle de chose. Une drôle de petite chose. »

Peu de temps après, il quitta l'appartement en oubliant, comme souvent, de me dire au revoir.

Chapitre 12

Quand je découvris la première fois que j'étais enceinte, c'était à Portsmouth, dix jours après le départ de Richard pour Barcelone. Cela faisait plusieurs matins que j'avais mal au cœur, et que je sautais ces petits déjeuners solitaires dans la salle de restaurant silencieuse. Finalement, j'allai chez le médecin. « Vous êtes enceinte de deux mois », annonça-t-il.

C'était là une nouvelle à glisser dans ma prochaine lettre à Richard. « *Ce sera merveilleux, non ?* écrivis-je. *Le bébé arrivera en avril.* » J'envoyai la lettre en exprès. Ce serait une fille, décrétai-je. Prénommée Ophelia.

Cette nuit-là une douleur intense me tarauda le ventre et je me mis à saigner. Je sortis en trombe de la salle de bains, une serviette de toilette entre les jambes, et décrochai le lourd combiné démodé à côté du lit. La réceptionniste de l'hôtel, qui avait accepté le poste parce qu'elle souffrait d'insomnies, mit ses trois minutes habituelles à répondre.

« Que se passe-t-il, ma chère ? Il est bientôt minuit.

— J'ai besoin d'un médecin.

— Un médecin ?

— Oui. Vite, s'il vous plaît. » Le sang commençait à détremper la serviette.

« Quelque chose ne va pas ?

— *Oui*. J'ai besoin d'un médecin.

— Je peux vous aider ? J'ai pris des cours d'infirmière autrefois, vous savez...

— Je vous en prie », suppliai-je. Elle semblait indifférente à l'urgence dans ma voix. « Je vous en prie, appelez-moi simplement un médecin.

— Eh bien, le Dr Harris, je sais qu'il est de garde ce soir. Mais bon, vous savez, lui-même n'est pas très en forme ces derniers temps. Je ne voudrais pas le faire venir si ce n'est pas vraiment urgent.

— Ça l'est », hurlai-je.

Le Dr Harris arriva une heure plus tard. La réceptionniste le fit entrer dans ma chambre.

« Oh là là ! s'exclama-t-elle en me voyant. En effet, vous aviez besoin d'un médecin. » Le Dr Harris l'envoya appeler une ambulance et au bout d'un temps infini je me retrouvai en train de gémir et de maugréer sur les draps blancs amidonnés d'un lit d'hôpital. Le lendemain matin c'était terminé.

Ma mère descendit à Portsmouth pour me ramener en voiture à l'hôtel. Sur ses chaussures en croco, elle avait des chaînes en or qui allaient avec les poignées de son sac en croco. Elle n'en revenait pas que je n'aie pas bénéficié d'un traitement de faveur.

« Juste ciel, ma chérie, pourquoi n'as-tu pas eu une chambre particulière ? » Dans la voiture, elle m'enroula dans un plaid et déclara que j'étais pâle. « Tu es un tel *souci*, Clare. Tu es sûre que tu ne veux pas rentrer à la maison quelques jours ? Tu sais que tu peux venir quand tu veux. » Je la remerciai, mais déclinai son offre. Elle était habituée à ce que je refuse presque systématiquement ses invitations.

De retour à l'hôtel, elle me prépara une bouillotte et posa sur la table près de mon lit une immense corbeille de fruits. Emballée dans de la cellophane, elle était surmontée d'un nœud lui aussi en cellophane.

« Il y a des figues quelque part, dit-elle d'un ton jovial, convaincue que des figues me consoleraient. Tu as toujours adoré les figues. »

Elle arpentait ma chambre sans trop savoir quoi faire, ramassant puis reposant son précieux sac à main. Nous écoutions les craquements du chauffage central et les cris des mouettes : ils se détachaient sur le bruit de la circulation, de l'autre côté de la fenêtre. À la fin, elle prit sur la coiffeuse une photo de Richard, raide et inquiet dans son uniforme.

« Richard est vraiment bel homme, non, ma chérie ? Tellement mûr, j'ai toujours trouvé. Tu crois qu'il va prendre l'avion pour revenir ?

— Absolument pas, répondis-je. De toute façon, ça ne servirait à rien.

— Je suppose que non. » Elle s'empara une nouvelle fois de son sac. « Il faut que je file. Tu es sûre que tu n'as besoin de rien d'autre ? Préviens-moi au cas où. N'hésite pas à m'appeler, d'accord ? » Elle se pencha pour m'embrasser. Émanaient d'elle les effluves suaves de l'écœurant parfum au gardénia qu'elle portait toujours. « J'espère que ça ne te fait rien que je m'en aille, mais tu sais comment c'est. C'est une période extrêmement chargée dans tous les domaines... Non, non. Ça ne m'a pas du tout embêtée de me traîner jusqu'ici. Ne crois surtout pas ça. »

Trois jours plus tard je reçus la réponse à ma première lettre à Richard. « *Comme tu dis, petite, c'est vraiment merveilleux. Je suis sûr que ce sera un garçon. Nous pourrons l'appeler soit Richard soit Clive... deux prénoms familiaux. Tu n'as qu'à choisir. Ça m'est égal du moment que c'est un de ceux-là. J'attendrai bien sûr de lui qu'il suive la tradition navale de la famille. Une autre voie serait impensable. Prends soin de toi et je serai rentré bien avant le mois d'avril...* »

Ce soir-là il m'appela de Barcelone.

« Vraiment navré de cette nouvelle, petite. » Il paraissait très triste. « N'empêche, ces choses-là arrivent. Ne te laisse pas abattre. Nous réessaierons la prochaine fois.

— Bien sûr. » Je n'étais guère enthousiaste à l'idée de recommencer. Mon ventre me faisait mal et ma chambre n'était qu'un immense vide partout autour de moi. « Je voudrais venir en Espagne, dis-je. J'aimerais être avec toi. » Il y eut un long silence.

« Petite, reprit-il enfin. Je ne pense pas que ce soit une bonne idée. Pour toi. Tu ferais mille fois mieux de rester te rétablir tranquillement où tu es. Je suis absent la majeure partie de la journée, et tu sais qu'on mange très mal ici.

— Tout ça me serait égal.

— Je ne pense pas que ce soit une bonne idée », répéta-t-il. Un frisson me parcourut. Ma main devint moite sur le combiné du téléphone.

« Je pourrais passer mon temps à la plage, insistai-je.

— La plage n'est pas très agréable.

— Je pourrais faire des balades en voiture.

— Tu ne parles pas espagnol.

— J'arriverais toujours à me débrouiller.

— Je ne pense pas que ce soit une bonne idée. » Il soupira. Moi aussi.

« Très bien, dis-je. Je vais rester ici.

— Ah, petite... » Son soulagement était sans bornes. « Tu verras que j'ai raison. Je te rappelle très vite. Ou bien toi tu me téléphones, quand tu veux, si tu as besoin de quoi que ce soit, d'accord ? »

Le lendemain j'étais sur pied et je repris une vie normale. Les journées s'écoulaient aussi lentement qu'auparavant. Richard ne rappela pas. Trois semaines passèrent. Puis je reçus une lettre :

Ma Petite,

Comment t'expliquer ? Tu te rappelles, je t'avais parlé d'une femme prénommée Matilda ? Eh bien, en un mot, je l'aime. J'ai lutté, elle a lutté, mais il faut se rendre à l'évidence. Nous sommes amoureux l'un de l'autre. Nous vivons ensemble et comptons nous marier un jour. Cela ne veut pas dire que je ne t'aime pas. Étrangement, je t'aime toujours, et je ne cesserai peut-être jamais. Je penserai toujours à toi comme à ma Petite. Je t'en prie, je t'en prie, ne le prends pas trop mal. Ces choses-là arrivent. Nous avons peut-être eu tort de nous marier. Ta mère a toujours trouvé que tu étais trop jeune pour moi. N'empêche, j'y croyais, je croyais à notre couple, à l'époque. Oh là là, je n'ai jamais été très doué pour écrire. Je m'exprime décidément très mal. Tu pourras citer Matilda, bien sûr. Ton père connaît sûrement un bon avocat. Je pense à toi souvent. J'aurais préféré que cela n'advienne pas juste après ta fausse couche, mais que veux-tu, avec l'amour, on ne choisit pas, et je trouvais qu'il serait mal de te cacher la situation plus longtemps.

Je t'en prie, pardonne-moi si tu peux, et ne renie pas tous les bons moments que nous avons connus ensemble.

Avec affection, Richard.

*

La deuxième fois, seulement quelques semaines avant le départ de Joshua pour le Mexique, j'eus des nausées le soir. Je lui cachais ce qu'il en était depuis quinze jours, mais décidai de lui annoncer la nouvelle ce dimanche-là à son retour du boulot.

« Deux nouvelles le même jour, commençai-je. Non seulement je ne retourne pas avec Jonathan…

— … mais en plus je suppose que tu es enceinte, acheva-t-il, faisant clapoter sa vodka dans son verre.

— Exactement. Comment le sais-tu ?

— Tu as l'air enceinte. Tu m'as semblé très… prudente ces quinze derniers jours. » Je ris.

« Tu n'es pas content ?

— Bien sûr que si. » Il marqua une pause. « Tu l'as fait exprès ?

— Non, je t'assure.

— Je te crois. » Il sourit, très gentiment. « La seule chose c'est que, n'oublie pas, je n'ai pas parlé mariage.

— Moi non plus.

— Alors qu'est-ce que tu vas faire ?

— Ce que je vais faire ?

— Tu vas le *garder* ?

— Le *garder* ?

— Tu vas le garder, je t'ai demandé ? »

Je me tus pour réfléchir, remuant les glaçons dans mon verre d'un doigt engourdi. À la fin, je dis :

« Bien sûr que je vais le garder.

— Je vois. » Il se leva et alla chercher sur la table un paquet de cigarettes, sans me regarder. « Si tu changeais d'avis, je connais un excellent médecin, même si c'est parfaitement légal aujourd'hui.

— Je ne vais pas changer d'avis. Tu ne comprends donc pas ? Cet enfant, je le *veux*. » Joshua soupira et se rassit plus loin de moi.

« Dans ce cas, tu ferais bien de nous trouver un endroit où habiter. Et vite. On ne pourra pas rester ici avec un enfant.

— Bien sûr que non. » Des maisons éventuelles. Des landaus. Joshua soulevant le bébé pour l'admirer en rentrant à la maison. Du lait chaud, des menottes qui s'agitent. Un calme profond commençait à m'envahir. Mrs Fox tricoterait des habits. « Et il y a juste un autre truc, repris-je.

— Là aussi, je sais ce que c'est. » Joshua se tortilla sur son siège, avec une nervosité insolite. « Vu que tu es enceinte, il serait plus rapide, plus facile et, en gros, plus pratique si Jonathan me citait dans le divorce. Je suis d'accord pour ça aussi. Est-ce qu'il y a autre chose, tant que nous y sommes ? » Il fronçait les sourcils. Je me levai pour le rejoindre.

« Qu'est-ce qui se passe ? demandai-je.

— Retourne t'asseoir, ou tu vas avoir la nausée. » Je tins bon. « Allons. Tu dois faire attention à toi », ajouta-t-il, paraissant soucieux un instant. J'obtempérai.

« Pour le divorce… repris-je.

— Il n'y a rien de plus à dire. » Il écrasa sa cigarette sur son pouce. « J'ai accepté de bon cœur d'être cité. Alors vas-y et fais ce que tu as à faire, au plus vite, pour le bien du bébé. Je ne causerai pas de problèmes, je te promets, et tout se mettra en place. Aucun doute, Jonathan et moi, nous jouerons nos rôles, exactement comme tu l'as imaginé. Tout se passera sans anicroche. Pas de vagues. Le premier mari meurt, le second consent au divorce, l'amant accepte d'entretenir la mère et l'enfant. Que demande le peuple ? Ah, et probablement, si tu la joues fine, ce dont je ne doute pas, telle que je te connais, je finirai bien, en plus, par te proposer de t'épouser. L'avenir te sourit. Tout se goupille à merveille. Très bien joué…

— Joshua ! » Je me levai, hébétée, partagée entre l'envie de vomir et l'envie de pleurer.

« Assieds-toi, voyons. Tu vas avoir la nausée. Arrête d'aller et venir.

— J'ai *déjà* la nausée.

— Alors assieds-toi. » Je m'assis. Il y eut un long silence. Les mots nous manquaient à lui comme à moi. Puis :

« Je ne le garderai pas si tu n'en veux pas, dis-je. Je peux me faire avorter.

— Non, non. Tu ne voudrais pas ça.

— Et toi ?

— Sans doute que non, au fond. Je suis désolé, Frimousse. Comme d'habitude, je suis allé trop loin. » Il sourit. « Mais avoue que tu m'as balancé pas mal de trucs le même jour. » Je souris à mon tour.

« On devrait marquer le coup, non ? suggérai-je.

— Tu es indécrottable. Toujours à côté de la plaque ! Mais vu qu'on n'a rien à manger, autant sortir, je suppose. Si tu n'es pas trop barbouillée, on va aller au restaurant. »

*

Le matin où Jonathan était rentré avec le nounours rose pour notre bébé imaginaire, il avait également apporté des roses roses et l'inévitable bouteille de champagne.

« Ce n'est rien, dit-il, rien comparé à ce qui se passera quand ce sera pour de vrai. Tu n'en reviendras pas. Je ferai sonner les cloches, tirer des salves d'artillerie, livrer des bijoux… Attends de voir. » Il nageait dans l'euphorie comme il lui arrivait parfois, ravi d'être loin de son bureau et de la page blanche. Ramassant mes cheveux derrière mes oreilles, il les releva en un chignon désordonné. « Ma Suki Soo chérie, si jamais tu pouvais croire une seule seconde à l'amour immense que j'ai pour toi... » Il se pencha pour baiser la nuque qu'il venait de dévoiler. « Mais bon, tu n'y arriverais jamais. Allez. Ouvrons cette bouteille. »

Jonathan porta un toast à notre futur enfant. Nous étions assis là, côte à côte sur le canapé en chintz, main dans la main – les siennes étaient toujours chaudes et très douces –, et Jonathan roucoulait en évoquant tout ce que son fils et lui feraient ensemble le moment venu. Il m'embrassa sur les joues, les paupières, les tempes : ses lèvres mouillées pétillaient à cause du champagne. Il avait enlevé sa veste. Il était en bretelles, et sa chemise paraissait d'un blanc éblouissant sous les rayons du soleil matinal qui traversaient la pièce en oblique et illuminaient les plantes vertes dans leurs pots encore garnis de nœuds.

Je bus à en avoir le tournis. Je riais, gloussais et embrassais moi aussi Jonathan, sur le nez, sur les joues, ces grosses joues au goût d'after-shave, et à la fin j'étais en mesure d'affirmer, en toute conviction, que oui, ce serait bien d'avoir un bébé avec lui.

*

Joshua se réveilla en pleine nuit. Il posa sa main sur mon ventre.

« Ce qu'il y a d'affreux, Frimousse, c'est que je vais sans doute devoir rester au Mexique au moins trois mois. Est-ce que ça ira, de ton côté ? »

*

Quelques nuits plus tard je fus réveillée par de violentes douleurs familières dans le dos et le ventre. Il était trois heures. Je secouai Joshua.

« Quelque chose ne va pas.

— Oh Seigneur. » Il alluma la lumière. « Tu refais une fausse couche ? » Je hochai la tête. Il me caressa délicatement le ventre avant de glisser sa main entre mes cuisses, puis de la ramener à la lumière. Elle était couverte de sang.

« On dirait que mes plans ont foiré en fin de compte.

— La ferme, dit-il. On pourra peut-être le sauver. »

Tout alla très vite. Je l'entendis qui passait des coups de fil, prenant des dispositions par petites phrases heurtées. J'entendis mes propres gémissements tandis qu'il me soulevait du lit, m'enveloppait dans une couverture et me transportait jusqu'à l'auto. Le cuir du siège était très froid. Alors que le moteur démarrait en trépidant, je me courbai en deux, m'efforçant d'ignorer la douleur.

« Tiens bon, Frimousse, m'enjoignit Joshua, du moins je crois. Le médecin a dit qu'il valait mieux t'emmener à l'hôpital. J'ai pensé que j'irais plus vite qu'une ambulance. »

La voiture vrombissait dans les rues désertes, le sang ruisselait tout chaud le long de mes jambes.

« Le plancher de ta voiture, n'arrêtais-je pas de répéter. Je suis désolée pour le plancher de ta voiture. »

On nous accueillit avec un brancard. Des couloirs gris cloqués de néons ondulèrent sous mes yeux comme des serpentins. Puis une salle blanche à l'odeur de désinfectant. Des églantines mal dessinées sur les rideaux beiges. Une infirmière se pencha au-dessus de moi. Trois points noirs en forme de trèfle lui poinçonnaient l'aile du nez, clous visibles dans sa peau cireuse. Elle m'administra un breuvage amer. Un médecin entra et me tapota les flancs à la manière d'un fermier rassurant.

« Comment se sent-elle, alors ? » demanda-t-il à Joshua, comme si je n'étais pas là. Il rabattit brusquement le drap, souleva ma chemise de nuit, puis tira vers lui l'applique, au bout de son bras métallique. Joshua me tenait la main.

Des heures plus tard le médecin revint. Sa figure, faite d'un millier de lambeaux, semblait être passée dans une déchiqueteuse.

« Ma parole, c'est bizarre, dit-il. Vous mordez le drap, drap, drap, drap… » Sa voix produisait un écho. Je sentis Joshua replier mes deux mains comme une pelote de laine et les tenir dans les siennes. Puis la voix du médecin retentit à nouveau.

« J'ai bien peur que ce soit terminé. Terminé, terminé, terminé… » J'entendais des flic-flac sur le sol en lino – quelqu'un avec une serpillière –, des craquements de papier, le pas rapide des infirmières qui faisait tap-tap, tap-tap, le frottement desséché des mains du médecin. Pourtant, quand j'ouvris les yeux, ils avaient tous disparu. Tous sauf Joshua.

« Ah, Frimousse… Tu es réveillée ? » Il pencha sa tête au-dessus de la mienne. « Je ne voulais pas que ça se passe comme ça. » Il se redressa avec brusquerie et gagna une autre partie de la salle : j'étais obligée de tourner la tête si je voulais le voir.

« Je vais te laisser dormir, dit-il. Il faut que j'y aille. Il est bientôt onze heures. D'après le médecin, il vaudrait mieux que tu ne bouges pas d'ici. Tu as le ventre un peu déchiré. » Il revint à mon chevet et resta là à me contempler.

« Il faut que tu y ailles, dis-je, tu vas être en retard.

— Pauvre vieille Frimousse. »

*

Mrs Fox, bien sûr, fut ma première visite. Elle arriva dans l'après-midi avec des jonquilles et un pain d'épices.

« Il y avait un hélicoptère qui volait vers Battersea Bridge, dit-elle. Je l'ai aperçu du bus, alors je suis descendue à l'arrêt suivant pour le regarder. C'est pour ça que je suis en retard. Le vacarme ! Et puis j'ai dû attendre vingt minutes le bus d'après. » Elle déposa ses paquets au bout de mon lit et approcha une chaise à dossier droit. Aujourd'hui elle avait deux coquelicots piqués dans son chapeau, tandis que les plumes d'oie argentées, vestiges de Noël, étaient épinglées au revers de son manteau. Elle m'examina des pieds à la tête puis rapprocha encore sa chaise.

« Je peux vous dire quelque chose ? Hier soir je suis allée à cette soirée de la Société des Amis de Bach. Eh bien, c'était très intéressant. Nous avons tous chanté pendant deux heures, puis nous sommes allés dans la salle de réunion prendre du café et des sandwichs. Les membres de l'association, j'entends. C'était une soirée réservée aux membres. Ils se prennent pour la crème des spécialistes de Bach. Je ne me serais pas inscrite si j'avais su quelle clique de snobs c'était.

» Quoi qu'il en soit, Roger Nevern, le jeune chef d'orchestre américain, vous savez, avait accepté de venir nous saluer. Il avait une demi-heure de retard, ce qui en a beaucoup inquiété certains. Le café était terminé. Et quand il est enfin arrivé, aïe aïe aïe. On a entendu monter des hoquets. Tout ça parce qu'il avait les cheveux longs et qu'il portait une ravissante chemise à fleurs avec une cravate. Ils s'attendaient sans doute à le voir en habit. À peine s'ils retenaient leurs gloussements, je vous assure. La grossièreté. Et lui d'une politesse extrême, s'intéressant à chacun et répétant les noms lors des présentations. Après son départ, ces vieux schnocks se sont tous regroupés pour jaser, et colporter que l'homme aurait été vu à un autre raout avec un manteau de fourrure bleu pâle qui lui arrivait presque à la cheville. Ça alors, quel crime ! ai-je fait. Il m'a semblé que je devais intervenir… Ça alors, quel crime, un manteau de fourrure bleu ! Ils ont dû sentir la note de sarcasme dans ma voix, parce qu'ils se sont tous tournés vers moi, vous voyez le genre, toutes leurs têtes ont pivoté en même temps et ils ont commencé à s'en prendre à moi, comme si je portais moi aussi de la fourrure bleue.

» Eh bien, ils en ont eu pour leur argent, je vous assure. Je leur ai dit quel ramassis d'hypocrites ils faisaient. Bande de vieux imbéciles... Si Shakespeare en personne revenait d'entre les morts, il faudrait qu'il soit habillé par Moss Bros. Les pauvres chéris, ils n'ont aucune notion du génie. Ils sont tellement limités par leurs misérables petites priorités. » Elle sourit toute seule et se mit à aller et venir. « C'est une jolie chambre que vous avez là. Vous sortez bientôt ?

— Dans quelques jours.

— Quand vous serez sortie nous irons tous à Brighton respirer l'air marin. Vous avez besoin d'un peu d'air pur. Nous partirons pour la journée. Je demanderai à Joshua de nous emmener. Nous rechercherons la maison où Edith et moi avons grandi. Il paraît que c'est devenu un bed and breakfast, mais tant pis. Vous avez besoin d'un bon bol d'air marin. »

Après son départ une jeune infirmière rousse arriva avec des pilules.

« Quelle nuit, lança-t-elle, joviale. La même chose est arrivée à côté. Un très jeune couple. Marié depuis seulement trois mois. Le mari nous a donné du fil à retordre. Limite hystérique, on a dû lui donner des calmants. Votre mari est parti ? Retourné travailler, je suppose. »

C'était plus facile d'abonder dans son sens.

« Oui. Il est très occupé.

— Il va revenir, dit-elle, et vous vous sentirez beaucoup mieux dans quelques jours, croyez-moi. »

Cet après-midi-là fut un de ces après-midi lents

et blancs assez fréquents en fin d'hiver, quand la lumière sans ombres diffusée par le ciel s'étale sur les carreaux, plus mate que celle du printemps, et plus mélancolique. Sur la table qui faisait un pont au-dessus du pied de mon lit, une douzaine de jonquilles, d'un jaune cruel sur le fond blanc des murs, se dressaient, raides et serrées, dans le fût haut et mince d'un vase d'hôpital. Un thermomètre était fiché dans un verre rempli d'un liquide rose au-dessus du lavabo, et dans cette chambre si dépourvue de couleurs, le jaune des fleurs et le rose du liquide me blessaient le regard. Mon ventre me faisait mal comme si on l'avait évidé. Je sentais la forme du trou creusé dans mes entrailles. J'attendais que le vide se résorbe, que la cavité se referme, et la douleur résonnait, lancinante, dans ma tête, telle une mélopée.

Le lit, étroit et dur, ne m'était d'aucun réconfort. En étirant les pieds, je les cognai contre l'extrémité du châssis en fer. Je me détournai de la lumière qui baignait la fenêtre, et fermai les yeux.

*

Je gardais toujours les yeux fermés plusieurs secondes quand, faisant irruption dans le dortoir le dimanche matin, la surveillante nous ordonnait avec une gaieté sadique de nous lever, *et vite*, sinon… Marchant sur le lino, elle remontait la travée entre les deux rangées de lits, écartait les minces rideaux d'un geste impatient, et se plantait là triomphante alors que la lumière du jour se déversait sur nous. J'ouvrais les yeux pour l'observer tandis qu'elle repartait. Je relevais à peine les paupières, de peur de croiser son regard et de ne pas avoir le courage de m'y soustraire. À travers un voile de cils, je discernais les mollets trapus familiers qui se renflaient quelques centimètres au-dessus des talons plats bien cirés de ses chaussures de marche marron. Un pas plein d'assurance. Miss Peel débordait d'assurance et d'autorité. Elle avait aussi une mémoire incroyable des noms tissés sur le linge. Elle était capable de se rappeler l'état exact d'une multitude de soutiens-gorge, de maillots de corps et de culottes, et s'ils étaient ou non convenablement marqués. Ses anecdotes, qui l'enchantaient toujours bien plus qu'elles n'enchantaient son auditoire, avaient toutes trait aux sous-vêtements. Il y avait une ancienne élève, célèbre dans les souvenirs de Miss Peel, qui avait usé quatre culottes de gymnastique en l'espace d'un seul trimestre. De son propre aveu, Miss Peel jugeait son sens de l'humour un brin *osé*, et bien qu'en présence des plus jeunes elle parvînt à limiter sa conversation aux chaussures, aux chaussettes et aux vêtements de dessus, le cœur n'y était pas.

Ses consignes dominicales habituelles résonnaient dans le dortoir.

« Bas nylon pour celles qui voient leurs parents, fil d'Écosse pour toutes les autres, et pas de poudre sur le nez, ou bien ça ira mal. »

Le dimanche à l'école était une journée glaciale et interminable sans aucun rapport avec le reste de la semaine. Un intermède à endurer avant l'agitation et la normalité du lundi : une journée où le temps s'écoulait avec une lenteur effrayante et où les exigences du confinement s'avéraient presque insupportables. Nous étions obligées de respecter le jour de repos du Seigneur avec une application exemplaire, et de nous habiller avec suffisamment de sévérité pour ravir le Christ Lui-même au cas où Il daignerait descendre subitement parmi nous. Gros manteaux rêches. Bas à couture aussi épais que des gants. Robes marron désespérément austères que, dans l'espoir de les égayer, nous faisions froncer à la taille au moyen de ces énormes ceintures élastiques qui étaient l'accessoire le plus convoité du début des années 1950.

Le dimanche nous écrivions des lettres stoïques à nos parents et nous rendions à l'église en rangs par deux. Nous étions autorisées à écouter de la musique classique et à lire de bons livres, et le dessert du déjeuner était semé de sucres colorés. Mais c'étaient les soirées, les fragiles soirées pleines du triste son des cloches du prieuré, qui nous emplissaient d'une folle impatience et du vibrant désir d'être enfin libres. Assises sur la pelouse estivale, des plaids étalés sur les aiguilles tombées de pins immenses, nous cousions, tête penchée sur notre ouvrage. Avec son visage préraphaélite aux traits fatigués, ses sourcils en arc et ses cheveux vaporeux, la directrice était la seule à trôner sur une chaise. Une bible était posée sur ses genoux. Elle levait le regard, comme elle le faisait mille fois par jour, en direction des collines, qui dessinaient à présent dans le ciel deux impressionnants mamelons violets, rien à voir avec les misérables buttes qu'elles étaient quand on les gravissait, jonchées de papiers de bonbons et d'imprimés municipaux. La directrice avait foi en sa chaîne de collines. Elle y puisait de la force. « Je lève mes yeux vers les montagnes », avait-elle coutume de citer.

Le dimanche soir, lorsque l'échéance approchait, elle parlait aux plus grandes du jour où elles rejoindraient le monde – ce vaste monde avec ses nombreux dangers par-delà le portail de l'école. Sa voix était toujours pleine de promesses.

« N'oubliez jamais, les filles, comme disait saint Paul, de regimber contre les aiguillons. » Tout irait bien si nous pensions à regimber. Ses paroles se voulaient rassurantes. « Et n'oubliez pas non plus : si Dieu est pour nous, qui sera contre nous ? » Elle parlait souvent de l'amour de Dieu, jamais de l'amour de l'homme. Nous nous demandions si elle-même avait jamais été aimée par un homme, en plus de Dieu. Elle avait l'absolue conviction qu'aimer Dieu ne pouvait être que fructueux. Cette certitude paraissait la combler. Quant à la gazette scolaire, elle regorgeait d'histoires d'anciennes élèves qui, ayant appris comme nous à aimer Dieu, avaient de surcroît trouvé des maris en chemin, et menaient aujourd'hui de paisibles existences de mères de famille, que ce soit auprès d'un fermier des Midlands, d'un avocat, d'un modeste aristocrate ou d'un magnat de l'industrie.

Ces dimanches soir-là sur les plaids ombragés, il n'y en avait pas une parmi nous qui ne crût que tout se passerait bien pour nous aussi. Nous étions animées par la farouche et irrépressible résolution de réussir notre avenir ; de regimber contre les aiguillons, de respecter nos serments, de continuer à y croire. Tremblantes de bonnes intentions, nous sentions les larmes nous brûler les yeux.

Nous quittions donc l'école avec l'insigne privilège d'avoir été prévenues. Nous partions imprégnées de la croyance en Dieu, en Wordsworth, en notre destin tout tracé d'épouse et de mère. Pendant plusieurs années, en fait, certaines repensaient encore, de temps en temps, au bien-être que procuraient ces vieilles croyances.

*

« Soo, m'avait demandé un jour Jonathan. Malgré toutes les déceptions que je pourrais te causer, est-ce que tu continueras à me pardonner ? » Nous étions en train de déjeuner au lit, un lit dur, étroit et haut sur pattes, et il avait de l'œuf sur le menton.

*

Joshua revint le soir.

« Tu te sens mieux ? » Je me hissai sur les oreillers et il m'embrassa le front. Il contempla la chambre dépouillée. « Il y avait des fleurs tellement horribles à la boutique en bas que j'ai su que tu devinerais qu'elles venaient de là, alors je n'en ai pas pris. Excuse-moi.

— Ce n'est pas grave. » Le trou dans mon ventre me semblait plus petit. Joshua sourit.

« Tu n'es pas vraiment resplendissante, Frimousse.

— Je ne me sens pas resplendissante.

— Mais assez en forme pour rentrer à la maison demain ? Ce serait bien de t'avoir dans le secteur pendant mes derniers jours. Je m'en vais lundi. Tout est enfin réglé. » On était jeudi.

« Bien sûr que je vais rentrer, dis-je.

— Chouette. » Il s'assit sur la chaise près de mon lit puis me prit la main. Son talon se mit à marteler le sol. « Frimousse, Frimousse, fit-il tout bas.

— Qu'y a-t-il ?

— Je ne sais pas. Tout ce binz. Ça ne rime plus à grand-chose, si ?

— Qu'est-ce qui ne rime plus à grand-chose ?

— Tu sais. Faire ce qu'on a dit. Briser ton mariage. Vivre ensemble. » L'espace d'un court instant j'envisageai de retirer ma main. Mais je n'avais pas la force de faire le geste.

« Ah, lâchai-je. Je vois que tu as réfléchi.

— Si nous avions eu le bébé, alors bien sûr…

— … bien sûr les choses auraient été différentes.

— Bien sûr. » Silence. Puis je dis :

« Dommage que je ne sois pas plus douée pour avoir des enfants. Je n'avais pas compris, au début de ma fausse couche, qu'il y avait deux enjeux. »

Joshua tapa sur le matelas et son talon cessa enfin de sautiller.

« Bon Dieu, ne dis pas des choses comme ça. Je me sentais déjà minable, mais là…

— Pardon. »

Il se pencha vers moi, tout près, levant les mains

avec exubérance, comme un homme cherchant à vendre quelque chose.

« Écoute, Frimousse. Écoute-moi. Il faut que tu ailles retrouver Jonathan. Tu le sais, je le sais, au fond, depuis le commencement. On ne peut pas quitter quelqu'un, juste comme ça, juste parce qu'on n'a pas le cœur qui s'emballe chaque fois qu'il entre dans une pièce, et qu'on n'aime pas sa façon de manger ses harengs. Ce n'est pas ça la valeur du mariage, si tant est que le mariage en ait une. Sans compter que tu m'as dit des centaines de fois que, d'une certaine manière, tu aimais ton mari, non ? Peut-être que cette manière suffit. Et je sais qu'il t'a manqué des centaines de fois. Même si tu n'en as rien dit. Mais je le sais, parce que je t'ai observée. Parfois, quand je me suis montré particulièrement cruel ou négligent, j'ai bien vu ton visage. Je sais ce que tu t'es dit. Tu t'es dit : Peut-être que Jonathan n'est pas particulièrement intelligent ou spirituel ou intéressant, mais au moins il est gentil, et il est toujours aimant et raisonnable. Tu t'es dit ça, pas vrai ? Est-ce que je me trompe ?

— Continue.

— Mon problème, reprit-il, mon problème c'est que je ne suis pas *présent* dans tout ce que je fais. Baldwin a fait remarquer un jour qu'il fallait être présent pour être sensuel. Je suis cruel parce que je manque d'égards, et je manque d'égards pour une chose parce que j'en ai une autre en tête, ce qui fait que, souvent, je me trompe dans mes priorités. Et en ce qui te concerne – j'y ai énormément réfléchi, c'est vrai, je t'assure –, je ne crois pas être prêt à renoncer à suffisamment de choses pour toi. Je ne suis pas assez fiable, je suis trop cruel sans le faire exprès. Je ne pourrais que te rendre malheureuse. Peut-être que je ne tiens pas suffisamment à toi… et voilà, tu vois bien, ça c'est cruel. » Il se mit à jouer avec mes doigts, des doigts brûlants et insensibles au bout d'un bras comme anesthésié. Puis il me sourit, tout joyeux. « Au moins tu pourras miser sur la constance de Jonathan. C'est une grande vertu, la constance. Et puis, pense à combien tu dois lui manquer, à combien il doit rêver de te récupérer. Quiconque a été aimé par toi, et t'a perdue, rêverait de te retrouver. »

Je fermai les yeux. Derrière mes paupières, diverses images se combinaient comme dans un kaléidoscope. Des papillons aux couleurs éclatantes, la voûte immense d'un ciel du Norfolk, du sable qui vole dans des dunes venteuses, des omelettes sur des tables en formica, des paillettes bleues qui chatoient.

« Comment sais-tu qu'on tiendrait le coup, Frimousse ? disait Joshua. S'il te plaît, ouvre les yeux. »

J'obtempérai. Sa figure pâle, maintenant si proche, était une muraille de peau imparfaite – grêlée, ridée, tachée d'ombres. Ses yeux noirs étaient inaccessibles, lointains derrière les reflets de ses verres de lunettes.

« Peut-être qu'on ne tiendrait pas », acquiesçai-je.

Il se radossa. Des expressions contradictoires traversèrent ses traits : surprise, soulagement, déception peut-être.

« Alors tu vas faire quoi ? demanda-t-il.

— Retourner avec lui, bien sûr. »

Après un long silence il se jeta sur moi, m'embrassant, me caressant les cheveux, les oreilles, les seins.

« Tu as raison, tu as raison, tu as raison, répétait-il sans trêve. Nous avons tous les deux raison, n'est-ce pas ? Mais bon Dieu, Frimousse... » Il se redressa à nouveau, tenant toujours mes deux mains. « Tu verras, dans six mois, on en rigolera.

— On se sera rudement amusés, quand même. » Je m'entendis pouffer : on aurait dit un petit grognement. « Joshua Heron, dis-je.

— Mrs Lyall ?

— Joshua Heron, maintenant que c'est terminé, maintenant que tout est terminé, je me sens vraiment atrocement fatiguée. » Il me rendit mon sourire.

« Ne t'endors pas tout de suite. J'ai quelque chose pour toi. » Il fouilla dans sa poche. « Je ne savais pas quoi te prendre, en fait, alors j'ai demandé conseil à Mrs Fox. Je ne suis pas doué pour les cadeaux. »

J'ouvris un petit écrin. Sur un lit de coton était posée la bague à saphir étoilé, de la couleur d'un myosotis laiteux. Lorsque je l'attrapai, même dans la lumière déclinante du soir, les branches de l'étoile, affilées comme des lames de rasoir, semblaient fendre la pierre.

« Elle me l'a donnée, expliquait Joshua. Elle a dit que je pouvais en faire ce que je voulais. Quel autre choix avais-je ? »

C'est à ce moment-là, je crois, quand il la passa à mon doigt puis éleva ma main vers la lumière, que je me mis à pleurer. Faiblement, avec désespoir.

« Arrête ! fit-il. Arrête ou je vais penser qu'elle ne te plaît pas. Elle est magnifique. Bien plus belle que sur ses vieilles mains.

— Mais elle va terriblement lui manquer... Cela doit faire des années qu'elle la frotte avec son autre main. » Je me demandais quels étaient les projets de Joshua pour le soir. Je ne voulais pas qu'il me soit infidèle maintenant, pas avant lundi, terme officiel de notre histoire. Quel gâchis, d'être ainsi alitée.

« Je sais ce que tu es en train de te dire. Mais tu n'as pas à t'inquiéter. J'emmène Mrs Fox au Festival Hall. Verdi. »

Je cessai de pleurer. Du calme. Surtout, du calme.

« Mais tu as horreur de ce genre de musique.

— Ce sera différent avec Mrs Fox. Elle m'expliquera tout.

— Je voudrais pouvoir venir.

— Mais tu n'aimes pas Verdi non plus.

— Non.

— N'empêche, j'aurais aimé que tu viennes. En tout cas, on va à Brighton dimanche. Demande spéciale de Mrs Fox. Ça te tente ?

— Oh oui, ça me tente bien.

— On fera ça, alors. » Il se tut, se pencha, prit mon visage dans ses mains et m'embrassa les yeux, les forçant à se fermer.

« C'est très bizarre, dis-je, dormant à moitié,

comme les décisions les plus difficiles à prendre sont les plus faciles à modifier.

— Je t'assure que je penserai à toi, affirma Joshua. Je t'assure que je penserai à toi pendant tout le concert. »

Chapitre 13

J'étais à peine arrivée à l'appartement que David Roberts téléphona.

« Ton aimable conseiller à l'appareil… Ça y est, le délai est écoulé, ma vieille.

— Je sais, je sais.

— Si ça cadre avec ton planning, Jonathan aimerait te voir à six heures mardi soir.

— Pourquoi à ce moment-là, spécialement ?

— Parce que c'est pile l'échéance des six mois. » Il toussa. « En fait, ne dis pas que tu es au courant, mais Jonathan est déjà à Londres. Je l'ai vu hier soir. Il avait l'air très en forme. Une pêche incroyable, tout bien considéré.

— Tant mieux.

— Puis-je avoir l'audace de demander ce qui va se passer ? Après tout, c'est moi qui ai, comme qui dirait, maintenu le contact entre vous. » Il rit dans sa barbe.

« Je regrette, mais je ne peux quand même pas te parler avant de parler à Jonathan. Rappelle mardi soir.

— Ah, d'accord, je n'insiste pas. Enfin bon, tu

me connais… l'éternel optimiste. Je penserai bien à vous deux.

— Merci.

— Je peux lui dire que ça colle, alors ? Six heures mardi ?

— Oui, je t'en prie. Dis-lui que je serai là. Et merci pour tout.

— Ce n'est rien, vieille branche. À ton service. »

*

Le dimanche nous allâmes à Brighton, tous les trois. Mrs Fox portait un vieux manteau d'ondatra teint en bleu. La teinture n'était pas totalement réussie. Des traînées de brun terne subsistaient au milieu du bleu terne.

« J'ai lu des trucs sur les fourrures fantaisie, expliqua-t-elle. C'est ça qui m'a donné l'idée. » Sur son chapeau, une rose de l'Alexandra Rose Day et un coquelicot du Poppy Day entouraient une cerise rutilante que je n'avais jamais vue. Elle frottait, mal à l'aise, le doigt où elle arborait jadis le saphir étoilé : il avait été remplacé par une pierre de lune à l'éclat vitreux, à laquelle elle n'était pas encore habituée.

C'était une belle et froide journée. Nous garâmes la voiture dans une des rues en arc de cercle et nous rejoignîmes à pied un petit restaurant afin d'y déjeuner. À l'intérieur, les tapis à motifs foncés nous parurent singulièrement moelleux après la dureté des trottoirs et le froid mordant. Dehors, notre haleine bondissait dans les airs en globes argentés.

Nous gravîmes un escalier sinueux jusqu'à une salle à moitié remplie à l'étage, où les clients parlaient d'une voix basse très dominicale. Sur les tables inoccupées, des serviettes blanches empesées se dressaient sur des assiettes vides telles des flammes solitaires, et un rayon de soleil hivernal illuminait un chariot de desserts. Nous jetâmes notre dévolu sur une table d'angle dotée de banquettes confortables. Mrs Fox et moi nous assîmes côte à côte avec Joshua en face. Il choisit pour nous dans la carte interminable. Ce déjeuner serait peut-être le dernier de ma vie avec Joshua. Pourtant, pas le moindre sentiment de frustration, pas la moindre larme naissante. Au contraire, une étonnante sensation de paix et de bien-être, comme lorsqu'on s'étire délicieusement après une nuit de sommeil.

Mrs Fox enleva son manteau. Les perles de son sautoir claquaient contre son assiette chaque fois qu'elle se penchait. Tandis qu'elle babillait, je ne l'écoutais que d'une oreille, laissant Joshua répondre. Je scrutais celui-ci avec une intense concentration, tâchant de graver dans mon esprit le plus infime détail de sa gestuelle. La façon dont il découpait son petit pain : il l'étêtait comme d'aucuns décapitent un œuf à la coque, puis, sans regarder, il en extrayait la mie entre le pouce et l'index, avant de fabriquer des boulettes bien compactes qu'il laissait ensuite tomber sous la nappe. La façon dont il regardait au fond de son verre lorsqu'il buvait une gorgée de vin. La façon dont il mordait sa lèvre inférieure pour réprimer un sourire pendant qu'il écoutait

Mrs Fox et, à la fin du récit, la façon dont il riait à pleine bouche, si bien que son col roulé était replié par son menton. Je poussai la coupelle de beurre vers lui et, un bref instant, il me tint la main.

« Tu es belle aujourd'hui, Frimousse », dit-il. Tout bas, pour que Mrs Fox n'entende pas.

Après le déjeuner nous marchâmes le long du front de mer. Joshua entre Mrs Fox et moi. Nous lui prîmes chacune un bras.

« Autrefois, disait Mrs Fox, les salons de thé du front de mer avaient des orchestres extraordinaires. Pendant la saison, Edith et moi passions presque tous nos après-midi à boire du thé ici ou là, juste pour les écouter. Il y en avait un qu'on aimait particulièrement, je me souviens. Rusco, je crois qu'il s'appelait. Ils faisaient un très bon gâteau au chocolat. Tellement gorgé de rhum qu'il fallait le manger à la cuillère. Enfin bref, chez Rusco, le chef d'orchestre s'était entiché d'Edith. Je m'en étais aperçue. Il s'inclinait systématiquement dans sa direction à la fin de chaque morceau. Il portait toujours un œillet à la boutonnière, cet homme-là, et il avait les cheveux noirs les plus brillants qui soient, tout aplatis sur le crâne, pratiquement comme une deuxième peau. Edith était jolie à l'époque, notez bien. Des boucles tout autour du visage. Eh bien, un jour, le serveur nous a apporté un petit mot du chef d'orchestre. *Mesdames,* disait le mot, *y a-t-il un morceau que vous aimeriez entendre ?* Mais Edith, avec sa timidité, avait simplement tourné la tête en rougissant. Après cela, elle n'avait plus voulu aller chez Rusco. Je pense souvent à la chance qu'elle a peut-être laissée passer. »

Nous marchions vite et il faisait vraiment chaud, au soleil, malgré le vent âpre qui soufflait de la mer. Les vagues grises montaient et descendaient sans relâche, et au-dessus d'elles quelques mouettes imitaient leurs mouvements dans les airs.

« C'est drôle, dit Mrs Fox, c'est à Brighton que me sont arrivées les meilleures choses. C'est dans le train de Victoria à Brighton que j'ai rencontré Henry. En réalité, j'allais à Hove. Mais nous nous étions tellement bien entendus pendant le trajet que, d'instinct, je suis descendue à Brighton moi aussi. Nous habitions tout près de la gare, à l'époque, et il m'a raccompagnée. Le lendemain, il s'est présenté dans l'après-midi pour demander à ma mère s'il pouvait m'emmener prendre le thé. Là, ma mère, évidemment – elle était extrêmement traditionnelle – a été très choquée. Cet homme que j'avais ramassé dans le train, elle l'appelait... Elle l'a envoyé promener. Mais il était en vacances ici, il séjournait chez sa tante, et comme il n'avait rien à faire, il est venu tous les jours avec la même demande, et chaque fois ma mère le congédiait. J'avais peur qu'il renonce. Et puis, par chance, ma mère a découvert que sa tante était une vieille dame très respectable censée être riche à millions. Alors finalement elle a dit oui, mais seulement pour le thé. Nous avons oublié le thé, bien sûr. Nous avons marché des kilomètres et des kilomètres, sous la pluie, sillonné Brighton en long et en large. Puis nous avons longé l'intégralité de la plage – nous étions complètement trempés –, et il a commencé à tonner. Nous nous sommes mis à l'abri sous la jetée, et vous savez ce qu'il a dit ? Il a dit : "Ethel Smith, je suis un étudiant en médecine sans le sou et je n'ai rien à vous offrir, mais je vous aime." Là-dessus la pluie a redoublé, et nous avons décidé de tenter une percée. Nous avons couru jusque chez moi. Bien sûr, ma mère nous a grondés, et avec toute cette effervescence, entre nos vêtements à sécher et les boissons chaudes à préparer, je n'ai jamais eu l'occasion de lui dire que je l'aimais aussi. »

Mrs Fox s'immobilisa et désigna la ville du doigt.

« Curieusement, même si tout a changé aujourd'hui avec ces nouveaux immeubles, je crois qu'on peut encore emprunter le raccourci qu'on avait pris ce jour-là avec Henry pour rentrer chez ma mère... Si on essayait ? »

En chemin, elle nous raconta qu'elle avait appris que la maison avait été convertie en bed and breakfast depuis de nombreuses années. Elle avait quand même envie de revoir l'extérieur.

C'était une petite maison de brique rouge entre deux bâtisses Regency en pierre crème. Les seuls éléments qu'elle avait en commun avec ses voisines étaient un bow-window au premier étage et un écriteau « BED AND BREAKFAST » sur la porte d'entrée. Joshua brûlait de voir l'intérieur, mais Mrs Fox essaya de le retenir.

« Vous savez comme les logeuses peuvent être antipathiques », protesta-t-elle. Néanmoins, il libéra son bras et sonna à la porte. Une femme entre deux âges vint ouvrir ; elle avait un amas d'éblouissantes boucles blondes en équilibre sur la tête, du maquillage de scène et un tablier taché.

« J'ai avec moi une amie, expliqua Joshua, tirant auprès de lui une Mrs Fox récalcitrante, qui a vécu dans cette maison jusqu'à la fin de la Première Guerre mondiale. Elle nous en a tellement parlé que nous nous demandions si nous pourrions jeter un petit coup d'œil à l'intérieur ?

— Eh bien, ça ne me gêne pas du tout. Je n'ai pas de pensionnaires en ce moment. Entrez donc. » Elle nous adressa un aimable sourire de logeuse et nous la suivîmes.

La pièce s'étirait d'un bout de la maison à l'autre, une fenêtre à chaque extrémité. Trois papiers peints différents recouvraient les murs : l'un à fleurs, l'autre géométrique, et le troisième orné de cigognes volant parmi des nuages roses. Mrs Fox, le souffle coupé, n'arrêtait pas de toucher les fleurs et la cerise de son chapeau. Elle se retourna lentement, remarquant le scintillement des rideaux en lurex, le téléviseur juché sur sa table aux pieds grêles, le vol d'anges en papier, rescapés de Noël, au-dessus de la cheminée moderne en brique avec ses bûches électriques, le salon-trois pièces en skaï et le cendrier géant, souvenir de Torquay.

« Je l'ai achetée il y a trente ans, déclara Boucle d'or, et j'ai consacré jusqu'à mon dernier penny à la rénover. Elle était dans un état lamentable. Et puis, pas plus tard que l'année dernière, rebelote. Ça m'a coûté une fortune, mais ça valait le coup. Mon carnet de réservations est plein pour des années. »

Mrs Fox ne semblait pas l'entendre. Soudain, elle sourit.

« C'est sûr, vous l'avez bien arrangée, dit-elle. Je n'aurais jamais imaginé qu'elle puisse être si ravissante et si claire. » Elle s'escrimait à enlever son manteau de fourrure. Je vins à son secours. Émanant faiblement de la doublure de satin toute chaude, je reconnus son parfum à la violette. « On se gelait constamment, en plus, malgré le feu de charbon. Vous avez rendu les lieux merveilleusement douillets… » À nouveau elle contempla, ébahie, la pièce étincelante. « À notre époque, au lieu de cette grande pièce, il y en avait deux tout exiguës. Dans cette partie-ci, le salon, mon père jouait du violon le dimanche après-midi. Nous avions l'interdiction de nous approcher. La pièce était très sombre, je me souviens, et pleine d'énormes meubles en acajou qui semblaient absorber toute la lumière, et puis il régnait toujours une odeur de moisi. Ça paraissait tellement plus petit. »

La logeuse la regarda avec bienveillance et nous invita à nous joindre à elle pour une tasse de thé. Quand elle eut disparu dans la cuisine, Mrs Fox revint brusquement à la réalité.

« N'empêche, dit-elle, pensant tout haut, on ne devrait jamais faire de pèlerinage. C'est idiot comme démarche. Vraiment idiot. »

Elle s'assit dans un des fauteuils en skaï. Il couina, et la têtière brodée glissa sur le côté derrière sa nuque. Joshua et moi nous tenions devant la cheminée dotée de son feu électrique, très près mais sans nous toucher. Mrs Fox leva le regard vers nous.

« Nous nous serons bien amusés », dit-elle. Joshua rit. « Il vous faudra rencontrer le mari de Clare… » Mrs Fox tordit le nez.

« Je ne suis pas pressée. Non que je sois déçue que tout se soit si bien arrangé. Mais enfin, j'étais habituée à vous deux. Nous étions tous habitués les uns aux autres, non ? » Elle manquait bizarrement d'entrain. La propriétaire revint avec un plateau de thé et alluma les lumières. Mrs Fox coulissa en avant sur son fauteuil.

« Edith n'en aurait pas cru ses yeux », dit-elle en souriant, et, allez savoir pourquoi, tout le monde s'esclaffa.

Quand nous quittâmes la maison, Mrs Fox avait une dernière requête avant de repartir pour Londres. Elle voulait faire un petit tour sur la plage.

Le vent avait fraîchi et la lumière de l'après-midi avait beaucoup baissé. Les lampadaires dessinaient des trous blêmes dans le ciel et, avançant dans la mer, la jetée ressemblait à une gigantesque grange sombre sur pilotis. Alors que nous remontions le front de mer, un vieil homme se dirigeait vers nous ; sa silhouette indistincte était étrangement déformée par les instruments suspendus à son corps.

« Ça alors, la chance qu'on a ! s'exclama Mrs Fox, aux anges. Un homme-orchestre. Je me demande s'il accepterait de jouer pour nous… » Elle bondit vers lui comme une enfant et, lui posant une main sur le bras, présenta sa demande.

« Voyez-vous, madame, je rentre chez moi », répondit l'homme gentiment. Mrs Fox insista.

Ils conclurent finalement une sorte de marché. Puis, tandis que le musicien accordait ses divers instruments – de drôles de grincements et autres battements sourds s'échappaient des uns et des autres –, Mrs Fox nous fit descendre un escalier qui menait à la plage.

« Il en a pour un moment, nous expliqua-t-elle. Ces engins se désaccordent dès qu'on cesse d'en jouer. »

La marée était haute. Ne subsistait qu'une étroite bande de galets le long de laquelle on pouvait marcher. Cheminant avec allégresse, Mrs Fox faisait claquer et crisser les cailloux comme en harmonie avec le léger grondement des vagues qui déferlaient. Elle s'arrêta, se baissa et ramassa un galet blanc et lisse. Rapide et habile, elle fléchit son bras en arrière, se porta brusquement en avant puis lança le galet de toutes ses forces. Il décrivit dans le ciel une brève courbe blanche, avant de plonger dans les flots sombres.

« Vous avez vu ça ? Vous avez vu où il est allé ? Pas mal pour mon âge, hein ? En manteau de fourrure, et sans entraînement, en plus. » Elle ramassa un autre caillou. « Henry et moi faisions des concours pendant des heures. C'était un admirable lanceur de galets, Henry. » Elle s'interrompit pour en lancer un autre. Cette fois il n'arriva pas aussi loin. « La pierre n'allait pas. Il faut choisir sa pierre avec soin. Un mauvais tir peut être attribué en grande partie au caillou, vous savez. »

Joshua choisit une pierre plate et blanche, puis, avec moins de grâce que Mrs Fox, il la lança dans l'eau.

« Pas mal ! Pas mal du tout. Mais vous allez voir, je vais réussir à vous battre. » Elle se pencha pour chercher un autre caillou.

À ce moment-là, le musicien sur le trottoir au-dessus d'eux s'avança. Un réverbère derrière lui projetait son ombre immense sur la plage, forme monstrueuse pleine de protubérances. Avec un excellent sens du spectacle, il leva les bras une seconde, comme un chef d'orchestre, si bien que son ombre se changea en oiseau. Puis les ailes retombèrent et l'homme se mit à jouer.

Les accords de « When I'm Sixty-Four » s'abattirent sur nous dans un grand tintamarre. Mrs Fox s'interrompit en plein lancer pour éclater de rire.

« Quel culot ! Je vais lui montrer, moi, que je ne suis pas encore grabataire ! » Et elle jeta au loin un autre caillou.

Joshua et moi entreprîmes de la battre. Nous choisissions nos pierres de plus en plus vite, et les jetions avec de moins en moins d'adresse. L'ombre du musicien nous recouvrait, rétrécissant ou grossissant selon les instruments dont il jouait en même temps. Joshua saisit ma main et m'entraîna dans une ronde tourbillonnante. Mrs Fox se joignit à nous et nous sautillâmes en cercle, tout en chantant. Les galets glissaient et raclaient sous nos pieds. Tous les quatre temps nous marquions une pause pour nous baisser, ramasser de grosses pierres et les jeter, d'un seul geste, vers les crêtes noires des vagues. Le vent, qui n'était plus froid, sentait le varech. Une mouette solitaire s'envola à la verticale en croassant dans le ciel épais. Nous n'en pouvions plus de rire.

Lorsque le morceau prit fin, notre ronde s'acheva. Nous applaudîmes, mais nos battements de mains s'entendaient à peine avec le vacarme de la mer. Mrs Fox, légèrement essoufflée, se tenait le flanc. Joshua lui empoigna le bras, soudain inquiet. Elle le regarda, les traits pâles mais excités.

« Avec un peu d'exercice, je ne serais pas étonnée que vous finissiez par dépasser Henry. Mais je ne suis décidément plus aussi douée qu'autrefois. Laissez-moi ici quelques jours, et je retrouverai mon niveau d'antan.

— On a notre dose pour aujourd'hui, vous ne croyez pas ? » Joshua lui lâcha le bras. Le musicien se mit à jouer le thème du *Pont de la rivière Kwaï*.

« Un petit tir de plus ! supplia Mrs Fox. Pour voir si je peux vous battre. »

Encore pantelante, elle se pencha pour choisir une nouvelle pierre.

« Une splendeur. Impossible de trouver meilleur projectile sur toute la plage. » Le galet était plat, blanc et presque parfaitement circulaire. Elle fléchit à nouveau le bras, serra les lèvres en un pincement résolu, et lança. Mais le tir s'avéra très médiocre. La pierre coula à quelques mètres du rivage. Mrs Fox, atrocement déçue, se voûta.

« Inutile d'insister. Comme disait Henry, il faut savoir s'arrêter. » Ses bras retombèrent le long de son corps. Ses doigts trituraient des floches bleues au bout de ses longues manches. « Bon, peut-être qu'on ferait mieux d'y aller. »

Lui prenant à nouveau le bras, Joshua la reconduisit vers l'escalier obscur. Au ralenti, ils gravirent les marches au rythme de la musique. Sur le trottoir du front de mer, désormais tout brillant de lumières, le vent paraissait plus froid et plus violent. De sa main nue où les bagues étincelaient, Mrs Fox enfonça davantage son chapeau sur sa tête.

« Nous devons remercier cet homme de sa gentillesse, dit-elle. Nous devons le remercier d'avoir joué si magnifiquement. »

Et alors, redressant le buste, pleine de dignité et de détermination, elle marcha vers lui d'un pas énergique.

*

« Tu crois que j'ai pensé à tout ?

— Je crois.

— Toutes les nouvelles chemises ?

— Oui.

— Assez de chaussettes ?

— Oui.

— Stylos-feutres ?

— Oui.

— Tu ne t'occupes pas trop mal de moi, dis donc… » Joshua était dans le bain. Allongé, entouré de vapeur, il ne se lavait pas. J'étais sur le tabouret tripode en liège.

« C'était bon, ce truc au poulet au dîner, non ? On aurait dû essayer ce restau avant.

— Oui, acquiesçai-je, on aurait dû.

— On avait prévu d'y aller. Tu aurais dû me le rappeler. » Silence. « À quoi tu penses ?

— Rien de spécial. »

Il me tendit une main savonneuse.

« Tu as pensé à me prendre de la crème solaire ?

— Oui.

— Et un ruban en rab pour la machine à écrire ?

— Oui. »

Il sourit. Se mit à frictionner une de ses aisselles.

« Tu es merveilleuse, Frimousse.

— Oh, ferme-la. »

Il sourit à nouveau et attaqua l'autre aisselle.

« Tu es sûre que tout va bien maintenant ? Je veux dire, ton ventre et tout ça ?

— Oui, merci. Ça va.

— Mais tu feras attention quelque temps, hein ? Un truc pareil, il faut un moment pour s'en remettre. Jonathan devra bien te ménager. Dis-lui que tu n'as pas été très en forme. À moins que… tu voudras peut-être lui raconter ?

— Non.

— Tu vas lui dire quoi à propos des six derniers mois ?

— Pas grand-chose. Je crois que ça faisait partie du contrat de ne pas déballer ce qu'on a fabriqué entre-temps.

— À ton avis, qu'est-ce qu'il a fichu ?

— Aucune idée. Je suppose qu'il a été assez désemparé. Il n'est pas très doué pour la solitude. Peut-être qu'il a bel et bien écrit dans sa mansarde romaine.

— Peut-être qu'il est sur le point de publier un roman épique.

— Peut-être.

— Et que tu vas devenir riche et célèbre.

— Peut-être.

— Dis, tu crois que tu voudras me revoir un jour ?

— Si tu veux. Et toi, tu voudras ?

— Pas vraiment. Tu me vois papoter avec Mr Lyall ? "Et peut-être pourriez-vous me signer un exemplaire, mon vieux Jonathan ?" Tu imagines…

— Oui, sans doute.

— N'empêche, il se peut qu'on se croise un jour, quelque part.

— Oui, ça se peut.

— Non pas qu'on fréquente tellement les mêmes gens.

— Alors, simplement dans la rue.

— Oui, ça se peut, dans la rue. »

Joshua se redressa, sortit un pied de l'eau que troublait le savon et, avec un soin minutieux, entreprit de laver chaque orteil.

« Mrs Fox avait l'air fatiguée ce soir.

— Elle en a trop fait, d'après moi.

— Tu continueras à la voir ?

— Bien sûr. J'irai sans doute demain après-midi.

— Je lui enverrai des tas de cartes postales. Je me demande comment elle s'entendra avec Jonathan…

— Oh, à la longue, elle sera conquise, je présume. Il a beaucoup de charme.

— C'est ce que tu as toujours dit. Mais tu vas faire quoi d'autre ?

— Quand ?

— Demain.

— Ah, demain. Demain je finirai d'emballer mes affaires et de ranger ici, puis je rentrerai à la maison et je commencerai à préparer les choses pour mardi.

— Pour le retour de Jonathan ?

— Oui. »

Joshua laissa retomber son pied dans l'eau puis attrapa l'autre.

« Enfin bon, tu connais mon adresse au Mexique.

— Qu'entends-tu par là ?

— Tu pourras me faire suivre les trucs que j'aurai oubliés.

— Bien sûr.

— Mais je ne pense pas avoir oublié quoi que ce soit, si ?

— Je ne pense pas.

— Toutes mes nouvelles chemises ?

— On en a déjà parlé.

— C'est vrai. »

Il alluma le robinet d'eau chaude, si bien que, pendant un moment, nous dûmes cesser de parler. Quand la baignoire fut pleine, il se rallongea, genoux pliés : ses mains dessinaient des motifs sous l'eau, et un doigt surgissait de temps à autre à la surface pour crever une bulle de savon.

« Tu crois que ça va marcher ? demanda-t-il.

— Absolument. Je le sais.

— Bien. J'ai toujours voulu que tu le retrouves, tu sais, depuis le début.

— Pourquoi ?

— Rien à voir avec l'idée que tu ne serais pas celle qu'il me faut. Simplement, j'ai toujours su que tu croyais foncièrement au mariage, et qu'en réalité tu voulais que votre couple marche.

— Tu as raison. Mais ça ne veut pas dire... » Silence. C'était ma dernière chance de savoir ce que je ne savais toujours pas. J'étais prête à risquer sa colère. « Est-ce que tu m'as jamais trouvée à ton goût ? » demandai-je.

Joshua sortit un bras dégoulinant pour toucher mon menton avec deux de ses doigts.

« Oh, Frimousse, ne dis pas de bêtises. »

Il se mit debout et entreprit de s'essuyer avec une petite serviette noire. Je déposai sur sa brosse à dents une noix de dentifrice rayé.

« Tu te souviens ? » J'avais parlé gaiement.

« Pour l'amour du ciel, ne commence pas à te souvenir. » Il se frictionna violemment la figure avec la serviette, puis les cheveux.

« D'ailleurs, quand je serai parti, ne te souviens de rien sinon du fait que tu as un jour rencontré un homme du nom de Joshua Heron, et que, par chance, toi et lui avez été heureux quelque temps. Tu feras ça pour moi, Frimousse ?

— D'accord.

— Bien. » Il ouvrit la porte et l'air froid venu de la chambre nous enveloppa. Il se brossa les dents, rinça le lavabo, éteignit la lumière, se glissa dans le lit puis tendit une main vers son réveil d'écolier. Avec une certaine difficulté, il régla la sonnerie.

*

Le lendemain matin deux membres de l'équipe de tournage vinrent le chercher de bonne heure dans une voiture de location. Il ne voulait pas que j'aille avec eux à l'aéroport. Il m'embrassa prestement et s'esquiva à la hâte. Après son départ, je fouillai l'appartement. Pour une fois, semblait-il, il n'avait rien oublié.

Chapitre 14

D'abord, j'ouvris les fenêtres. La maison sentait l'encaustique comme si on n'avait pas ventilé après avoir ciré les meubles. Une odeur de maison inhabitée. La femme de ménage qui venait deux fois par semaine avait recouvert de housses le canapé et les fauteuils du salon. Sur le bureau, elle avait constitué deux piles de lettres, une pour Jonathan, une pour moi. Elle avait laissé un mot sur la table de la cuisine. *J'ai pris la liberté de jeter le morceau de Stilton, qui avait moisi.* Daté d'il y a deux mois. C'était la première fois que je revenais dans la maison depuis trois mois, et encore, je n'avais fait que récupérer d'autres vêtements. Il n'y avait rien dans le frigo. Seulement deux boîtes de soupe dans le garde-manger.

Ensuite, je pris un bain. La baignoire était bleu pâle. Le papier peint avait des roses bleu pâle assorties. Jonathan aimait le bleu. Tous ses pyjamas étaient bleus, avec un monogramme blanc sur la poche. Il gardait la veste pendant qu'il se rasait le matin, et que j'étais dans le bain, mais il prenait grand soin de ne jamais mouiller le col. Il fredonnait en se rasant. Il fredonnait plutôt bien. Toujours dans le ton. Un Noël, je lui avais trouvé en cadeau une lotion after-shave bleue. Il en restait encore un peu au fond du flacon sur l'étagère au-dessus du lavabo. Je lui en rachèterais dans la journée.

Je me séchai avec une immense serviette bleu marine, puis allai toute nue dans la chambre. Je m'assis devant ma coiffeuse sur le tabouret en chintz en forme de haricot. Le chintz me parut froid un moment. Une demi-douzaine de photos étaient coincées sous le plateau en verre de la coiffeuse. Je les examinai, promenant mon doigt sur la vitre froide : Jonathan m'enlaçant dans un restaurant de montagne en Suisse lors de vacances au ski, nos visages d'un noir et blanc très contrasté à cause du flash. Nous avions bu beaucoup de Glühwein ce soir-là, et dansé, et ri. Nous nous étions amusés… Jonathan dans la roseraie de sa mère, mains sur les hanches, traits grimaçants face au soleil. Jonathan à la barre d'un petit voilier dans le Devon, légèrement flou à cause des vagues. Jonathan à douze ans, ses cheveux d'enfant de chœur bien lissés, recevant, pour une compétition de natation, une énorme coupe en argent des mains d'une vieille dame distinguée en chapeau de velours. Une photo de moi toute seule que Jonathan avait prise avec son polaroid, un peu décolorée. J'étais assise sur un plaid dans un jardin indéterminé. Je portais une robe en coton flottante, avec un cardigan. Mes cheveux étaient courts et bouclés, et j'affichais un large sourire. Ce devait être environ une semaine après notre rencontre – peut-être le premier week-end chez sa mère. Je me revois rire à quelque chose qu'il avait dit en prenant la photo. Il ne m'avait pas demandé de sourire.

Je me regardai dans la glace. J'avais le visage beaucoup plus maigre à présent. Les cheveux beaucoup plus longs, plus raides, en désordre. Ils avaient besoin d'un balayage. J'aurais le temps, demain. Demain matin. Aujourd'hui j'allais faire les courses, la poussière, le ménage, arranger des bouquets de roses. Elles coûteraient cher à cette période de l'année, mais tant pis. C'étaient les fleurs préférées de Jonathan. Il aurait horreur, en rentrant, de trouver la maison poussiéreuse, mal rangée et sans bouquets de fleurs. Les choses auraient été nettement plus faciles si nous avions pu nous donner rendez-vous quelque part, prendre un avion et nous envoler. N'importe où. N'importe où du moment que ça m'évitait tous ces préparatifs. Mais Jonathan s'attendait à de tels préparatifs.

Il jugerait naturel que je sois prête pour lui, impeccable, dans sa robe préférée, les glaçons sortis... la pince à glaçons ! Je ne devais pas oublier la pince à glaçons. Où était-elle ? Il jugerait naturel que nous nous retrouvions sous le toit conjugal, que nous nous pardonnions mutuellement, et que nous nous réconciliions autour d'un gin-tonic. Ou d'un verre de champagne, le connaissant. Eh bien, nous ferions cela. Nous allions repartir à zéro. Je réchaufferais les escalopes de veau que j'aurais cuisinées, comme il me l'avait appris, dans une sauce à la crème avec du cognac et des champignons, et nous dînerions dans la salle à manger qui ne servait jamais. Nous boirions un vin spécial. Des bougies... Il fallait que je pense à prendre des bougies. À la fin du dîner, nous serions certainement euphoriques. Autrefois, nous finissions toujours par rire ensemble. Si nous pouvions nous mettre à rire, si nous pouvions trouver un sujet qui nous fasse rire, alors tout irait bien. Mais quelle était sa robe préférée ?

Je gagnai l'armoire. Tout y pendait mollement. Rien que des robes au tissu fin et terne. Sans vie. Elles avaient besoin d'être amidonnées, repassées, aérées. Elles avaient besoin d'être portées à nouveau. Je sortis une robe verte imprimée de bleuets. Il aimait bien celle-là. Je l'enfilai. Elle était trop longue, sans éclat. De profil, mes fesses ressortaient. Mes seins, trop bas, produisaient un effet disgracieux sur le devant. J'étais affreuse. Mais peut-être qu'avec des chaussures, et un soutien-gorge, et un peu coiffée, demain soir, le résultat ne serait pas aussi désastreux.

J'enlevai la robe et la suspendis en dehors de l'armoire pour me rappeler qu'elle avait besoin d'être repassée. J'enfilai un jean et une chemise et descendis, pieds nus. Je m'installai au bureau bien en ordre, trouvai une feuille de papier, et établis une liste de courses. *2 pamplemousses 25 cl crème épaisse roses veau sucre tonic eau petits pois surgelés café allumettes*... J'écrivais avec une facilité mécanique. Je n'avais pas besoin de réfléchir. Les mots apparaissaient d'eux-mêmes sur le papier. *Lotion capillaire abricots soupe bougies je t'aime Jonathan Lyall je suis ta femme Clare Serena Lyall* *et cette fois ce sera à jamais sempre* toujours* *tomates cacahuètes salées et tous les articles habituels comme le beurre.*

Je passai l'après-midi entier à faire les courses.

Quand je rentrai enfin à la maison il était trop tard pour aller voir Mrs Fox. J'irais mercredi, peut-être même avec Jonathan. Joshua allait lui manquer, à mon avis.

Je déposai mes sacs de courses sur la table de la cuisine puis entrepris de ranger mes emplettes, très lentement, très méthodiquement. Après quoi je déplaçai les livres de recettes sur l'étagère pour les classer par taille. La cuisine semblait d'un vert plus pâle.

Quand il n'y eut plus rien à faire dans la cuisine, je retournai dans le salon. Là, je réorganisai encore deux étagères de livres. Cinq autres étagères accueillaient des volumes reliés cuir qui faisaient tous la même taille. Je m'assignai la tâche de les reclasser par ordre alphabétique. Mais bientôt cette mission me parut vaine, et je renonçai.

J'allumai une cigarette, me rassis au bureau. J'ouvris un des tiroirs. S'y alignaient plusieurs liasses de lettres. L'écriture de Jonathan : des pattes de mouche noires. Je sortis une des lettres. Il me l'avait écrite quatre ans plus tôt, de Manchester. Il était là-bas pour voir un homme qui avait aimé une de ses pièces.

Ma chérie à moi, disait la lettre, *c'est agréable de se sentir aussi heureux et optimiste que je le suis en ce moment au sujet de* Screwball, *mais pourquoi le génie doit-il vous emmener dans des trous aussi paumés que Manchester ? Tu me manques de manière indicible. Je pense à toi toute la journée, je me demande ce que tu es en train de faire et je t'écris ces mots parce qu'il reste encore deux heures avant que je puisse en toute décence te retéléphoner. Si la pièce est montée tu viendras tout le temps, même pour les répétitions, d'accord ? Juste pour te dire je t'aime, je t'aime, je t'aime, ton idiot de vieux mari J.*

À cette époque-là, il me téléphonait toutes les deux ou trois heures si par malheur nous nous trouvions séparés, et il écrivait tous les jours. Je tombai sur la lettre évoquant le sort de *Screwball*.

Après toute cette attente, tous ces jours gâchés loin de toi, l'affreux Mr Lewis a dit que j'étais sur la bonne voie mais qu'il n'entrevoyait aucun espoir de monter la pièce. J'en aurais pleuré. J'avais besoin de toi auprès de moi pour m'aimer et me consoler. Oh ma chérie, est-ce que tu m'en veux de mes échecs permanents ? Tu prétends que non, mais je ne te crois qu'à moitié. Je vais rester jusqu'à lundi, jour où il est censé me recevoir à nouveau... ce sera peut-être payant, qui sait ? Je voudrais tellement te surprendre un jour. Attends-moi. La seule chose pour laquelle j'aie l'impression d'être doué, c'est t'aimer. Dieu sait ce que je deviendrais sans toi. Par pitié ne me quitte jamais, ma chérie. Tout mon amour comme toujours ton mari qui t'adore J. P.-S. J'ai acheté un mixeur dans un magasin à prix réduits.

Je remontai les deux pendules. Vérifiai le téléphone pour voir s'il marchait. Fumai encore plusieurs cigarettes. Mis les roses, des roses en boutons hors de prix et inodores, dans un seau d'eau.

À l'étage, j'entrepris de défaire ma valise. Avec lenteur, là aussi. Je dénichai l'écrin contenant la bague à saphir étoilé. L'essayai. Lumière pas assez forte pour que l'étoile brille. Je fourrai l'écrin dans un tiroir sous une pile de foulards. Je retrouvai ensuite deux petits mots de Joshua – les seuls qu'il m'ait jamais écrits.

Joshua Heron s'est éclipsé à pas de loup parce qu'il ne voulait pas réveiller Drôle de Frimousse. Il ne s'excuse pas de ne pas avoir lavé sa tasse de café et reviendra à six heures pour emmener diverses personnes au théâtre si elles en ont envie.

Le deuxième était écrit sur l'envers d'une addition de restaurant, vieille de trois mois.

Joshua Heron est revenu plein d'espoir à l'heure du déjeuner pour se casser le nez. Est-ce que Frimousse daignerait appeler J.H. dès qu'elle rentrera pour l'aider à décider d'acheter ou non une veste en velours de la couleur du foin le plus magnifique ?

Je les déchirai en tout petits morceaux que je jetai à la poubelle. M'avérant alors incapable de continuer à déballer mes affaires, je laissai le reste de mes vêtements dans la valise, ou éparpillés sur le sol. Puis j'allai me coucher. J'avais oublié à quel point le lit était confortable. À huit heures et demie, j'éteignis la lumière.

*

Quatre majorettes patinaient vers moi sur une immense piste, soutenant un baldaquin à rayures.

Sous le baldaquin, en smoking, Jonathan patinait à la même allure qu'elles. Ils s'arrêtèrent au bord de la piste, juste devant mon banc. Je me levai pour les rejoindre. À ce moment-là, la foule des spectateurs, rassemblée autour de la patinoire, se mit à applaudir. Sous le dais, je souris à Jonathan, qui m'offrit sa main. Ses doigts craquaient et brûlaient comme de la glace. Nous commençâmes à nous éloigner sur nos patins, cherchant la sortie vers les coulisses. Mais elle était introuvable. Alors que nous tournions en rond encore et encore, les applaudissements se faisaient plus sonores. Nous n'arrêtions pas de passer devant Richard Storm, Mrs Fox et Joshua, assis ensemble au premier rang. Ils avaient les bras entrelacés, comme des gens s'apprêtant à entonner « Ce n'est qu'un au revoir ». Ils riaient comme des fous.

*

Je me réveillai à neuf heures et demie. Je tirai les rideaux et une froide lumière grise révéla l'étendue du désordre qui régnait sur le sol : des livres, des vêtements, une paire de bottes en caoutchouc encore pleines de boue du Norfolk. Je rangerais tout cela tranquillement plus tard. J'avais encore neuf heures et demie devant moi.

Je pris un très long bain. Au bout d'un moment je crus percevoir un grincement de pas dans l'escalier. Je tendis l'oreille. Silence. Puis un léger toc-toc à la porte entrouverte.

« Je peux entrer ? »

De manière ridicule, je répondis : « Oui… qui est-ce ? »

Jonathan poussa la porte.

Je me levai si vite que l'eau déborda de la baignoire et aspergea le carrelage. Tandis qu'elle ruisselait sur mon ventre et mes cuisses, je me surpris à replier les bras pour cacher mes seins.

« Chérie ! Attends une minute. Tiens, une serviette. » La tenant devant lui comme un bouclier, il s'approcha de moi. Nous nous embrassâmes, délicatement, la serviette toujours entre nous. Puis je passai mes bras mouillés autour de son cou.

« Jonathan, dis-je.

— Dépêche-toi de t'essuyer. » Il sembla se raidir un peu et s'écarta de moi. J'attrapai la serviette, puis, m'étirant, je la drapai sur mes épaules. Durant les brèves secondes où je fus nue sous ses yeux, il inspecta mon corps à la hâte. « Dieu du ciel, ce que tu es maigre.

— Toi aussi. » Son visage paraissait amaigri et ses cheveux plus clairsemés. Je sortis de la baignoire, m'assis sur le rebord et commençai à m'essuyer. « Je croyais que tu n'arrivais que ce soir, dis-je. J'ai peur que rien ne soit prêt. Ça l'aurait été, ce soir.

— C'est que… cela n'avait pas grand sens de traîner une journée de plus sans rien faire en te sachant de retour. » Il s'assit sur les toilettes, remontant machinalement ses deux jambes de pantalon. C'était un nouveau costume. Flanelle grise impeccable. Il tripotait sa cravate de soie bleu marine. « Ça ne te dérange pas ?

— Bien sûr que non. Je regrette juste de ne pas avoir préparé la maison.

— Ça ne semble pas très important. »

Je haussai les sourcils.

« Tu es drôlement bronzé, fis-je. Tu as l'air très en forme.

— Je le suis. J'ai tellement pris le soleil que ma peau a bel et bien viré de l'écrevisse au brun… Tu n'aurais jamais imaginé ça, je parie. » Il rit et je souris. Il avait un beau visage.

« Non », admis-je. Il croisa les bras, s'adossa au réservoir de la chasse d'eau et me regarda.

« Comment vas-tu, ma chérie ?

— Je vais bien, moi aussi.

— Une période bizarre, ces six mois.

— Oui. » J'étais sèche à présent. « Je vais juste m'habiller. J'en ai pour une minute. » Il me suivit dans la chambre.

« Je descends préparer du café.

— Bonne idée. » Dès qu'il eut disparu, je fis rapidement le lit. Il ne voudrait peut-être pas attendre ce soir.

Lorsque je descendis, Jonathan était dans le salon, un plateau de café posé sur la table basse devant le canapé. Il avait sorti les plus belles tasses, celles que j'utilisais quand sa mère venait prendre le thé. Soudain je m'aperçus que j'avais faim et soif.

« Formidable », m'écriai-je. Je m'assis à côté de lui sur le canapé. Le coussin en chintz crépita sous mon poids. « Où sont tes bagages ?

— Encore dans la voiture. » Il sentait un nouvel after-shave. Trop suave. Il servit le café et le lait chaud, ajouta le sucre, puis remua nos deux tasses.

« Bien, bien, bien… Six mois pile, donc. J'ai appris par David que tu te portais à merveille.

— Toi aussi, paraît-il.

— Je crois qu'il a beaucoup aimé ce rôle d'entremetteur qu'il s'est attribué. Il ne change pas, ce cher David.

— Non, en effet.

— Il ne change pas. » Penché en avant sur le bord du canapé, il avait les genoux largement écartés, les mains jointes dans l'intervalle. « Enfin, c'est bizarre d'être rentré. » Il contempla mes mains. « Où as-tu eu cette bague ?

— Elle appartenait à Mrs Fox.

— Qui est-ce, Mrs Fox ? »

J'hésitai.

« Une vieille dame que j'ai rencontrée. Une amie. Il faudra que tu fasses sa connaissance. » Je touchai la bague, imitant ce geste qu'elle avait et qui m'était si familier. « C'est bien que tu sois rentré », déclarai-je.

Il se tourna vers moi, sourire aux lèvres.

« Écoute, ma chérie, tu n'es pas obligée de faire semblant. Après ces six mois, autant être honnêtes l'un avec l'autre.

— Que veux-tu dire ?

— Tu sais parfaitement ce que je veux dire. » Il posa une main pleine de douceur sur mon genou. « Laisse-moi t'expliquer une chose, Soo. Laisse-moi essayer de t'expliquer une chose. Voilà : tout va bien. Tu n'as plus besoin de te faire de souci. Tu n'as plus besoin de te sentir coupable, vois-tu. Je sais quelle est ta décision, et je veux que tu me comprennes bien et que tu me croies. *Ça ne m'ennuie pas*. Ça ne m'ennuie vraiment pas, cette fois. Pas de faux-semblants. Du moment que tu es heureuse, je suis heureux pour toi. Et je suis sincère.

— Mais, chéri, tu te trompes complètement. » Je posai ma main sur la sienne. « Sur ma décision, j'entends. Qu'est-ce qui a bien pu te faire penser que je ne voudrais pas revenir avec toi ?

— Je l'ai présumé, c'est tout, à ton attitude avant la séparation. J'ai espéré quelque temps que tu changerais d'avis. Puis j'ai appris que tu étais heureuse avec Joshua Heron. Alors j'ai cessé d'espérer. » Long silence. Puis :

« Dans ce cas, dis-je, j'ai une surprise pour toi.

— Ah ?

— C'est terminé avec Joshua. Il n'a jamais été vraiment question de… quoi que ce soit de permanent. Il est parti pour le Mexique. Je lui ai expliqué que je retournais avec toi, et ça lui a fait plaisir.

— Tu veux dire… tu veux qu'on reste ensemble ? C'est ce que tu veux dire ?

— Bien sûr. » Une expression semblable à de la peur traversa son visage. Il tapota ses cheveux blonds soyeux d'une main qui tremblait un peu, puis pencha la tête et appuya ses yeux contre ses paumes.

« Oh bon Dieu, mon amour, fit-il doucement. Oh bon Dieu, quel gâchis. Quel foutu gâchis.

— Pourquoi ?

— Pourquoi ? Parce que c'était vrai, ce que je

t'ai dit tout à l'heure. Absolument vrai. Comme quoi ça ne m'ennuyait pas que tu ne veuilles plus de moi. Vois-tu, ce qu'il y a, c'est que je suis, comme qui dirait, attaché ailleurs.

— Pardon ?

— J'ai rencontré quelqu'un d'autre. » Il se redressa et saisit mes deux mains. Il baissa les yeux. Ses cils étaient devenus très blonds au soleil. « Je suis désolé, Soo.

— Quelqu'un d'autre ?

— Oui.

— Je vois. » Je tentai de retirer mes mains mais il les tenait fermement.

« Ne me repousse pas. » Je m'effondrai contre le dossier du canapé. Il lâcha une de mes mains pour me caresser les cheveux. « Je croyais que tu serais ravie. Je croyais que tu serais aux anges d'apprendre que j'avais fixé un rendez-vous avec mon avocat cet après-midi, que nous allions divorcer dans les plus brefs délais, et que tu pourrais partir retrouver Joshua. Quelle ironie du sort. Quelle cruelle ironie.

— Tu comptes l'épouser, alors ? demandai-je.

— C'est prévu.

— Elle est italienne ?

— Non. Elle vit à Rome, c'est tout. Je crois que tu l'as croisée une fois, en fait. Elle dit qu'elle se souvient de toi, à une fête à laquelle tu étais apparemment allée avec David. Elle s'appelle Rose Maclaine.

— L'Américaine ? Mais je croyais qu'elle et David…

— En effet. Une liaison à sens unique, en fait.

David était fou d'elle, mais elle n'a jamais prétendu que c'était réciproque.

— Donc c'est lui qui te l'a présentée ?

— Il me l'a présentée. Et voilà... Très gênant pour lui et moi, comme tu peux imaginer, étant de si vieux amis...

— J'imagine.

— N'empêche, ça a l'air d'aller mieux maintenant. Il m'a pardonné. Je l'ai emmené dîner hier soir, il a bu à notre santé et il a dit qu'il espérait que nous serions heureux. »

Je souris.

« La semaine dernière il m'a téléphoné pour dire qu'il espérait que toi et moi nous serions heureux.

— Il est changeant. » Silence. « Oh bon Dieu, Soo. Quel gâchis. Qu'est-ce que nous allons faire ?

— Qu'est-ce que tu veux faire ?

— Ne prends pas ce ton. Viens, laisse-moi t'embrasser. Tu trembles. »

Je le laissai m'embrasser. Il m'embrassa sur les paupières et sur les joues. Puis il passa la pointe dure de sa langue autour de mes lèvres fermées, dans l'espoir que je sourie. Il ne s'était pas livré à cette manœuvre depuis avant notre mariage. Mais je ne souris pas, et il ne tarda pas à renoncer.

« Je ne peux quand même pas cesser d'aimer Rosie et revenir avec toi sous prétexte que...

— Bien sûr que non.

— Alors qu'allons-nous faire ?

— Agis comme tu avais prévu.

— Tu ne m'en voudrais pas ? Je te croyais amoureuse de Joshua, de toute façon. Allons, ça ne devrait pas trop t'affecter, si ? Et puis je suis sûr qu'il te reprendrait.

— Ne t'inquiète pas pour moi.

— Ne dis pas de bêtises, Soo. Bien sûr que je m'inquiète pour toi. J'ai encore de la tendresse pour toi, espèce de sotte. C'est simplement que vivre avec Rosie a changé la donne. Ça m'a permis de voir tout ce qui manquait dans notre mariage. De comprendre que je cherchais quelque chose en toi qui n'existait pas, et que j'essayais de me conformer à l'idée que tu avais de moi. Et puis je me suis aussi rendu compte que je n'étais absolument pas l'homme qu'il te fallait. Je t'horripilais, tu te souviens ? Ça ne m'étonne pas, d'ailleurs, quand j'y repense.

— Une mécanique bien huilée, on dirait...

— Oh, mon amour. Pardonne-moi.

— Il n'y a rien à pardonner. Est-ce que Rosie te rend heureux ?

— Très. C'est une fille merveilleuse. Tellement... organisée. » Il parut soudain plein d'espoir. « Tu crois que nous pourrions être amis, tous les trois ?

— Je suppose que oui, sans doute.

— Est-ce que tu vas te battre pour moi ? Essayer de me reconquérir ?

— À quoi bon, si tu tiens à partir ?

— Très juste. » Il sourit à nouveau. « L'ennui avec toi, ma chérie, c'est que tu es si fichtrement raisonnable que tu conduirais n'importe quel homme au désespoir. Laisse-moi te donner un conseil. Si jamais tu retombes amoureuse de quelqu'un, ne sois pas raisonnable. » Il se leva et rajusta son pantalon. « Tu t'es donné tellement de mal. Ces roses ravissantes, et j'ai vu qu'il y avait du veau dans le frigo. Ça aurait pu être merveilleux, comme retour au bercail.

— N'annule pas ton avocat, dis-je. Et tu pourrais peut-être m'en recommander un.

— Tu es sûre ? Je suis désolé, ma chérie. » Il se tut. « En fait, ce que j'avais prévu, c'était de reprendre l'avion pour Rome ce soir, histoire de régler quelques affaires là-bas, puis de revenir la semaine prochaine. Mais je peux repartir plus tard, si tu préfères.

— Non, autant que tu repartes ce soir. » Je me levai et ramassai le plateau. Il me le prit des mains. « Comment va l'écriture ? demandai-je.

— Assez bien, à vrai dire. Je travaille sur une petite pièce intitulée *Recto verso*. Rosie tient à jouer le rôle principal, alors on va devoir mettre tout ça au point. J'en ai montré des extraits à David et il est vraiment enthousiaste. Il connaît paraît-il un jeune régisseur à qui elle pourrait plaire. » Il eut un sourire ironique. « Rien n'a changé, tu vois.

— Non, dis-je. J'espère qu'elle sera montée. »

Nous allâmes dans la cuisine. Une pluie fine venait humecter le carreau.

« Fichu climat anglais, commenta Jonathan. Mais cette cuisine est agréable, ma chérie. J'ai toujours trouvé que c'était ma plus grande réussite, tu n'es pas d'accord ?

— Si.

— Tu peux garder la maison si tu veux. Je veux dire, tu n'as pas à me rembourser ma part.

— Tu es très généreux. Merci.

— Et tu peux citer Rosie, bien sûr.

— Très bien, si ça facilite les choses.

— Mais bon, on pourra discuter de tous ces arrangements la semaine prochaine quand je reviendrai. Je n'ai pas vraiment envie d'entrer dans ce genre de détails pour l'instant. Je veux dire, je suis rudement heureux et tout ça, aucun doute. Mais c'est toujours moche de devoir rompre pour de bon.

— Très juste. » Il vint se tenir tout près de moi. Il avait une estafilade au menton, là où il s'était coupé en se rasant. Elle était couverte d'une délicate croûte de sang à peine sèche.

« Tu dois me prendre pour un affreux salaud.

— Mais non. C'est autant ma faute que la tienne. Sinon plus.

— Enfin, vu mes sentiments pour Rosie, et ceux que tu dois avoir pour Joshua, il ne semble pas utile de retenter le coup, si ?

— Absolument pas.

— Et puis, six mois de séparation, ça tue beaucoup de choses. » Il m'embrassa à nouveau sur la joue. « Oh, ma chérie. Quel foutu gâchis. J'ai bien envie de pleurer.

— Abstiens-toi.

— Bon, pas la peine que je m'incruste, si ? Ça ne fera que nous contrarier davantage. Je t'appelle la semaine prochaine.

— Je serai là.

— Ça va aller ?

— Bien sûr.

— Je ne crois pas que ça t'afflige vraiment. » Il attrapa le mouchoir blanc qu'il avait dans sa poche de poitrine et s'en servit bruyamment. « Quels imbéciles nous sommes. » Nous gagnâmes la porte d'entrée. « Il faut que tu reprennes du poids, dit-il. Tu es trop maigre. »

Dehors, sa vieille Vauxhall bleue était semée d'un million de gouttes de pluie pas assez lourdes pour glisser. Un foulard à imprimé léopard gisait sur la banquette arrière.

« Fichu climat anglais, répéta Jonathan. Toujours pareil dans ce pays. » Il me pressa la main. « Bon, ma chérie, j'y vais, alors.

— À la semaine prochaine. » Nous nous embrassâmes sur la joue une nouvelle fois.

« J'étais totalement convaincu que tu ne voudrais plus de moi. C'est drôle comme on peut se tromper, même sur quelqu'un avec qui on a été marié six ans.

— Vas-y, dis-je, je me mouille. »

Il monta dans la voiture et démarra. Le grondement étouffé du moteur avait quelque chose d'atrocement familier. Les pouces de Jonathan se touchaient en haut du volant. Il avait souvent dit que c'était la façon de conduire la plus confortable. Il leva une main en signe d'au revoir. Je lui fis au revoir à mon tour. La voiture s'éloigna lentement. Des flaques giclèrent sous les roues un moment, puis recouvrèrent leur placidité. Je refermai la porte.

*

Il faisait vraiment froid dans le salon à présent. Je me rassis sur le canapé, ne sachant trop comment me réchauffer. J'avais oublié de demander à Jonathan d'allumer le chauffage central.

Je soufflai sur mes mains. Sur le mur, le portrait de Richard Storm me souriait. Je l'enlèverais un de ces jours. Jonathan souriait dans un cadre en argent, lui aussi. C'était la photo de lui qu'il préférait, prise quand il était dans les Coldstream Guards par un photographe de Bond Street qui avait retouché ses sourcils pâles. Elle aussi, je l'enlèverais.

Je repensai à la fierté que j'avais ressentie quand Jonathan était entré dans la salle de bains ce matin-là. Il avait paru tellement charmant. J'étais contente qu'il soit de retour.

Je me demandai quoi faire du veau et des roses. J'écoutai les tic-tac des pendules, tantôt concomitants, tantôt juste un peu décalés.

Je ne sais pas combien de temps je restai assise là.

Au bout d'un moment, je me rendis dans la cuisine et ouvris le robinet d'eau froide. L'eau tambourina au fond de l'évier en zinc. Le bruit s'accentua quand j'augmentai le débit. Je tins mes mains sous le jet. Mes doigts fléchirent sous la cascade. L'eau était tellement froide qu'ils ne tardèrent pas à s'engourdir. Je fermai le robinet avec ma paume.

Une promenade, me dis-je. Si je marchais d'un bon pas, je me réchaufferais. J'enfilai mon imper et quittai la maison, claquant la porte derrière moi.

Il pleuvait plus fort à présent. Je marchais distraitement, sans prendre la peine d'éviter les flaques, si bien que l'eau m'éclaboussait les jambes. Bientôt mes cheveux furent trempés et des ruisseaux me coulaient sans arrêt dans les yeux.

Je mis environ une demi-heure à arriver chez Mrs Fox. Chose étonnante, la porte du rez-de-chaussée était entrebâillée. Je la poussai et entrai. La logeuse descendait, ses énormes seins flasques remuant dans tous les sens sous un chandail rose.

« Ah, c'est vous, fit-elle. Une autre de ses amies. » Elle frappa la rampe d'une main dodue pour s'aider à descendre les dernières marches.

« Est-ce qu'elle est là ? demandai-je.

— Non, ma chère, elle est partie. Partie pour de bon. Vous n'êtes pas au courant ?

— Au courant de quoi ?

— Ah, je vois. Vous ne savez pas. » Elle baissa la voix. « Mrs Fox s'est éteinte dimanche soir, d'après eux.

— Elle est morte ? » Les yeux de la logeuse se durcirent, conscients de leur pouvoir.

« Tout ce qu'il y a de plus morte, ma chère. Crise cardiaque. Elle aurait pu rester là des jours si votre humble servante n'avait pas remarqué que son lait était toujours devant sa porte à l'heure du dîner. Elle rentrait toujours son lait à heure fixe. Alors je me suis dit, je me suis dit dans ma tête : Ma parole, il se passe un truc louche. J'ai cogné à la porte, un vacarme pas possible, mais pas un piaulement. Alors j'ai appelé la police. Ils sont venus, bien sûr, et ils ont fracturé la serrure. Ils l'ont trouvée sur son lit. Encore avec son chapeau et tout. »

Je m'adossai contre le mur. Un morceau de

plâtre s'effrita derrière mon épaule et tomba sur le sol dallé. Le visage de la logeuse me fit l'effet d'un énorme soleil de chair blanche désagrégée émergeant des marches de pierre grise qui s'élevaient derrière elle.

« Où est-elle ? demandai-je.

— Ils l'ont emmenée, les ambulanciers, peu de temps après. Ils m'ont demandé si je connaissais des parents à elle. Évidemment, je n'ai pas pu les aider.

— Où l'ont-ils emmenée ?

— Pas pensé à demander. Fulham, j'imagine. À l'hôpital. » D'autres morceaux de plâtre dégringolèrent du mur derrière mon épaule. « Attention, s'écria-t-elle, ce mur ne tient plus.

— Effectivement », répondis-je. La logeuse ouvrit la porte d'entrée. Elle regarda la pluie, désormais une simple bruine.

« Oh, un peu moins des hallebardes, on dirait. Bon, il faut que je me remette au travail. Veillez à ce que l'autre bonhomme ferme la porte derrière lui quand il partira, voulez-vous ? Vous savez comment sont les hommes.

— Quel bonhomme ?

— Il y a un autre de ses amis là-haut. Aucune idée de ce qu'il espère trouver, à farfouiller partout. La porte est fermée à clé, mais il m'a demandé de le laisser tranquille… allez savoir. »

Elle sortit, refermant la porte d'entrée. Je gagnai la cage d'escalier, m'agrippai à la rampe et regardai en haut des marches. Paisible, un homme descendait de l'étage, son pas résonnant délicatement sur la pierre. Alors qu'il se rapprochait, je reconnus Cedric Plummer. L'homme de la R.S.P.C.A.

« Bonjour, dit-il en me voyant.

— Bonjour. »

Il descendit la dernière volée de marches, s'appuyant lourdement sur la rampe. Il ne portait pas son uniforme, mais le costume sombre et la cravate prune qu'il avait à la réception de Mrs Fox.

Lorsqu'il atteignit le bas de l'escalier il s'arrêta à côté de moi. Nous restâmes là à nous regarder sous la faible lumière du morne vestibule. Il y avait des filaments de croûte jaune aux racines de ses cils. Les paupières elles-mêmes étaient rouges et gonflées.

« La logeuse vient de m'annoncer qu'elle était morte », dis-je.

Mr Plummer haussa les épaules, desserra les poings, puis leva les mains en l'air tels deux lourds drapeaux blancs.

« Qui aurait pu concevoir pareille tristesse ? répondit-il. Qui l'aurait pu ? » Il s'éloigna de moi et rejoignit la porte. « J'étais justement venu la chercher pour l'emmener passer la journée chez nous. Elle avait toujours rêvé de voir Epsom. Nancy avait préparé son gâteau de Savoie et tout était nickel chrome, nous avions fait un grand ménage. » Il marqua une pause. « Elle disait toujours qu'elle rêvait de voir Epsom, Mrs Fox, vous savez. » Il se tut à nouveau. « Dire qu'elle n'aura jamais vu Epsom... »

Il détourna vivement la tête, ouvrit la porte et dévala le perron.

Seule dans le vestibule, j'écoutai le silence. Pour

la première fois aucune musique ne provenait de l'étage du haut. Le mobile japonais suspendu à l'ampoule nue se balançait légèrement sous le courant d'air, dessinant de vagues motifs sur les murs miteux.

Il faisait froid et humide. La pluie dans mes cheveux mouillés s'insinuait dans le col de mon imperméable.

Saisie d'un bref vertige, je demeurai un instant cramponnée à la rampe moite, puis je suivis Mr Plummer par la porte d'entrée.

Dehors la pluie avait presque cessé. Le ciel s'éclaircissait. Je me mis à courir en direction de Fulham. D'une façon ou d'une autre, il me fallait dégoter une fanfare.

DU MÊME AUTEUR

Aux Éditions de La Table Ronde

LES FILLES DE HALLOWS FARM, Quai Voltaire, 1997 (Folio n° 3338)

L'INVITATION À LA VIE CONJUGALE, Quai Voltaire, 1998 (Folio n° 3337)

TENDRES SILENCES, Quai Voltaire, 1999 (Folio n° 3559)

FOLLE PASSION, Quai Voltaire, 2001 (Folio n° 3815)

AMOUR ET DÉSOLATION, Quai Voltaire, 2003 (Folio n° 4213)

DE TOUTES LES COULEURS, Quai Voltaire, 2005 (Folio n° 4433)

UN FILS EXEMPLAIRE, Quai Voltaire, 2006 (Folio n° 4658)

SOUVIENS-TOI DE HALLOWS FARM, Quai Voltaire, 2011 (Folio n° 5479)

QUAND RENTRENT LES MARINS, Quai Voltaire, 2013 (Folio n° 5787)

MENTIR N'EST PAS TRAHIR, Quai Voltaire, 2015 (Folio n° 6190)

LA VIE RÊVÉE DE VIRGINIA FLY, Quai Voltaire, 2017 (Folio n° 6521)

VALSE-HÉSITATION, Quai Voltaire, 2018 (Folio n° 6664)

COLLECTION FOLIO

Dernières parutions

6396. Jim Harrison	*La fille du fermier*
6397. J.-K. Huysmans	*La Cathédrale*
6398. Simone de Beauvoir	*Idéalisme moral et réalisme politique*
6399. Paul Baldenberger	*À la place du mort*
6400. Yves Bonnefoy	*L'écharpe rouge* suivi de *Deux scènes et notes conjointes*
6401. Catherine Cusset	*L'autre qu'on adorait*
6402. Elena Ferrante	*Celle qui fuit et celle qui reste. L'amie prodigieuse III*
6403. David Foenkinos	*Le mystère Henri Pick*
6404. Philippe Forest	*Crue*
6405. Jack London	*Croc-Blanc*
6406. Luc Lang	*Au commencement du septième jour*
6407. Luc Lang	*L'autoroute*
6408. Jean Rolin	*Savannah*
6409. Robert Seethaler	*Une vie entière*
6410. François Sureau	*Le chemin des morts*
6411. Emmanuel Villin	*Sporting Club*
6412. Léon-Paul Fargue	*Mon quartier et autres lieux parisiens*
6413. Washington Irving	*La Légende de Sleepy Hollow*
6414. Henry James	*Le Motif dans le tapis*
6415. Marivaux	*Arlequin poli par l'amour et autres pièces en un acte*
6417. Vivant Denon	*Point de lendemain*
6418. Stefan Zweig	*Brûlant secret*
6419. Honoré de Balzac	*La Femme abandonnée*
6420. Jules Barbey d'Aurevilly	*Le Rideau cramoisi*

6421.	Charles Baudelaire	*La Fanfarlo*
6422.	Pierre Loti	*Les Désenchantées*
6423.	Stendhal	*Mina de Vanghel*
6424.	Virginia Woolf	*Rêves de femmes. Six nouvelles*
6425.	Charles Dickens	*Bleak House*
6426.	Julian Barnes	*Le fracas du temps*
6427.	Tonino Benacquista	*Romanesque*
6428.	Pierre Bergounioux	*La Toussaint*
6429.	Alain Blottière	*Comment Baptiste est mort*
6430.	Guy Boley	*Fils du feu*
6431.	Italo Calvino	*Pourquoi lire les classiques*
6432.	Françoise Frenkel	*Rien où poser sa tête*
6433.	François Garde	*L'effroi*
6434.	Franz-Olivier Giesbert	*L'arracheuse de dents*
6435.	Scholastique Mukasonga	*Cœur tambour*
6436.	Herta Müller	*Dépressions*
6437.	Alexandre Postel	*Les deux pigeons*
6438.	Patti Smith	*M Train*
6439.	Marcel Proust	*Un amour de Swann*
6440.	Stefan Zweig	*Lettre d'une inconnue*
6441.	Montaigne	*De la vanité*
6442.	Marie de Gournay	*Égalité des hommes et des femmes* et autres textes
6443.	Lal Ded	*Dans le mortier de l'amour j'ai enseveli mon cœur...*
6444.	Balzac	*N'ayez pas d'amitié pour moi, j'en veux trop*
6445.	Jean-Marc Ceci	*Monsieur Origami*
6446.	Christelle Dabos	*La Passe-miroir, Livre II. Les disparus du Clairdelune*
6447.	Didier Daeninckx	*Missak*
6448.	Annie Ernaux	*Mémoire de fille*
6449.	Annie Ernaux	*Le vrai lieu*
6450.	Carole Fives	*Une femme au téléphone*
6451.	Henri Godard	*Céline*
6452.	Lenka Horňáková-Civade	*Giboulées de soleil*

6453. Marianne Jaeglé — *Vincent qu'on assassine*
6454. Sylvain Prudhomme — *Légende*
6455. Pascale Robert-Diard — *La Déposition*
6456. Bernhard Schlink — *La femme sur l'escalier*
6457. Philippe Sollers — *Mouvement*
6458. Karine Tuil — *L'insouciance*
6459. Simone de Beauvoir — *L'âge de discrétion*
6460. Charles Dickens — *À lire au crépuscule et autres histoires de fantômes*
6461. Antoine Bello — *Ada*
6462. Caterina Bonvicini — *Le pays que j'aime*
6463. Stefan Brijs — *Courrier des tranchées*
6464. Tracy Chevalier — *À l'orée du verger*
6465. Jean-Baptiste Del Amo — *Règne animal*
6466. Benoît Duteurtre — *Livre pour adultes*
6467. Claire Gallois — *Et si tu n'existais pas*
6468. Martha Gellhorn — *Mes saisons en enfer*
6469. Cédric Gras — *Anthracite*
6470. Rebecca Lighieri — *Les garçons de l'été*
6471. Marie NDiaye — *La Cheffe, roman d'une cuisinière*
6472. Jaroslav Hašek — *Les aventures du brave soldat Švejk*
6473. Morten A. Strøksnes — *L'art de pêcher un requin géant à bord d'un canot pneumatique*
6474. Aristote — *Est-ce tout naturellement qu'on devient heureux ?*
6475. Jonathan Swift — *Résolutions pour quand je vieillirai et autres pensées sur divers sujets*
6476. Yājñavalkya — *Âme et corps*
6477. Anonyme — *Livre de la Sagesse*
6478. Maurice Blanchot — *Mai 68, révolution par l'idée*
6479. Collectif — *Commémorer Mai 68 ?*
6480. Bruno Le Maire — *À nos enfants*
6481. Nathacha Appanah — *Tropique de la violence*

6513.	Hubert Haddad	*Corps désirable*
6514.	Nathan Hill	*Les fantômes du vieux pays*
6515.	Marcus Malte	*Le garçon*
6516.	Yasmina Reza	*Babylone*
6517.	Jón Kalman Stefánsson	*À la mesure de l'univers*
6518.	Fabienne Thomas	*L'enfant roman*
6519.	Aurélien Bellanger	*Le Grand Paris*
6520.	Raphaël Haroche	*Retourner à la mer*
6521.	Angela Huth	*La vie rêvée de Virginia Fly*
6522.	Marco Magini	*Comme si j'étais seul*
6523.	Akira Mizubayashi	*Un amour de Mille-Ans*
6524.	Valérie Mréjen	*Troisième Personne*
6525.	Pascal Quignard	*Les Larmes*
6526.	Jean-Christophe Rufin	*Le tour du monde du roi Zibeline*
6527.	Zeruya Shalev	*Douleur*
6528.	Michel Déon	*Un citron de Limone* suivi d'*Oublie...*
6529.	Pierre Raufast	*La baleine thébaïde*
6530.	François Garde	*Petit éloge de l'outre-mer*
6531.	Didier Pourquery	*Petit éloge du jazz*
6532.	Patti Smith	*« Rien que des gamins ». Extraits de Just Kids*
6533.	Anthony Trollope	*Le Directeur*
6534.	Laura Alcoba	*La danse de l'araignée*
6535.	Pierric Bailly	*L'homme des bois*
6536.	Michel Canesi et Jamil Rahmani	*Alger sans Mozart*
6537.	Philippe Djian	*Marlène*
6538.	Nicolas Fargues et Iegor Gran	*Écrire à l'élastique*
6539.	Stéphanie Kalfon	*Les parapluies d'Erik Satie*
6540.	Vénus Khoury-Ghata	*L'adieu à la femme rouge*
6541.	Philippe Labro	*Ma mère, cette inconnue*
6542.	Hisham Matar	*La terre qui les sépare*
6543.	Ludovic Roubaudi	*Camille et Merveille*
6544.	Elena Ferrante	*L'amie prodigieuse (série tv)*
6545.	Philippe Sollers	*Beauté*

6546. Barack Obama — *Discours choisis*
6547. René Descartes — *Correspondance avec Élisabeth de Bohême et Christine de Suède*
6548. Dante — *Je cherchais ma consolation sur la terre...*
6549. Olympe de Gouges — *Lettre au peuple et autres textes*
6550. Saint François de Sales — *De la modestie et autres entretiens spirituels*
6551. Tchouang-tseu — *Joie suprême et autres textes*
6552. Sawako Ariyoshi — *Les dames de Kimoto*
6553. Salim Bachi — *Dieu, Allah, moi et les autres*
6554. Italo Calvino — *La route de San Giovanni*
6555. Italo Calvino — *Leçons américaines*
6556. Denis Diderot — *Histoire de Mme de La Pommeraye* précédé de l'essai *Sur les femmes.*
6557. Amandine Dhée — *La femme brouillon*
6558. Pierre Jourde — *Winter is coming*
6559. Philippe Le Guillou — *Novembre*
6560. François Mitterrand — *Lettres à Anne. 1962-1995. Choix*
6561. Pénélope Bagieu — *Culottées Livre I – Partie 1. Des femmes qui ne font que ce qu'elles veulent*
6562. Pénélope Bagieu — *Culottées Livre I – Partie 2. Des femmes qui ne font que ce qu'elles veulent*
6563. Jean Giono — *Refus d'obéissance*
6564. Ivan Tourguéniev — *Les Eaux tranquilles*
6565. Victor Hugo — *William Shakespeare*
6566. Collectif — *Déclaration universelle des droits de l'homme*
6567. Collectif — *Bonne année ! 10 réveillons littéraires*
6568. Pierre Adrian — *Des âmes simples*
6569. Muriel Barbery — *La vie des elfes*

6570.	Camille Laurens	*La petite danseuse de quatorze ans*
6571.	Erri De Luca	*La nature exposée*
6572.	Elena Ferrante	*L'enfant perdue. L'amie prodigieuse IV*
6573.	René Frégni	*Les vivants au prix des morts*
6574.	Karl Ove Knausgaard	*Aux confins du monde. Mon combat IV*
6575.	Nina Leger	*Mise en pièces*
6576.	Christophe Ono-dit-Biot	*Croire au merveilleux*
6577.	Graham Swift	*Le dimanche des mères*
6578.	Sophie Van der Linden	*De terre et de mer*
6579.	Honoré de Balzac	*La Vendetta*
6580.	Antoine Bello	*Manikin 100*
6581.	Ian McEwan	*Mon roman pourpre aux pages parfumées* et autres nouvelles
6582.	Irène Némirovsky	*Film parlé*
6583.	Jean-Baptiste Andrea	*Ma reine*
6584.	Mikhaïl Boulgakov	*Le Maître et Marguerite*
6585.	Georges Bernanos	*Sous le soleil de Satan*
6586.	Stefan Zweig	*Nouvelle du jeu d'échecs*
6587.	Fédor Dostoïevski	*Le Joueur*
6588.	Alexandre Pouchkine	*La Dame de pique*
6589.	Edgar Allan Poe	*Le Joueur d'échecs de Maelzel*
6590.	Jules Barbey d'Aurevilly	*Le Dessous de cartes d'une partie de whist*
6592.	Antoine Bello	*L'homme qui s'envola*
6593.	François-Henri Désérable	*Un certain M. Piekielny*
6594.	Dario Franceschini	*Ailleurs*
6595.	Pascal Quignard	*Dans ce jardin qu'on aimait*
6596.	Meir Shalev	*Un fusil, une vache, un arbre et une femme*
6597.	Sylvain Tesson	*Sur les chemins noirs*
6598.	Frédéric Verger	*Les rêveuses*
6599.	John Edgar Wideman	*Écrire pour sauver une vie. Le dossier Louis Till*
6600.	John Edgar Wideman	*La trilogie de Homewood*

Composition Compo
Impression Novoprint
à Barcelone , le 13 mai 2019
Dépôt légal : mai 2019

ISBN 978-2-07-282518-7./Imprimé en Espagne.

342754